LE PÈRE

FROISSET

OUVRAGES DU MÊME AUTEUR

MADAME LAMBELLE. Ouvrage couronné par l'Académie française, 10e *édition*, 1 vol. . . . . .   3 fr. 50

LA SÉDUCTRICE, roman parisien, 6e *édition*, 1 vol.   3 fr. 50

LE VICE, mœurs contemporaines, 4e *édition*, 1 vol.   3 fr. 50

LA BARONNE, mœurs parisiennes, 8e *édition*, 1 vol.   3 fr. 50

ALBERT WOLFF, histoire d'un chroniqueur parisien, 8e *édition*, 1 vol. . . . .   3 fr. 50

OCTAVE, scènes de la vie parisienne, 1 vol . . .   3 tr. 50

LA SIRÈNE, 1 vol. . . . .   3 fr. 50

LE COFFRET DE SALOMÉ, 1 vol. . . . .   3 fr. »

CORBEIL. — IMPRIMERIE B. RENAUDET.

GUSTAVE TOUDOUZE

LE PÈRE

FROISSET

MOEURS MODERNES

PARIS

VICTOR HAVARD, ÉDITEUR

175, BOULEVARD SAINT-GERMAIN, 175

1884

A

MA BIEN CHÈRE FEMME

Gustave TOUDOUZE

Octobre 1883.

LE PÈRE FROISSET

PREMIÈRE PARTIE

I

EN RETRAITE !

— Jean! es-tu là ?

— Toujours à mon poste, oui, capitaine.

— Combien d'hommes avec toi ?

— Personne: du moins pas un vivant. J'aperçois bien à quelques mètres de moi trois ou quatre camarades, mais je les ai vainement appelés, ils sont morts.

La voix du capitaine, jusque-là brève et rapide, eut une expression d'angoisse sourde et trembla dans le grand silence qui s'était momentanément fait sous les bois:

— Et Georges mon enfant, l'as-tu vu ?

— Pas depuis ce matin.

— Ah !

— Mais il doit se trouver avec une autre portion de la compagnie ; peut-être même a-t-il quitté la place quand on a sonné la retraite.

— Je voudrais en être sûr ! murmura le capitaine.

— Je crois que nous pouvons nous retirer aussi, ajouta son interlocuteur ; nous sommes seuls tous deux et l'ennemi a cessé le feu.

— Reculer ! Battre en retraite ! Toujours la même chose, toujours ! gronda l'officier. Que se passe-t-il donc ? Cela marchait si rondement ce matin !

Un bruit de branches brisées, immédiatement suivi d'une douzaine de coups de feu, prouva que les causeurs s'étaient découverts et que les soldats prussiens veillaient derrière les meurtrières de leur mur retranché. Un casque à pointe dépassa un instant la crête de la muraille et fut salué d'un coup de fusil qui le rejeta en bas.

Tout se tut. Il eût fallu une oreille exercée pour percevoir le froissement lent et régulier se traînant en rampant sur les terres molles. Peu à peu ils se rapprochèrent l'un de l'autre, glissant sur les coudes, s'abritant derrière les arbres, profitant de chaque accident de terrain pour se dissimuler. A cent mètres plus loin, il purent enfin se remettre debout sans éveiller l'attention de ceux qui les guettaient ; ils n'avaient plus rien à craindre.

— C'est toi qui as tiré, Jean ?

— Oui, mon ami, et je crois avoir descendu mon homme, ce qui n'est pas mal pour un simple horticulteur, un vulgaire pépiniériste de Fontenay-aux-Roses.

— Ah ! Marlotton, je n'ai pas le cœur à la plaisanterie. Mon fils, mon pauvre enfant, qu'est-il devenu durant cette terrible et lamentable journée ?

Froisset passa sur son visage une main qui tremblait pour la première fois depuis le matin, et jeta autour de lui un douloureux regard.

— Allons ! ne restons pas là, reprit Jean ; il faut rejoindre nos camarades : nous ne pouvons plus rien.

— Rien ! riposta Froisset avec un accent sombre. Rien que nous faire tuer.

— Froisset, tu as, en plus de ton fils, une femme, une fille : pense à celles qui t'attendent et qui pleurent en t'attendant, pense aux angoisses des tiens. Tu dois vivre.

L'autre ne l'écoutait pas, ne pouvant arracher ses pieds de la place où ils semblaient incrustés ; tout à coup il eut un geste d'affolement en apercevant un corps étendu à quelques pas, la face dans la boue, les mains nouées à la crosse d'un fusil, une capote de garde national aux épaules. Il courut au mort, le retourna, tout pâlissant, mais ne parvint pas à le dévisager, la nuit venant vite sous les grands arbres serrés : alors il passa ses doigts sur le visage, avec un tremblement, et murmura :

— Il a de la barbe, ce n'est pas lui !

— Courage, Froisset, nous allons retrouver ton fils ; il t'attend sans doute et tu augmentes son anxiété en restant dans ce damné parc, inutilement exposé.

Comme à regret, le capitaine se laissa entraîner, courbant sa haute taille, tant qu'on put se trouver encore à portée des projectiles de l'ennemi.

Autour d'eux les ténèbres se faisaient de plus en plus profondes, envahissant le bois, tombant d'un ciel où il n'y avait ni lune, ni étoiles, tandis qu'un épais brouillard montant de la terre humide, après avoir commencé par rendre confus et indécis les objets les plus rapprochés, noyait maintenant de son rideau blanchâtre et mouvant tout le paysage. Par places, cette brume formait un rempart impénétrable aux meilleurs yeux.

Le canon s'était tu ; les mitrailleuses avaient cessé de cribler de leurs balles les profondeurs du bois, et c'est à peine si de temps à autre un coup de fusil éclatait, sonore, prolongé, brisant çà et là quelque branchage.

A tout moment, Froisset et son compagnon se heurtaient à un tronc d'arbre ou s'accrochaient les pieds et reconnaissaient dans ce dernier obstacle un des cadavres dont le bois était plein. Dans les premiers instants, le capitaine s'arrêtait, s'agenouillant pour palper le corps du malheureux ; il finissait par éclairer son visage à l'aide d'une allumette, en dépit des exhortations piteuses de Marlotton, qui craignait d'attirer les balles par cette lueur intempestive. Une fois rassuré, Froisset se relevait en disant : « Pas lui ! » et repartait, l'espoir au cœur, allégé d'un fardeau.

A la sortie du bois, le brouillard étant plus transparent, ils se trouvèrent en face d'un spectacle extraordinaire.

Sous le Mont-Valérien toute la plaine, aussi loin qu'on pouvait la voir, se parsemait de points brillants, de flammes rousses éparpillées à travers l'étendue noire des champs ; en même temps roulait jusqu'à eux un brouhaha confus, composé du cliquetis des armes, des appels brefs, de jurons, de voix colères on plaintives, murmure immense contrastant avec le silence funèbre du parc de Buzenval, de Montretout, de Garches et des hauteurs de Sèvres et de Meudon, où se cachait l'armée prussienne, formidable et invisible.

Entre les vainqueurs et les vaincus, le champ de bataille dormait, muet, engloutissant dans la même ombre opaque ses morts aux lèvres violettes, ses blessés aux gémissements étouffés sous le brouillard et sous la nuit. Le même repos planait sur ce désespérant mur crénelé de la Bergerie, ce mur contre lequel vinrent se briser tous les efforts de l'armée parisienne, au pied duquel quinze bataillons laissèrent successivement leurs morts et leurs blessés avec la rage de l'impuissance et l'amer souvenir des exploits inutiles de la matinée, le victorieux assaut du premier mur et de la redoute de Montretout.

Ils passèrent près de la ferme de la Fouilleuse où bivouaquaient des soldats de toute arme, et où s'entassaient les blessés qu'on avait pu ramasser. Des escouades de brancardiers les croisaient pour aller fouiller les bois, le parc de Buzenval, toute la ligne de bataille depuis Rueil jusqu'à Saint-Cloud.

Froisset refusa de s'arrêter, comme le lui conseillait Marlotton; il voulait rentrer dans Paris avec l'idée vague de retrouver son fils, d'avoir quelques renseignements sur ce qui s'était passé. Après avoir traversé les bataillons de mobiles campés çà et là, ils contournèrent la masse énorme et muette du Mont-Valérien, glissant dans une boue tenace, où ils entraient jusqu'aux genoux et rencontrant à chaque instant des bandes de soldats perdus se ralliant comme eux sur la capitale.

Au pont de Neuilly, ils s'assirent un instant sur le parapet : Jean Marlotton ne pouvait plus se traîner. Les pieds en sang, il s'appuyait sur son fusil, ayant peine à suivre Froisset, que la pensée de son fils soutenait et qui marchait toujours, oubliant que, depuis le matin, il avait seulement pris une gorgée d'eau-de-vie à la gourde de l'un de ses hommes, vers le milieu de la journée, avant l'attaque de la Bergerie.

Devant eux continuait l'interminable défilé de l'armée repoussée. — Ils allaient sans ordre, par groupes, par bandes, l'allure harassée, le cou tendu, les jambes trébuchantes, dans la grande ombre triste de la nuit, éclairés d'une manière sinistre et passa-

gère par les réverbères qui bordent le commencement de l'avenue de Neuilly.

Ce n'étaient plus les bataillons hardis qui passaient
le matin, sac au dos, avec leurs officiers radieux,
leurs pimpantes cantinières et les souhaits de victoire,
les espoirs de délivrance : on sentait la défaite, la
lutte inutile, la désespérance profonde, après cette
tentative infructueuse.

Froisset crispa les poings, serrant les mâchoires
pour ne pas pleurer, et Marlotton murmura d'un
ton triste :

« Pauvre France! c'est fini ! fini ! »

Fini ! Il semblait que tous ces désespérés rentrant
dans leurs foyers répétassent le même mot et que,
de cette foule débandée, montât comme une clameur
lamentable : Fini ! fini!

Marlotton, comme eux tous, ne se faisait pas d'illusion : il prévoyait la fin, la capitulation forcée, avec
cette famine qui tuait plus d'habitants que les balles,
brisant chaque famille. Lui, ce célibataire, ne pouvait
penser sans douleur à tous ces petits enfants que
chaque journée de siège enlevait par charrettes, à
toutes ces misérables femmes hurlant la faim au
logis. Puis, dans une vision plus éloignée, mais plus
personnelle, il apercevait ses magnifiques pépinières
de Fontenay-aux-Roses, sa maison en pierre de taille,
ses belles serres. Tout cela était aux Prussiens!

Il se redressa d'un bond, criant à Froisset :

— Allons-nous-en, ne restons pas là : j'ai des

tentations de me jeter à la Seine, pour en finir.

Le capitaine ne l'entendit pas.

En arrêt, les yeux au loin, le vieux soldat regardait venir un lamentable cortège, de grandes voitures marquées d'une croix rouge, des cacolets, des brancards qui se suivaient en file interminable. Un seul gémissement composé de mille plaintes gonflait les toiles blanches qui ondulaient sans cesse de chaque côté des voitures d'ambulance.

Il en avait vu bien d'autres en Crimée, en Italie, partout où l'on s'était battu. Que lui importait alors ? Il n'était pas marié, il ne pouvait avoir d'enfants parmi les victimes. Mais, aujourd'hui, Georges Froisset, son Georges, celui qui était sa gloire, son bonheur, celui qu'il avait bercé tout petit, qu'il chérissait plus que tout, cet enfant adoré était peut-être là derrière ces toiles sanglantes, dans cet amas de blessés et d'agonisants. Était-ce bien possible ?

Le matin, la compagnie marchait avec un entrain endiablé, enlevée par l'ardeur martiale du capitaine choisi par elle, ce Pierre Froisset qui avait fait la guerre et dont la profession de maître d'armes faisait un héros militaire pour ces soldats improvisés, ces gardes nationaux inaccoutumés au maniement des armes.

En trois mois, Froisset fit de sa compagnie une troupe modèle, ce qui lui valut l'honneur d'être placé en première ligne pour l'attaque et de marcher, le matin, à sept heures, immédiatement après le coup de canon tiré du Mont-Valérien.

Les troupes de ligne n'étaient pas arrivées les premières au parc; c'était la compagnie du maître d'armes qui avait abordé d'enthousiasme, avec un grand élan de rage patriotique, avant tous les autres, le mur d'enceinte, troué de créneaux. Au cri des Prussiens, on répondit : « Pour la France! Pour les nôtres! »

Ç'avait été un assaut furieux, une terrible lutte qui se continua corps à corps, quand la barricade fut enlevée.

Avant de marcher, le capitaine avait lancé un dernier regard à son fils Georges, qui, malgré ses dix-neuf ans, servait, dans la compagnie commandée par son père, comme simple garde. L'enfant répondait au père par un joyeux sourire, levant son fusil et criant aussi : « Pour la France! » Et tout s'ébranlait dans un formidable mouvement en avant.

Pendant les premières minutes de l'engagement, Georges et son père avaient pu s'apercevoir, lui faisant le coup de feu avec une justesse et un sang-froid admirables, le capitaine ne cessant de pousser ses hommes et de les encourager. Puis, après l'échange des coups de feu, on s'était peu à peu rapproché, la compagnie se mêlant aux soldats de ligne ; tout disparaissait déjà, terrain et combattants, dans les nuages de fumée que trouait seulement l'éclair des coups de fusil.

Le mur enlevé, la marche en avant se continua à travers le parc de Buzenval, chacun s'abritant derrière

1.

un arbre et tiraillant avec les Prussiens qui reculaient.

A partir de ce moment, le capitaine avait perdu son fils de vue et n'avait pu s'occuper de lui, absorbé complètement par ses devoirs d'officier et grisé par l'odeur du combat.

Le soir, à cinq heures, lorsqu'il s'était retrouvé seul avec son vieil ami Jean Marlotton, le soldat fit place au père : alors il commença à s'inquiéter de son enfant.

Les voitures d'ambulance passaient toujours. Froisset ne pouvait les arrêter, les fouiller, c'était impraticable.

D'un mouvement rapide, il saisit la main que lui tendait Marlotton et dit nerveusement :

— A Paris ! Retournons chez nous.

— C'est ce que je te disais ; tu vas retrouver au logis femme et enfants, cela te remettra du cœur au ventre.

Ils allèrent, mêlés à tous ceux qui regagnaient la capitale, tandis que l'horticulteur, lassé, traînant la jambe, répétait :

— Cela me fera du bien de vous voir réunis ; je me croirai une famille, moi aussi.

A chaque instant leur marche était interrompue par des attroupements : on discutait les nouvelles. Déjà on connaissait les détails désolants de la journée, le mur infranchissable, le retard de l'aile droite, le brouillard fatal ; et les commentaires se croisaient avec les injures, les désespoirs furieux, le grondement fauve de tous ces ventres vides, tous les déchaînements de colère et de regret soulevés par cette bataille inutile.

Parfois on les arrêtait pour avoir des nouvelles de la journée, des renseignements sur certains épisodes, sur les pertes des Français : une angoisse formidable serrait toutes les gorges, car les dépêches du gouvernement avaient affolé la population enfermée dans Paris et attendant, pendant que les hommes valides marchaient au feu.

Froisset et Marlotton, harassés de fatigue, durent perdre plusieurs heures aux portes de Paris, tellement la foule était compacte et l'entrée difficile, les piétons confondus avec les cavaliers et les voitures, les canons et les prolonges. Deux heures sonnaient quand ils franchirent la porte de Neuilly.

Malgré leur désir d'avancer, ils ne cheminaient que lentement au milieu de l'encombrement des voitures d'ambulance et des débris de compagnies inondant les rues, constamment arrêtés par des attroupements, les scènes lamentables qui se passaient lorsque des femmes, des parents constataient l'absence de celui qu'on attendait.

Enfin le boulevard de Courcelles fut atteint ; de loin Froisset montra sa maison à Marlotton pour lui rendre courage :

— Nous y voilà, Jean.

Mais une invincible épouvante l'arrêtait, alourdissant ses jambes. Là il allait savoir. Allait-il retrouver sa femme et sa fille seules ? Qu'allait-on lui apprendre ?

Ce fut l'horticulteur qui dut lui redonner la force le fuyant ainsi tout à coup.

— Bonne nouvelle, Pierre. On t'attend : j'aperçois de la lumière.

— Ah ! mon ami, vais-je le revoir ? Je ne suis plus maître de moi.

En effet, il était si ému que ses jambes fléchissaient sous lui et qu'il s'appuya lourdement sur le bras de son compagnon. Ils arrivaient.

A l'intérieur, on entendait des voix qui partaient de la salle d'armes située au rez-de-chaussée et Froisset cria :

— C'est lui ! Ah ! Marlotton, je reconnais sa voix. Mon cher enfant, mon fils !

II

— Boum ! Boum ! Oh ! cet affreux bruit, il me semble que je l'entendrai toujours !

— Courage, chère mère, ne désespérons pas.

— Tiens, encore ! c'est le canon.

Thérèse tenait sa mère serrée contre son cœur et couvrait de baisers les joues froides et les lèvres glacées de la pauvre femme.

— Pourquoi l'ai-je laissé partir ? il n'avait pas l'âge !... Dix-neuf ans ! on est encore un enfant : c'est un crime à une mère d'envoyer son fils se battre avant d'avoir commencé à vivre.

— Pouvais-tu l'empêcher ? C'est nous qu'il défend, c'est pour nous qu'il lutte en ce moment.

L'enfant essayait de redonner à sa mère le courage qu'elle sentait hésiter en elle, car son père et son frère étaient une partie de son cœur, d'elle-même, et elle ne se serait plus comprise, privée de l'une de ces existences précieuses, nécessaires.

A chaque détonation nouvelle, madame Froisset avait un tremblement qui la secouait de la tête aux pieds.

Penchée à la fenêtre, en dépit du froid et de l'humidité, elle se tenait des deux mains à la barre d'appui, l'oreille tendue vers le sud-ouest de Paris, croyant sentir la commotion directe de ce grondement sourd qui n'arrêtait plus.

Les décharges d'artillerie se succédaient avec acharnement depuis sept heures du matin, puis de grands silences coupaient ce tapage de tonnerre et son cœur se serrait : que se passait-il là-bas ? Rien ne leur parvenait plus qu'un bruit multiple, inexplicable : c'étaient les mitrailleuses donnant la réplique à la fusillade du bois de Buzenval. Enfin, dominant le tout avec une majesté pleine d'épouvantements, un coup de canon partait, écrasant les mille fracas, de sa voix sonore.

Vainement Thérèse essaya d'arracher sa mère de la fenêtre pour la faire déjeuner, lui persuadant qu'elle devait manger pour se donner des forces : une irrésistible attraction retenait la femme du maître d'armes dans cette embrasure, les yeux pleins de larmes, la bouche béante, avec un regard de folle, dans la direction où l'on se battait, bien que son horizon se bornât à une haute maison de six étages dont tous les volets étaient clos.

Une vision lointaine lui montrait, baignés dans leur sang, son mari et son fils, le père avec sa haute stature, son allure martiale et superbe, le fils frêle dans sa lourde capote et dont la main semblait ne pouvoir porter un fusil, mais dont le regard était si fier et le front si haut.

Il faisait nuit encore quand les deux hommes avaient quitté le logis du boulevard de Courcelles. Prévenus de la veille, ils étaient équipés et armés, au moment où Jean Marlotton, le vieil ami de la famille, avait frappé à la porte :

— Capitaine ! capitaine ! Il est l'heure.

Froisset avait accroché son sabre et son revolver d'un geste accoutumé de vieux soldat que nulle alerte ne peut surprendre. Georges se tenait près de lui, un peu pâle, tandis que sa mère et sa sœur serraient chacune une de ses mains. Thérèse lui remit elle-même son fusil et il cria, joyeux :

— Ah ! ils n'ont qu'à bien se tenir, là-bas, car nous allons rudement vous défendre, mes chéries : c'est le foyer qu'ils attaquent, gare à eux !

Madame Froisset ne pouvait détacher ses lèvres du front de son fils, lui faisant tout bas des recommandations qu'elle savait d'avance inutiles, se donnant peut-être pour la dernière fois toute la joie de sa maternité, de son adoration pour le premier-né.

Très grave, une ombre sévère répandue sur tous les traits, le père ne disait pas un mot, ne voulant point troubler ces épanchements naturels et se faisant

violence pour retrouver son calme d'autrefois, sa
sérénité puissante des jours de combat, quand il
donnait l'exemple à ses hommes.

— Et vous aussi, monsieur Marlotton, vous allez
vous battre, à votre âge?

— A peine quelques années de plus que ton père,
ma chère Thérèse.

— Oh ! c'est différent : papa a été soldat.

— Aujourd'hui, tous les Français doivent l'être ;
mais nous ne savons pas du tout si nous nous battrons.
Cependant, s'il le faut, j'espère ne pas être inutile,
quoique plus familiarisé avec la serpe ou le couteau
à greffes qu'avec les cartouches ou le fusil.

— Oui, c'est vrai ; on ne sait pas si vous serez expo-
sés, balbutia la pauvre mère se raccrochant à ce
mince espoir.

Froisset ne voulut pas lui enlever cette illusion,
bien que son flair infaillible de vieux routier lui fît pré-
voir que les réserves étant déjà massées dans Neuilly
et autour du Mont-Valérien, leur régiment allait sans
doute marcher en première ligne.

— Ne crains rien, mère chérie, je serai fort : tes
baisers et ceux de Thérèse me rendront invincible.

Et l'enthousiaste enfant brandit son fusil avec une
joyeuse ardeur qui fit sourire son père, rajeuni par le
feu du bouillant garçon.

Quand ils défilèrent sur le boulevard, madame
Froisset et sa fille se tenaient à la fenêtre, essayant
de voir au milieu de la nuit. Du sabre, Froisset les

salua et Georges leur envoya un baiser en criant :

— Au revoir, bon courage !

— Au revoir ! répondirent-elles ; mais madame Froisset croyait entendre résonner sourdement en elle cet affreux écho : « Adieu ! » — Elle mordit son mouchoir pour étouffer ses sanglots et essaya vainement de les apercevoir encore à travers la brumeuse épaisseur des ténèbres.

On n'entendait qu'un piétinement incessant, mêlé à des rires et à des chants à mi-voix, pendant que les officiers juraient, imposant silence aux turbulents, et que le cliquetis des armes formait une cadence régulière et rythmée.

A sept heures, le premier coup de canon les prit à l'improviste au milieu des soins du ménage. La mère était tombée sur une chaise, frappée au cœur, et Thérèse avait joint les mains, murmurant une fervente prière. C'en était fait : la bataille commençait.

A partir de ce moment, madame Froisset parut devenir folle, allant et venant machinalement sans se rendre compte de ses actes. C'est alors que Thérèse, la brave enfant, avait surmonté les timidités naturelles de ses seize ans pour essayer de réagir contre le désespoir prématuré de sa mère, la consolant, lui disant tout ce qui lui passait de rassurant par la tête. Peut-être la compagnie de son père n'était-elle pas mêlée à l'action ; certainement ils formeraient la réserve, étant partis en dernier. Puis on hésiterait à mettre en avant cette garde nationale composée de

pères de famille, d'enfants, quand il y avait la vraie
armée, les troupes de ligne, les mobiles ; les gardes nationaux seraient là pour donner seulement en cas
d'échec.

Parfois madame Froisset l'écoutait, paraissant se
rendre à ses raisons, l'approuver ; tout à coup elle
s'échappait, courait dans la rue, demandait des nouvelles et se heurtait aux racontars des femmes du
peuple qui bavardaient à tort et à travers, sans savoir, par besoin de causer et de dire quelque chose.

Là elle recueillait d'absurdes histoires qui la boule-
versaient, augmentaient son affolement et lui faisaient
désespérer de tout : on sacrifiait les gardes nationaux
pour conserver l'armée régulière, pour contenter ces
perpétuelles demandes de sortie qui exaspéraient le
gouvernement.

Il y en avait qui revenaient des remparts, de la porte
Maillot, et qui avaient vu des blessés. Des blessés !
Madame Froisset, à leur récit, joignait les mains avec
une exclamation terrifiée :

— Oh ! mon Dieu ! déjà !

L'énumération commençait : c'étaient des gardes
mobiles, des zouaves, des artilleurs, des francs-ti-
reurs, des soldats de ligne et enfin des gardes nationaux. On ne pouvait savoir encore de quels quartiers,
et la malheureuse femme revenait chez elle, moins
bien renseignée que lorsqu'elle ignorait tout, mais
plus épouvantée. Ces demi-confidences, ce mélange
de faux et de vrai, la jetaient dans une stupeur morne

qui faisait vaciller en elle la raison et effrayait sa fille.

Vers trois heures il y eut un redoublement de détonations ; le bruit courait déjà que l'un des corps d'armée était arrivé en retard, qu'il avait fallu envoyer des locomotives blindées sur la ligne du chemin de fer pour faire reculer l'artillerie ennemie qui écrasait le corps retardataire et l'arrêtait dans sa marche.

Cependant la plupart des blessés rentrés dans Paris, criaient : « Victoire ! » Les Prussiens cédaient sur toute la ligne. On commençait à savoir la prise de Montretout, à dix heures du matin, l'enlèvement du premier mur enserrant le parc de Buzenval par la garde nationale et la ligne. Des dépêches couvraient les murs et une foule émue se pressait pour les lire et les commenter.

Mais, après les bulletins rassurants, le jour baissant, les nouvelles prirent une forme plus ambiguë, les âmes s'assombrirent.

Déjà, avant toute certitude, quand le fracas de la bataille tonnait encore furieusement, un souffle de découragement se jeta sur la ville, au-dessus de la capitale anxieuse ; les mots de défaite, de massacre inutile, de grandes fautes commises par les chefs, vinrent glacer le cœur de toutes ces familles qui attendaient, en faisant des vœux pour leurs parents et leurs amis.

On écouta avec plus d'anxiété encore, car il semblait que le bruit décroissait, que les décharges s'espaçaient. A six heures le brouillard achevait de noyer tout de ses vapeurs blanches ; un mortel silence envahit la plaine, les bois et les champs.

Ce furent de terribles heures que celles qui suivirent, une souffrance physique et morale d'une incroyable intensité ; puis, la certitude de la défaite, de la tentative avortée se joignant à l'ignorance absolue dans laquelle on se trouvait par rapport au sort des amis et des parents ayant pris part à l'action, une mortelle inquiétude s'empara de tout le monde. Des femmes se lamentèrent à grands cris de ne pas voir revenir ceux qu'elles attendaient : le désespoir soufflait sur tous, glacial.

La plupart des gardes nationaux du quartier de Courcelles et de Saint-Augustin étaient revenus, à des intervalles plus ou moins rapprochés, sans que madame Froisset pût obtenir de nouvelles de son fils et de son mari : elle apprit seulement que le bataillon s'était trouvé engagé en pleine lutte.

Cette fois encore rien ne put la retenir chez elle ; avide de détails, elle sortit pour se mêler aux groupes où des gardes nationaux, revenus sains et saufs, racontaient la terrible attaque du matin, la boucherie affreuse de la Bergerie, ce mur qui crachait la mort sans qu'on pût voir un seul de ses défenseurs.

Thérèse, frissonnante, se serrait au bras de sa mère, ne parvenant plus à renfoncer ses larmes, ni à cacher l'épouvante et le découragement qui la prenaient.

Un cercle compact entourait un garde national du 71e bataillon, de la compagnie même du capitaine

Froisset; il citait des noms de blessés, et brusquement, après avoir dit que le capitaine devait vivre encore, car à la fin de la journée il n'avait pas une égratignure malgré la bravoure avec laquelle il s'était constamment exposé, il ajouta incidemment que le matin, dès le début, vers huit heures, il avait vu tomber Georges Froisset, et que le malheureux père ne se doutait pas de cette catastrophe.

Deux cris terribles clouèrent les paroles dans la gorge du conteur et le cercle s'ouvrit sous la poussée folle des deux femmes qui venaient d'entendre la lugubre nouvelle :

— Mon fils !

— Mon frère !

Une stupeur fit balbutier le soldat qui se découvrit machinalement en entendant les curieux dire :

— C'est madame Froisset et sa fille Thérèse.

Ils venaient de reconnaître des voisines.

La mère s'était accrochée au bras du garde national, bégayant : « Vous avez vu ! Oh ! parlez, dites-moi tout ! »

Elle s'efforçait de calmer le tremblement de sa voix :

— Je suis forte, allez ! Vous pouvez tout me raconter.

Thérèse pleurait et les sanglots secouaient sa poitrine, l'empêchant de joindre ses supplications à celles de sa mère.

Il tourna son képi dans ses mains, avec un geste

circulaire, comme s'il eût cherché quelque issue, un moyen d'éviter cette pénible mission.

— Parlez ! mais parlez donc ! vous me faites mourir.

Elle lui serra les poignets, ne sachant plus ce qu'elle faisait. Pas une larme ne voilait ses yeux ; mais une pâleur uniforme avait envahi son visage, et ses traits se contractaient, secoués par un tic nerveux qui tirait les angles de sa bouche, la défigurant.

Ne pouvant plus se taire, il se décida.

— La compagnie, après une première fusillade très vive, venait de recevoir l'ordre de se porter en avant ; baïonnette au canon, ils marchaient au pas gymnastique, enlevés par la sonnerie des clairons jouant la charge ; Georges Froisset était non loin de lui, le sourire aux lèvres, les yeux ardents. — On allait atteindre le mur crénelé, quand une décharge des Prussiens avait éclairci les rangs des gardes nationaux. Ç'avait été comme un effroyable coup de vent, et, immédiatement après avoir baissé la tête d'une manière instinctive, il croyait avoir aperçu Georges par terre, se tenant la jambe gauche à deux mains.

— Blessé !

Elle respira, avec une détente des traits sous laquelle on sentait venir les larmes.

Le garde national, préoccupé de son récit, continua :

— Je l'ai encore vu pendant un moment, se traînant sur les mains et sur les genoux, sans doute pour se tirer de la bagarre et aller se faire panser, puis tout à coup il y a eu une sorte de grand tourbillon avec une nouvelle grêle de balles si violente que le mur m'en parut tout en feu, et je n'ai plus rien distingué au milieu des cris de tous ceux qui furent touchés.

— Mais il vit, vous êtes bien sûr ? Je le reverrai ?

Le garde national se grattait l'oreille, un peu hésitant :

— Dame ! je crois bien : le tout est de savoir dans quelle ambulance on l'aura porté.

— Oh ! je le trouverai, moi. Merci.

Sans écouter les condoléances de ses voisines, elle entraîna Thérèse avec une fermeté, une allure décidée, qui stupéfièrent l'assistance.

— Quelle femme ! lança quelqu'un.

Le soldat répondit :

— Je voudrais avoir une mère comme celle-là !

En quelques instants, les deux femmes eurent pris chez elles les vêtements nécessaires, ainsi qu'une lanterne, car dans beaucoup d'endroits le gaz manquait et elles ne savaient encore comment elles arriveraient au bout de leur tâche énorme. Il fallait une mère pour aller ainsi, sans guide, sans savoir, à la recherche d'un blessé à travers les ambulances qui emplissaient Paris à cette lamentable époque.

Ne se laissant rebuter par rien, elles se rendirent successivement, un peu au hasard, aux ambulances particulières, selon qu'on voulait bien les leur indiquer, au Théâtre-Français, à la rue Chaptal, à l'École des beaux-arts, à la place Vendôme, au Crédit foncier, à l'ambulance de la Presse et à l'ambulance américaine.

Madame Froisset allait courageusement d'un lit à un autre, interrogeant les chirurgiens, les infirmiers, les brancardiers, et ayant de terribles appréhensions quand elle croyait reconnaître son fils dans un blessé.

Les heures se succédèrent pendant qu'elle accomplissait ce lugubre chemin de la Passion, où son cœur manquait de se briser à chaque pas, où sa raison pouvait brusquement lui échapper ; mais elle marchait toujours.

Morte de fatigue, épouvantée par la vue de ces horribles blessures, de ces linges teints de sang, les oreilles pleines du hurlement des blessés et du râle des agonisants, elle fuyait les unes après les autres les salles de souffrance. Elle avait beau se voiler le visage de ses mains, le terrifiant spectacle des tables d'opération, des aides-majors en tablier blanc, les bras nus et rouges de sang, la poursuivait.

Thérèse, les yeux à moitié clos, essayait de conserver toutes ses forces et de ne pas s'évanouir au milieu de toutes ces horreurs.

Sitôt qu'elles avaient interrogé tout le monde, constaté de leurs propres yeux l'absence de celui qu'elles cherchaient, elles repartaient, les pieds brûlés par la marche, les jambes pesantes, mais se traînant avec une force de volonté que rien ne parvenait à briser.

A minuit elles entraient au Grand-Hôtel, et depuis

six heures elles ne s'étaient pas reposée uns instant.

Au moment où madame Froisset, exténuée, écrasée par un immense découragement, se présentait devant la salle transformée en ambulance, la porte s'ouvrit et une femme en costume de cantinière se détacha sur le fond éclairé.

A son képi était le numéro 71. La première, elle reconnut Thérèse et sa mère :

— Vous ici! C'est le ciel qui vous envoie; vous le cherchez, il est là!

La mère porta la main à son cœur.

— Ah! mon Dieu!

Cette réalité lui donnait le dernier coup.

Jusque-là, elle avait pu douter, s'illusionner, croire que le garde national avait pris un autre pour son fils ; ne le trouvant nulle part, elle n'avait pu s'empêcher de sentir cette espérance grandir en elle et lui rafraîchir le sang : une langueur causée, moitié par l'extrême fatigue, moitié par ce commencement d'apaisement dans ses craintes, l'avait envahie. Tout cela disparut. Son fils était là! Il avait été blessé! Ses défaillances lui revinrent brusquement, toutes à la fois, avec ses terreurs : elle fléchit sous le choc.

La cantinière s'avança vers elle :

— Madame, j'allais chez vous pour vous prévenir. Le pauvre enfant est bien pâle, mais courageux.

Madame Froisset ne pouvait plus se tenir ; elle dut s'appuyer sur le bras que lui offrait la cantinière.

Toute chancelante, avec un long frisson qui lui

coula sa glace par tous les membres, elle pénétra dans la longue salle, où de chaque lit montait un gémissement, un cri, un appel. Thérèse était prête à défaillir de lassitude et d'épouvante ; cependant elle suivit intrépidement sa mère, sans jeter un regard autour d'elle.

— Mon fils !

La mère était déjà penchée sur le lit où gisait, à moitié couvert d'une couverture brune, Georges Froisset.

Une rougeur fugitive courut sur les traits blêmes du jeune homme ; il tendit les mains à sa mère et à sa sœur, placées de chaque côté.

— Ah ! merci. Je ne croyais plus vous revoir. Mère chérie ! Thérèse !

Malgré la contraction de ses dents, une faible plainte ouvrit ses lèvres.

— Tu souffres ?

— Chère mère, ne t'inquiète pas : te voilà, je me sens mieux.

— Ne parlez pas trop !

Le blessé eut un reconnaissant sourire à cette recommandation faite par la cantinière. Sur un signe du jeune homme, elle raconta que c'était elle qui avait recueilli le malheureux.

Elle était restée près de lui en le voyant tomber et l'avait traîné jusqu'à un fossé pour le mettre à l'abri et l'empêcher d'être foulé aux pieds. Quelle journée épouvantable ! Il se plaignit sans arrêter, dès qu'il eut repris connaissance grâce à l'eau-de-vie de sa protectrice; elle le veilla, se refusant à le quitter, jusqu'au moment où des brancardiers conduits par un tout jeune aide-major purent le recueillir et l'emmener, ce qui avait eu lieu le soir seulement, vers cinq heures, alors que le combat se terminait.

Il avait ainsi passé toute la journée dans la boue, à peine garanti par un manteau jeté sur lui et perdant beaucoup de sang. La blessure était épouvantable, mais on espérait le sauver à force de soins.

Cette espérance rendit un peu de force à la pauvre mère, qui debout près de ce lit, contemplait son fils comme si elle n'eût pu encore se persuader que c'était lui qui se trouvait là étendu sous ses yeux, le même si vaillant, si fort le matin, et maintenant presque mourant. — Elle n'osait le presser sur son cœur de peur de le faire souffrir; de ses yeux grands ouverts tombaient de lourdes et brûlantes larmes qui roulaient sur ses joues et mouillaient la main du blessé.

Les paupières de celui-ci se fermaient à demi, car il était vaincu par la souffrance, par la fatigue, par le besoin, et il s'abandonnait très las, heureux seulement de se sentir au milieu des siens. Pourtant il y eut dans son regard une hésitation d'un instant, comme s'il eût cherché une autre personne; mais il n'eut pas la force de demander où était son père.

La cantinière, après s'être éloignée pendant quelques minutes, revint amenant deux brancardiers qui consentaient à transporter le blessé chez lui; en-

chanté d'avoir des places libres, le chirurgien ne
refusait à personne la permission d'emmener des
blessés.

— Raymond, interrogea un aide-major appelant
un de ses camarades, peux-tu laisser partir ton sujet ?

— Lequel ? répondit une voix claire et bien timbrée.

Quelques lits plus loin, un jeune homme de vingt
et un ans à peu près s'était redressé, interrompant un
pansement pour voir ce qu'on lui voulait.

— Tu sais bien, ce garçon du 71ᵉ de garde nationale, que tu as ramassé près du mur de Buzenval,
vers la fin de la journée.

— Ah ! le numéro 4, deux balles dans la jambe
gauche ?

— Oui.

— Eh bien, on peut l'emmener, je viens de renou-
veler son pansement. Il sera mieux soigné chez lui et
il n'y a aucun inconvénient à le transférer.

— Il n'y a pas de danger, Monsieur, bien sûr ? interrogea timidement Thérèse.

La douceur de cette voix parut faire impression
sur l'aide-major, car, avant de répondre, il regarda
longuement cette gracieuse enfant de seize ans, au
douloureux sourire.

— Aucun, Mademoiselle, je vous le promets.

— Oh ! Raymond s'y connaît, et, du moment qu'il
l'affirme, vous pouvez être tranquille, reprit son
camarade.

Une faible rougeur passa sur le blanc visage de

Thérèse qui se retourna vers sa mère, à laquelle cet incident passager avait complètement échappé.

Quelques moments plus tard, Georges était couché dans un bon lit, installé au milieu de la salle d'armes de son père. Malgré ses souffrances, il se sentait presque joyeux d'être enfin chez lui, auprès de sa mère et de sa sœur, après avoir cru mourir dans l'humide fossé où l'avait abrité la cantinière.

Mais alors, un peu plus tranquilles sur le sort du pauvre blessé, madame Froisset et Thérèse commencèrent à songer au père, que cette première et terrible angoisse avait un peu chassé de leur pensée. La nuit s'avançait, trois heures venaient de sonner au loin avec une vibration qui sembla sinistre aux deux malheureuses femmes : le désespoir les envahit peu à peu et, assises près du blessé, les mains serrées fébrilement, elles comptaient les minutes, n'osant ni se regarder, ni se parler.

Par instants Georges s'agitait et des paroles pressées s'envolaient de ses lèvres sèches; elles essayaient de le calmer.

Enfin la porte s'ouvrit et Froisset entra, presque défaillant, suivi de son ami Marlotton.

III

LE BLESSÉ

— Mon fils! mon cher enfant!

Le capitaine avait courbé sa haute taille pour envelopper de ses deux bras le pauvre blessé, et un sanglot puissant, effrayant, faisait haleter sa poitrine.

— Te voilà donc enfin, et vivant!

Ne pensant même pas à embrasser sa femme et sa fille, qui le regardaient avec un mince sourire sur leurs visages encore battus par la douleur et l'angoisse, il ne voyait que son fils, que Georges, couché là au milieu de la grande pièce aérée, avec les couvertures ramenées jusqu'à son menton imberbe, sa figure plus pâle que les draps et ses yeux où brûlait la fièvre.

— Ah! mon enfant, mon enfant, que t'ont-ils donc fait? — Pourquoi toi, non pas moi?

Il y avait comme un remords dans cette plainte du

vieux soldat, qui se reprochait tout bas d'avoir laissé
partir son fils avec lui, de l'avoir exposé, d'avoir
traîné cette victime expiatoire à l'horrible guerre.

Il oubliait du coup le patriotisme, le foyer à défendre,
toutes les belles et nobles pensées dont il se sentait
animé le matin. Il ne pensait plus qu'à une chose : à
ce terrible événement, son fils blessé, étendu tout
blême et tout frissonnant, avec ses dents qui cla-
quaient par moments.

Froisset n'osait pas regarder sa femme. Ce fut elle
qui, devinant sans doute ses pensées, vint à son mari,
tandis que Thérèse lui embrassait les mains, heureuse de le voir debout, fort et vaillant comme avant
la bataille.

D'un regard vague, le blessé suivait tous leurs mouvements : un doux sourire flottait sur ses lèvres
entr'ouvertes, d'où sortaient comme un murmure les
noms aimés :

— Papa ! maman ! Thérèse !

Le jeune homme redevenait enfant, et il les prononçait sans trêve, avec une douceur croissante, se
caressant de leurs syllabes qui lui faisaient du bien,
lui entrant profondément au cœur.

Peu à peu la force semblait lui revenir ; il s'agitait
sur son lit. Sa main, sortant de dessous les couvertures,
se dirigea vers Froisset, qui la saisit avec empresse-
ment et s'agenouilla pour rapprocher ses lèvres du
front de Georges.

— Mon cher, bien cher enfant !

Ce fut tout ce qu'il put dire dans l'écrasement d'une joie qui faisait jaillir de grosses larmes de ses yeux.

Georges parlait :

— Mon cher père, je craignais de ne plus vous revoir. Je n'ai pas eu de chance et ma carrière militaire n'aura pas été longue : me voilà estropié.

— Où es-tu blessé ?

L'inquiétude empoignait le père et une ombre passa sur ses traits fermes.

— Allons ! allons ! Froisset, tu fatigues cet enfant ; ne le fais pas causer.

C'était Marlotton qui se faisait entendre à son tour, ramenant sur lui l'attention et craignant que ces expansions ne finissent par redoubler la fièvre du blessé.

Le maître d'armes insista.

— Si, si ; cela me connaît, moi ; j'en ai vu des blessures et je m'y entends presque aussi bien que les chirurgiens. A première vue je saurai si c'est grave ou léger. Montre-moi ta blessure, mon garçon.

Le blessé secoua lentement la tête avec cet alanguissement de tout son être qui l'avait comme transformé depuis qu'il se trouvait sur ce lit de douleur :

— Ce n'est pas la peine. Je puis te dire ce que c'est ; j'ai entendu l'aide-major qui m'a posé le premier appareil : j'ai une jambe perdue.

— Une jambe !

Le père reçut le coup en plein cœur et resta une seconde très pâle :

— Estropié, toi, mon enfant!

Ses sourcils épais eurent un froncement passager ;
puis il sembla secouer cette pensée.

— Ah ! bah ! cela ne peut pas être ; une jambe, ça
se guérit ! Les médecins de là-bas sont trop jeunes
pour savoir cela.

— Père, j'ai reçu deux blessures dès le début de
l'attaque : une première balle au mollet, insignifiante,
paraît-il. Seulement, pendant que je me traînais pour
aller me faire bander la jambe, j'ai senti une secousse
terrible sous le talon et j'ai perdu connaissance : c'était
la seconde balle. L'os est broyé dans toute la longueur,
jusqu'au genou.

Froisset frissonna en apprenant ce dernier détail :
la blessure était en effet terrible. Ses yeux cligno-
tèrent, secoués par un irrésistible tremblement ; il fut
quelques instants avant de pouvoir se remettre,
n'osant parler de peur de trahir son émotion, et se
raidissant, car il se sentait observé par sa femme, par
sa fille, par le blessé lui-même, dont les yeux mi-clos
suivaient tous ses mouvements.

Marlotton intervint de nouveau :

— Il faut aller chercher un médecin.

— C'est cela. Je vais ramener le premier chirurgien
de Paris et à l'instant.

Sans vouloir s'asseoir, ayant dans les jambes tout
l'écrasement de la journée, il sortit avec son compagnon, après avoir tendrement embrassé les siens.

— Bon courage ! je ne reviendrai pas sans lui, je vous le promets.

Les dernières heures de la nuit s'écoulèrent une à une sans que madame Froisset pût se décider à quitter son fils. Celui-ci s'était endormi d'un sommeil lourd et fiévreux, entrecoupé de rêves pénibles ; des paroles d'angoisse s'échappaient de sa bouche et la mère n'en pouvait saisir une syllabe tellement elles se heurtaient incohérentes et confuses.

Thérèse, vaincue par la fatigue, reposait tout habillée sur son lit.

A dix heures du matin Froisset et Marlotton rentrèrent, accompagnés du célèbre chirurgien N...

Georges venait de se réveiller, mais restait encore engourdi par son fatigant sommeil. Sans perdre un instant, N... rejeta les couvertures, défit les bandes et froidement examina la jambe du blessé ; son visage n'exprima ni surprise ni contentement. Il conserva sa gravité professionnelle, le masque habitué à cacher toutes les sensations, à ne laisser percer ni crainte ni espoir, de peur de décourager ou de donner trop d'espérance à ceux qui attendaient son arrêt.

— C'est bien, dit-il de sa voix posée, j'ai parfaitement vu.

Il se tourna vers Georges, sur lequel ses yeux se fixèrent avec autorité :

— Vous devez être un courageux garçon pour avoir aussi bien supporté une pareille blessure ; je puis vous dire la vérité : vous ne pouvez conserver votre jambe.

— Je le savais, murmura le blessé.

— Je ne vous surprends donc pas ; l'os étant broyé dans toute sa longueur, il faut absolument en faire le sacrifice.

Froisset s'attendait à cet arrêt, ayant causé en venant avec le chirurgien et lui ayant exactement décrit la blessure ; mais la mère eut un mouvement de désespoir.

Georges l'arrêta d'un sourire :

— Mère et toi, Thérèse, je vous quitterai moins, puisque vous me serez constamment nécessaires pour me soutenir.

A travers leurs larmes, les deux femmes eurent une rayonnante expression d'affection et de tendresse ; madame Froisset embrassa son fils en lui disant :

— Brave enfant !

— Au revoir ! Demain je reviendrai avec deux de mes amis, on vous endormira et vous vous réveillerez débarrassé de ce poids inutile, dit le médecin en se retirant.

IV

COMMENT IL PARTIT

Peu à peu Georges reprenait connaissance, écoutant sans comprendre un murmure de voix qui bruissait à ses oreilles. Il croyait revenir du fond de quelque gouffre, conservant le reste de vertige et d'étourdissement causé par une chute énorme. Il lui semblait aussi qu'allégé tout à coup d'un poids immense, il allait pouvoir se lever, courir, marcher sans préoccupations, sans embarras.

— Ses yeux erraient vaguement, reconnaissaient maint objet, une paire de fleurets accrochés au mur, de petits tableaux, une bibliothèque bien fournie.

Il était dans sa chambre, couché dans son lit placé au milieu de la pièce, et, en abaissant les yeux, il s'étonna de se voir ainsi, ne comprenant pas tout d'abord pourquoi il s'y trouvait. Une réalité terrible le rappela à lui-même : au-dessus de sa jambe gauche le drap se tendait sur des demi-cercles qui tenaient l'étoffe à distance pour l'empêcher de toucher la plaie.

Tournant la tête d'un geste brusque, involontaire, il étouffa un léger cri en apercevant le chirurgien et ses aides formant un groupe avec son père et Marlotton, pendant que les deux femmes pleuraient près de la porte. Il venait d'être opéré.

Une contraction plissa ses lèvres et il lui fallut une énergie extraordinaire pour arrêter les larmes qui lui montaient du cœur, s'amassant sous les paupières et menaçant de jaillir sous une impression nerveuse presque irrésistible.

Le chirurgien avait remarqué son angoisse; il s'approcha du lit, l'air bon enfant :

— Hé! oui, c'est fini : vous voyez que je n'ai pas été long. — Allons! embrassez votre mère, et surtout pleurez si vous en avez envie, cela vous soulagera.

Déjà Georges, entre les bras de sa mère, ne retenait plus ses larmes qui coulaient silencieusement sous les baisers de la brave femme ; ne sachant trop comment exprimer ce qu'elle ressentait, elle lui répétait de son intonation la plus câline :

— Mon pauvre aimé ! Mon pauvre aimé !

Très pâle, Thérèse, tombée sur une chaise, se cachait le visage dans son mouchoir et sentait, malgré sa volonté, ses regards se diriger constamment vers un point, vers ce berceau blanc formé par le drap au-dessus de la jambe amputée : il y avait là une horreur qui l'inquiétait et elle se figurait la blessure horrible, béante, avec une vérité lui serrant le cœur et la faisant frissonner de la tête aux pieds. Était-ce possible ? Son frère dans un pareil état ! Il lui semblait faire un rêve, ne pouvoir se débarrasser de quelque cauchemar odieux ; elle ne parvenait à se convaincre de l'affreuse réalité qu'en voyant le chirurgien, son père, le visage tout tiré, sa mère renversée sur l'oreiller du blessé.

Le médecin vint serrer la main du jeune homme.

— Bon espoir, mon garçon. Je vous verrai demain. Beaucoup de calme et de repos : l'opération a parfaitement réussi, c'est une de mes meilleures.

Il partit, après avoir rendu le courage autour de de lui, redonné de l'espoir à tous ces désespérés, semé les bonnes paroles qui allaient germer dans ces cœurs ouverts par une douloureuse blessure et cicatriser lentement ces plaies de l'âme, si rudes à guérir.

Il sembla que la maison allait reprendre son train de vie.

Mais, dans la nuit qui suivit, se présenta une complication inattendue. Le blessé s'agitait, tout fiévreux, et une toux brutale commença à secouer sa poitrine : ce rhume était d'autant plus terrible que chaque secousse pouvait provoquer une hémorragie mortelle.

Quand, le lendemain matin, le médecin apprit cette

aggravation dans l'état de son malade, une moue maussade traversa son visage si impassible d'habitude, et on eût pu lire une nuance d'ennui au fond de ses prunelles. Il s'efforça par tous les moyens de combattre ce nouveau danger qui venait entraver la guérison.

C'était là-bas, dans le fossé boueux, sous le brouillard humide et pénétrant respiré pendant toute une journée, que le malheureux enfant avait contracté le germe de cette toux qui déchirait sa gorge avec une violence toujours plus grande et plus menaçante ; malgré son énergie, il n'arrivait pas à étouffer la plainte brève que lui arrachait la douleur, chaque fois qu'un nouvel accès remuait à l'improviste sa jambe amputée.

Ce fut un émoi nouveau dans la famille du maître d'armes, et l'espérance s'envola comme si elle eût subitement quitté le logis à l'approche d'un péril imminent.

Dehors, les événements se succédaient vainement, rien ne pouvait plus détourner l'attention anxieuse des parents de leur cher blessé. On vint apprendre à l'ancien soldat que Paris capitulait ; il n'eut qu'une sourde plainte, qu'une significative crispation des poings, mais rien de plus. Georges était là sur son lit de douleur, un vrai lit de douleur, celui-là !

Tout pâle du sang perdu, l'enfant était brisé par des quintes de toux que rien ne pouvait apaiser, qui se succédaient avec une effrayante précipitation, emportant chaque fois un peu de sang et de vie à ce corps si jeune, si vigoureux. Il dépérissait usé par son double mal, sans résistance, ne pouvant rien que se plaindre faiblement quand la souffrance était trop vive, que dissimuler ses regrets et abandonner peu à peu tout ce qui le rattachait à ce monde.

La plus courageuse était la mère, défendant pied à pied son enfant contre l'invisible ennemi, luttant sans cesse à l'aide de tous les remèdes, de tous les soins possibles, toujours debout, sans sommeil et sans faim, auprès du lit où se détachait plus émaciée, plus maigre chaque jour, la silhouette de ce fils adoré. Qui serait la plus forte, de la mère ou de la mort?

Chaque matin le chirurgien revenait à la même heure, apportant son impassible physionomie, ses paroles d'apaisement, ses efforts nouveaux. Mais l'art ne pouvait plus rien ; il y avait là un affaiblissement graduel que nulle puissance n'enrayerait. La vie s'écoulerait goutte à goutte à chaque crise nouvelle, jusqu'à ce que le dénouement fatal arrivât, et déjà le docteur aurait pu fixer le moment avec une précision mathématique.

Il s'en allait, souriant à tous, serrant la main au blessé, lui disant une bonne parole, saluant Thérèse et la mère. Celle-ci, glacée, semblait vouloir lire dans sa pensée à force de fixité, avec ses yeux plongeant dans les siens, et avait l'intuition du malheur caché sous ce masque bonhomme et rassurant.

Dans l'antichambre Froisset arrêtait le médecin et, avec un sanglot comprimé, l'interrogeait, le suppliant de lui parler d'homme à homme sans rien cacher.

Jusqu'alors, le chirurgien avait toujours fui cette explication décisive ; avec sa profonde connaissance de l'humanité, il pressentait que le maître d'armes ne saurait pas suffisamment dissimuler sa douleur, que son désespoir éclaterait, bruyant, inconsolable, bouleversant toute la maison, terrifiant jusqu'au mourant. Par ses réponses évasives, il usait d'une manière insensible la violence de l'explosion prévue, n'avouant pas la vérité et ne la cachant pas : il aurait voulu la laisser deviner. Mais l'issue redoutée approchait, toute feinte allait devenir inutile ; le médecin pensa qu'il y aurait de la cruauté à ne pas prévenir ces malheureux parents.

Quant Froisset, selon son habitude, lui eut demandé après sa visite :

— Eh bien ?

Sans dire un mot, éteignant brusquement son sourire factice, le savant eut un regard éloquent qui fit passer un frisson de terreur sur les chairs du père.

— Ah ! mon Dieu ! Est-ce possible ?

Déjà Froisset balbutiait, anéanti ; la réponse fut brève :

— Oui, tout est désespéré.

Le maître d'armes serra à deux mains le bras de son interlocuteur et un rauque gémissement expira dans sa gorge, comme si la voix lui eût soudain été enlevée : il baissa la tête, essayant de se contenir, voulant renfoncer ses plaintes, pour ne pas trahir

l'affreux secret dont il venait de recevoir la confi-
dence.

— Allons ! du courage. Soyez calme devant la mère,
devant votre fils surtout : la plus légère émotion hâ-
terait l'heure du dénouement.

La poitrine secouée d'une houle de sanglots, se cram-
ponnant au bras du chirurgien, comme un naufragé
s'accroche à une épave, Froisset étouffait.

Peu à peu le calme se fit dans son cerveau, il recon-
quit son sang-froid, essuya ses yeux et trouva la
force d'interroger encore :

— Et quand croyez-vous ?...

Il n'osa achever.

— Peut-être ce soir, peut-être cette nuit ; mais
demain je ne reviendrai pas.

Ce fut tout. La porte sépara les deux hommes,
tandis que, hébété, sans forces, le père restait là,
écoutant vaguement le bruit des pas s'éloignant,
les degrés de l'escalier descendus un à un. Quand il
n'entendit plus rien, il leva les bras au ciel d'un geste
fou, puis tourna deux ou trois fois sur lui-même,
n'osant rentrer dans la chambre du malade, ne sachant plus que faire, éperdu. Enfin, entr'ouvrant
doucement la porte, il se glissa au dehors et fit silencieusement retomber le pêne, allant au hasard pour
se donner le temps de se remettre.

Il n'y avait pas une heure qu'il était dehors, qu'une
épouvantable pensée vint l'assaillir : et si pendant ce
temps-là une crise survenait, si Georges le quittait !

Alors il se mit à courir, tremblant à l'idée de rentrer trop tard.

Au bas de l'escalier, il dut mettre la main sur son cœur pour en comprimer le battement précipité, et il écouta, anxieux, les oreilles pleines de bourdonnements, croyant entendre des pleurs, la grande lamentation de la mère pleurant son fils.

Il ouvrit la porte de la chambre avec un tremblement, hésitant, n'osant regarder.

— Bonjour, père, murmura Georges, tu étais dont sorti ?

Froisset lut une certaine angoisse dans les yeux de son fils, comme si l'enfant eût craint de ne plus le revoir, ayant cette même pensée qui l'avait si rapidement ramené chez lui, et il fut tout étourdi de cette intuition du mourant. Il l'embrassa, ne sachant trop que répondre.

Près du lit, la mère restait grave, regardant son mari comme elle avait regardé le médecin et, remarquant qu'il paraissait gêné, embarrassé, qu'il évitait ses regards. La pâleur de ses joues augmenta, ses yeux se cernèrent davantage ; sans autre explication, elle comprit subitement ce qui avait dû se passer, l'aveu du médecin, la douleur du père, ses angoisses et sa fuite devant une révélation qui pouvait mortellement frapper le blessé.

Thérèse seule conservait son bon et doux sourire, en contemplant les traits, devenus si anguleux, du visage de son frère, comme si elle eût voulu les graver dans sa mémoire ; seule, elle ignorait que sa fin fût si proche.

Tout bas, d'une voix à peine perceptible, le fils parlait au père, dont la physionomie changeait graduellement. Georges ne conservait aucune illusion ; il sentait la vie se retirer peu à peu de lui, et il le disait au maître d'armes avec calme, sans amertume, en enfant qui regrette seulement de causer du chagrin à ses parents, mais qui se voit dans l'impossibilité de faire autrement :

— Ne le dis pas à cette pauvre mère, qu'elle ne le sache pas trop tôt ! Mais, vois-tu, qu'aucun de vous ne me quitte, car je n'en ai plus pour longtemps : n'est-ce pas ? ne t'éloigne pas, père, tu ne me retrouverais peut-être plus.

Il se tut, épuisé, cherchant d'un œil languissant sa mère qui se courba sur ses lèvres pour boire ses paroles et ses baisers :

— Mon enfant, comme je t'aime ! Mon adoré, comment te sens-tu ?

Il souriait ; mais le sourire devenait rapidement nerveux, convulsif, et, après chacun de ses sourires, il y avait un relâchement général de tous les traits qui allongeait sa maigre figure, aux yeux énormes dans la pâleur de cire de l'épiderme, aux lèvres blanches laissant déjà voir les dents.

La journée se passa ainsi, avec cette attente terrible de ces trois vivants n'osant s'éloigner même une minute de cet agonisant.

Vers quatre heures, une quinte de toux souleva la poitrine du blessé ; puis, d'une voix presque claire, il appela :

— Maman, papa, Thérèse !

Et les mots se suivirent plus faibles, un peu de délire s'en mêla :

— Je vous aimais tant ! Adieu ! Adieu ! Je pars en voyage.

Le dernier souffle courut sur sa bouche et vint caresser les lèvres de la mère ; elle se jeta comme une folle sur le corps avec une explosion de douleur qui éclata lamentablement par toute la maison.

Le blessé venait de mourir.

3.

V

L'AGONIE DE LA MÈRE

— Où est ta mère ?
— A l'église.
— Ah !

Un froncement de sourcils rendit plus grave et plus fâchée la figure rembrunie du maître d'armes.

Tous les jours il adressait la même question à sa fille, en trouvant l'enfant seule à la maison, le ménage en désarroi, les chambres vides et comme inhabitées ; tous les jours il recevait cette même réponse qui lui donnait un coup de massue, courbant son front, écrasant ses fortes épaules. A l'église ! Toujours et toujours ! et lorsqu'à la question habituelle la réponse n'était pas : « A l'église ! » c'était un mot plus terrible, un souvenir plus affreux que Froisset voyait se dresser devant lui, — le cimetière ! la tombe blanche où dormait, de l'éternel sommeil, leur premier enfant!

Pendant un mois, le père qui venait de perdre son fils eut la crainte sans cesse menaçante de perdre sa femme ou de la voir devenir folle. Aucun médecin n'en répondait plus; on l'abandonnait, impuissant devant une douleur qui l'avait rendue presque cataleptique. Elle n'était pas couchée, mais on eût dit qu'un fantôme habitait la maison, à la voir aller et venir sans bruit, inconsciente, avec des arrêts soudains dans la marche, des gestes égarés, d'incompréhensibles balbutiements et surtout ses yeux fixes, des yeux, où roulaient toujours des larmes, tombant comme d'une source intarissable.

Froisset frissonnait, rien que de rencontrer tout à coup sa figure blème et ses cheveux blancs, car le jour même de la mort de Georges, en quelques heures, ses cheveux noirs s'étaient parsemés de mèches blanches, et, depuis, tous s'étaient ainsi décolorés, en même temps que le sang quittait pour toujours son visage, la marquant au sceau de l'ineffaçable douleur.

Les semaines s'écoulèrent, n'amenant aucun changement dans cette existence devenue purement animale, sans rien qui prouvât que l'intelligence n'eût pas sombré complètement au moment de la catastrophe, que l'esprit fût pour une part dans les actes de l'infortunée mère.

Vainement Thérèse entourait sa mère des soins les plus minutieux, des caresses les plus tendres et les plus chaudes. La mère ne paraissait plus exister dans

cette femme morte d'avance à tout ce qui était humain ; son cœur devait s'être brisé au choc terrible
qu'il venait de recevoir. — L'enfant, désolée, allait
retrouver son père et pleurait à gros sanglots sur sa
poitrine, de cette indifférence à laquelle on ne l'avait
pas habituée ; Froisset ne trouvait rien pour la consoler, ne sachant comment expliquer cet état incompréhensible, ce bouleversement effroyable.

Sans cesse, madame Froisset allait d'une pièce à
l'autre, descendant à la salle d'armes dont elle visitait chaque coin, remontant dans sa chambre, dans
celle de son fils, partout enfin avec des allures quê-
teuses, comme à la recherche d'un objet ou d'un être
perdu.

Cela dura environ deux mois, et déjà les médecins
la considéraient comme folle, lorsque tout à coup une
crise se déclara avec une excessive violence, la for-
çant à garder le lit pendant tout un mois.

Lentement la raison lui revint, mais avec la raison
le sentiment de la souffrance, la conscience de la perte
faite : ce fut un renouveau de désespoir qui put passer
pour la seconde période de ce grand et irréparable
malheur.

Elle pressait Thérèse sur son cœur avec une énergie
sauvage, terrifiée à la pensée de la perdre aussi et
demandant pardon à son mari qu'elle oubliait au
milieu de ses expansions maternelles, et qui, modes-
tement assis dans un coin de la chambre, la contemplait de son regard paisible et aimant.

Il venait lui prendre la main, la tapotant familièrement, lui répétant :

— Oui, tu es une bonne femme : ne te tourmente
pas. Si tu aimes bien Thérèse, tu m'aimes bien aussi,
c'est trop naturel.

Et tout ce qui pouvait lui faire comprendre qu'il
n'était pas jaloux de cet amour exclusif, de ces tendresses qui semblaient le mettre à l'écart. Il se sentait
trop heureux de la voir revenue à elle, la croyant
guérie tout à fait, espérant que le temps arriverait à
user cette douleur violente et la transformerait en un
sentiment plus calme, plus mélancolique.

Dès que madame Froisset put se lever, sa première
parole fut pour demander à sortir.

— Attends encore un peu. Tiens ! tu demanderas
au médecin.

Une semaine plus tard elle avait obtenu cette permission si ardemment demandée.

Immédiatement, sans songer à respirer l'air pur, à
réchauffer au soleil de juin ses membres engourdis,
elle courut à l'église Saint-Augustin, dont les dômes
l'attiraient invinciblement.

Pendant deux heures, prosternée dans l'une des
chapelles souterraines, elle pria et pleura, ne se lassant pas de bégayer les mêmes mots d'adoration, les
mêmes supplications secrètes au Seigneur.

Thérèse, qui l'avait accompagnée cette première
fois, commença même à trouver l'épreuve un peu trop
prolongée, et essaya de faire comprendre à la conva-

lescente que d'aussi longues stations sous ces cryptes
glacées seraient dangereuses. Sa mère la regarda avec
un sourire mélancolique et secoua doucement la tête,
protestant contre une pareille assertion. — L'enfant
n'osa pas insister.

Le lendemain, à la même heure, madame Froisset
reprenait le même chemin et venait s'agenouiller au
même endroit, s'isolant des autres fidèles, choisissant
le coin le plus noir de la sombre chapelle et s'enseve-
lissant dans ses dévotions comme dans un suaire
glacial.

Cette seconde station fut plus longue que la première : trois heures s'étaient écoulées. La pauvre
inconsolable ne bougeait pas, marmottant ses prières
avec une ferveur navrante, ne pensant plus à se détacher de ces dalles où elle semblait fixée. La jeune fille
dut évoquer le souvenir de son père qui les attendait
et devait s'inquiéter de cette absence prolongée, pour
arracher sa mère à cette religieuse extase.

Froisset ne put s'empêcher de faire la remarque
qu'elles étaient restées bien longtemps.

— Je priais pour notre fils ! répondit doucement sa
femme.

Le maître d'armes ne put lui arracher aucune autre
explication, n'osa rien lui objecter et se heurta chaque
jour à la même réponse, attendrie, mais inflexible.

Alors il la laissa faire, tout assombri par la per-
spective de la nouvelle existence qui commençait
pour lui.

Désormais, se gênant moins encore, elle partit le matin pour ne rentrer qu'à l'heure du déjeuner, et recommença l'après-midi avec un zèle que rien ne pouvait lasser.

Lorsqu'elle ne se rendait pas à Saint-Augustin, c'est qu'elle allait porter ses prières au cimetière Montmartre et que ses pensées étaient, ce jour-là, plus lugubres et plus désolées.

Peu à peu Froisset remarqua que sa fille dépérissait et pâlissait ; à propos de la moindre chose, elle était prise de crises nerveuses d'une violence toujours croissante.

Le médecin consulté déclara qu'il ne pourrait rien tant que Thérèse serait soumise à cette manière de vivre, toute nerveuse, tout exaltée, et qu'i, fallait absolument l'empêcher de suivre le genre d'existence de la mère. Le maître d'armes n'osant se charger d'une pareille mission auprès de sa femme, ce fut le docteur lui-même qui en prit l'initiative.

Madame Froisset l'écouta avec étonnement. Elle ne s'était pas rendu compte de l'état d'affaiblissement progressif dans lequel se trouvait sa fille; mais elle ne voulait certes pas contraindre la pauvre petite aux pratiques religieuses qu'elle croyait devoir accomplir, et accepta parfaitement que l'enfant allât passer quelques semaines à la campagne.

Marlotton offrait sa maison de Fontenay-aux-Roses avec le plein air, ses parterres de fleurs et son immense pépinière. Ce fut la santé pour Thérèse, qui eut bien vite recouvré ses belles couleurs, sa fraîche mine et sa gaieté.

Lorsqu'elle revint, toute changée et bien portante, au boulevard de Courcelles, sa mère avait pris l'habitude d'aller seule à l'église et au cimetière ; elle ne fut plus obligée, comme par le passé, de l'accompagner.

Du reste, madame Froisset arrivait au point extrême de l'exaltation religieuse. Maintenant elle passait sa vie dans les chapelles de Saint-Augustin ; sa figure blême avait encore blêmi, prenant la couleur jaune des cierges, tandis que ses vêtements de deuil sentaient toujours l'encens et les odeurs mystiques de la chapelle. Elle allait comme une ombre, toute maigre, tout amoindrie dans ses robes de crêpe, qui flottaient autour de ses membres, et ses mains sortaient, chaque jour plus exsangues, presque transparentes, de ses manches sombres.

Sa ferveur s'avivait au contact des duretés, des choses qui lui faisaient mal. Lorsqu'elle entrait dans la petite chapelle, dont l'ombre froide la saisissait toujours, elle se réjouissait de ce frisson où elle croyait sentir comme un avant-goût des frissons de la mort.

Ne voulant plus de chaise, repoussant même les bancs de bois polis par les fidèles, elle s'agenouillait sur les dalles, priant d'abord avec un certain calme, laissant le murmure de ses lèvres s'échapper régulièrement, pour monter vers l'autel, dont la clarté douce brillait au fond de la chapelle obscure. Puis, peu à peu, accentuant l'ardeur de ses prières, s'offrant en holocauste au Dieu qui lui avait repris son fils, elle le suppliait avec des sanglots de la reprendre elle aussi, de ne pas l'oublier sur la terre, quand elle ne pensait plus qu'au ciel.

Dans la folie de ces supplications, elle ne se souvenait plus de son mari, de sa fille, n'ayant de mémoire que pour celui qui l'avait quittée, pour le premier né, mort si jeune et si rapidement.

La violence du sacrifice finissait par la jeter presque étendue sur les dalles de pierre, aplatie dans une extase de douleur et de crucifiement, comme les recluses de certains couvents rigides, où l'on ne doit prier que couchée en croix sur la pierre nue.

Partagée ainsi entre l'église et le cimetière, entre la prière et le souvenir, elle négligeait tout ce qui était humain, tout ce qui existait en dehors de ces deux choses.

Sa santé, autrefois robuste, déclina rapidement : elle revenait presque à l'état cataleptique dans lequel elle était tombée le lendemain de la mort de Georges.

Froisset se désolait de ce lent suicide, de ce meurtre qui s'accomplissait chaque jour sous ses yeux sans qu'il pût s'y opposer. Il avait vainement essayé de réveiller dans sa femme les sentiments de la mère et de l'épouse, de parler du passé, de l'avenir; sans résistance, la mère l'écoutait, souriait du même sourire tranquille et navré, embrassait Thérèse avec une sorte de fièvre momentanée, puis repartait le lendemain pour continuer à user son corps et son âme aux dévotions les plus exagérées.

Thérèse la suivait d'un regard tout éploré, se disant que sa mère n'était plus la mère si dévouée, si active, qu'elle se connaissait autrefois ; celle-là était partie avec son frère, et ce jour-là elle pouvait dire qu'elle les avait perdus tous les deux, car la mort attirait fatalement, irrésistiblement la vivante, qui, du reste, semblait courir à elle.

Souvent la jeune fille surprenait son père, la tête dans ses mains, ne pouvant contenir ses larmes, et, entre ces deux douleurs, la pauvre enfant ne savait plus auquel aller, terrifiée, croyant que tout lui manquerait à la fois.

Quand, par hasard, madame Froisset n'avait pu se rendre à l'église, elle s'enfermait dans la chambre de Georges, et, tirant des armoires et des tiroirs ce qui appartenait autrefois à son fils, elle évoquait tout un monde de souvenirs douloureux, de regrets, de lamentations.

Il y avait encore quelques-uns de ses habillements d'enfant, de petits costumes taillés et cousus par elle, que cette mère gardait comme une relique de jeunesse pour que Georges pût les montrer lui-même un jour à ses enfants. — Et maintenant !... — Ah ! c'était affreux ! — Elle se voilait le visage de ses deux mains, sanglotait et tombait presque en convulsions, dans de terribles accès de larmes.

Mais, surtout, le vêtement le plus pénible, celui qui l'impressionnait au delà de toute expression, c'était la capote portée par son fils durant la fatale journée de Buzenval, le pantalon déchiré et encore taché de sang. Elle les approchait de ses lèvres, car ils l'avaient touché : c'était un peu de lui, son sang, son enfant !

Plusieurs fois, Froisset et Thérèse, inquiets de la savoir trop longtemps seule, entraient et la retrouvaient étendue, raidie dans une crise qui l'avait couchée toute blanche, sans connaissance, presque morte, sur le monceau des vêtements, des portraits, des souvenirs.

Sa vie ne tenait plus qu'à un souffle ; encore quelques semaines de macérations, de souffrance et de désespoir, tout serait fini, madame Froisset aurait rejoint son fils.

VI

CEUX QUI RESTENT

— Allons! ma pauvre enfant, un peu de calme, tâche de te remettre, de surmonter ta douleur.

Mais Thérèse, dans la première explosion de son violent chagrin, ne voulait pas de consolations.

Le maître d'armes l'avait prise sur ses genoux, comme lorsqu'elle était toute petite et qu'il la faisait jouer, s'amusant de son babil, de ses courts cheveux frisés et de ses jolies mines éveillées. Elle le tenait par le cou, ployée en deux dans ses vêtements de laine noire, tandis que le voile de crêpe noué à son chapeau tombait entre elle et son père comme une ombre funèbre : sa poitrine se gonflait péniblement. Ses yeux rougissaient sous l'incessant afflux des larmes.

Lui, essayait de l'apaiser, couvrant de baisers les joues pâlies, frôlant de sa rude moustache grise le front blanc, où des cheveux bruns flottaient légers et crespelés, renfonçant sa douleur pour ne songer qu'à celle de son enfant bien-aimée, de la fille qui lui restait pour le rattacher à la vie.

Thérèse n'en pouvait plus, suffoquant et s'abandonnant toute à son désespoir d'orpheline.

Cependant elle eût dû s'habituer à cette pensée terrible de n'avoir plus sa mère. Il y avait si longtemps que la malheureuse femme n'était plus que l'ombre de sa mère, si longtemps que ses lèvres avaient perdu le le goût des vrais baisers maternels qui pleuvaient à tout instant sur elle du temps de leur bonheur, avant l'année maudite, avant la catastrophe du 19 janvier.

Mais la douleur ne raisonne pas. Au moins elle voyait encore sa mère, elle gardait près d'elle son pâle visage, affiné par les larmes et la consomption; elle l'écoutait parler, elle la voyait aller et venir.

Maintenant, rien de tout cela. Depuis le matin, madame Froisset avait rejoint son fils et dormait enfin de ce sommeil, si souvent et si ardemment demandé à Dieu.

Froisset avait fait appel à tout son courage pour conduire au cimetière celle qui ne semblait plus vivre que dans cette idée funèbre de la mort; il en était revenu accablé, tout bouleversé par le grand vide brusquement accompli en moins d'une année dans sa maison, de ce brutal changement dans ses habitudes après vingt années de bonheur, de vie calme, d'union bien assortie. — C'était le fils qui

était parti le premier, le fils! celui dans lequel tout
homme se voit revivre jeune et fort; — la mère le
suivait, comme si ces deux existences s'étaient étroitement tenues.

Le maître d'armes n'eut pas le temps de réfléchir
longuement à tout cela ; il lui fallut immédiatement
réagir, s'oublier lui-même, sous peine de voir un
nouveau malheur suivre ces deux-là.

Sa fille, au retour de la cérémonie, avant d'avoir pu
quitter son chapeau et ses gants, avait été prise d'une
épouvantable crise de larmes et, effrayé, il s'efforçait
de la faire revenir à elle, de l'apaiser, ne se souvenant
plus de la perte qu'il venait de faire devant la menace
de son enfant malade.

Les paroles de paix se succédaient sur ses lèvres
un peu déshabituées des câlineries et des douceurs
enfantines ; il redevint pour un moment le père d'autrefois, le bon enfant qui se roulait avec elle dans d'interminables parties, lorsqu'elle avait deux ans et
qu'elle voulait jouer, toujours jouer avec son petit
papa.

Il l'interrogeait d'une voix basse, caressante
comme une prière. Voulait-elle donc le quitter aussi,
le laisser tout seul, ne plus être sa fille adorée, sa
consolation ? Persuasif, il parlait de ce passé enfantin,
de ces souvenirs charmants dont elle aimait toujours
à causer avec lui, essayant d'amollir son cœur, de
détendre toutes les fibres si crispées de la jeune fille.

Les larmes coulaient avec moins d'efforts sur le

visage de l'enfant; on sentait que la violence de l'amour paternel arrivait à produire son action sur elle, détournant son chagrin, l'obligeant à songer à autre chose qu'à sa mère morte, qu'à son frère parti pour toujours.

Et lui, ce père si affectueux, n'était-il pas toujours là, n'avait-il plus besoin de société, de secours, de bonnes paroles, lui qui restait seul dans la vie à un âge où chacun a fondé sa famille et en a resserré les liens autour de soi pour marcher plus courageux et plus solide ?

Il lui sembla que quelque chose se dénouait en elle au contact des baisers de son père, qu'il y avait comme une lassitude des idées tristes et des souvenirs lugubres. La pensée de sa mère lui parut moins amère auprès de l'affreuse solitude faite à cet homme si excellent et si aimant.

D'un geste elle essuya ses larmes, forçant ses lèvres à une espèce de vague sourire, résistant au courant des funèbres idées qui l'entraînaient si facilement.

Jetant ses bras autour du cou du maître d'armes, le rapprochant de sa poitrine avec une violence affectueuse et tendre :

— Père, cher père, pardonne-moi. Ne crains rien, je serai toujours, plus que jamais maintenant, ta fille dévouée et fidèle.

— Oh! mon enfant! fit le père avec une irrésistible explosion,. Ma bien-aimée! Je savais bien que tu ne croirais pas avoir tout perdu tant que je serais là.

— Mon père, ne le crois pas ; j'ai pu céder à l'affolement d'un moment de désespoir, mais c'est fini, je suis redevenue ta fille, ta Thérèse. Je connais mon devoir, doux et cher devoir : c'est à moi d'adoucir à force d'amour la cruauté des souvenirs.

— Ma fille !

Il la contemplait les larmes aux yeux, l'écoutant parler avec un ravissement qui le pénétrait jusqu'au fond du cœur et ne cachant pas la douceur de l'émotion qu'il ressentait au milieu de son malheur.

— Je suis là, tu ne dois rien redouter. Nous sommes seuls, serrons-nous donc bien fort l'un contre l'autre pour mieux défendre le peu de bonheur qui nous reste.

Durant quelques instants d'ineffable expansion, le père et l'enfant s'étreignirent tendrement, oubliant le malheur qui venait de les frapper, les faisant si solitaires et si désolés.

FIN DE LA PREMIÈRE PARTIE

DEUXIÈME PARTIE

I

LE NOUVEL ÉLÈVE

— Battez le fer, une, deux, fendez-vous !

Le fleuret sonna légèrement, la pointe s'allongea formant les deux feintes et vint se courber sur le plastron du professeur.

— Est-ce cela ?

— Oui, bien. Allons, ne nous reposons pas. Reprenez la garde, allongez le bras, puis fendez-vous en tendant vivement la jambe gauche, le corps d'aplomb, sans vous aplatir, sans vous écraser. Allez !

Les fleurets grincèrent de nouveau.

— Ah ! mauvais, mauvais ; tâchez de conserver votre équilibre.

— Dame ! je ne suis pas encore très solide.

4

— Cela viendra. — Tenez-vous bien droit sur les hanches, et, quand vous voyez arriver le coup, parez-le ou rompez, mais sans déplacer la position, en rejetant franchement le buste en arrière. — En vous ployant en deux, comme vous le faites parfois à l'assaut, vous n'évitez pas la botte, et, sur le terrain, ce retrait du corps mal compris vous ferait recevoir une blessure plus grave. — Je le disais à mes conscrits quand je leur apprenais le maniement du sabre : droit, vous recevez la largeur de la lame tout simplement ; — plié, la lame entame le morceau double, et, quand vous vous redressez, la blessure bâille énorme en pleine ceinture, de quoi rendre dix fois l'âme ! »

Une clarté blanche, avivée par l'éclat des quatre murs formant comme un puits entre les six étages de la maison, tombait par le vitrage troué au plafond de la salle d'armes et venait baigner de sa nappe lumineuse la haute stature du professeur, tandis que tout le côté droit de son corps recevait le jour moins franc venant de la porte et de la fenêtre masquées par des rideaux de mousseline.

Il se détachait dans de magnifiques proportions sur le mur du fond de la pièce, la tête haute avec un bout de barbiche grise dépassant l'extrémité inférieure du masque, dont les mailles serrées n'empêchaient pas de voir l'œil tout jeune, d'une netteté extraordinaire et d'un bleu d'acier, à la fois très énergique et très affectueux. Les épaules se développaient énormes, bien en rapport avec la poitrine qui bombait sous la bourre et le cuir fauve du plastron, pendu au cou par une courroie et sanglé à la ceinture.

Campé sur la jambe gauche, la droite en avant, faisant sa démonstration de la main gauche et maintenant du bout de son gant le fleuret placé au repos sous l'aisselle, Froisset était superbe de force et de crânerie.

En face de lui, les deux mains reposées sur la garde de son fleuret appuyé au plancher, Henri l'écoutait, très intéressé, l'approuvant de la tête.

Quand le maître d'armes, après lui avoir crié :

— En garde! Deux appels du pied droit, la main en l'air, les ongles tournés vers le visage! — eut terminé en ajoutant : En arrière et tout droit ! — et finalement retiré son masque pour respirer un peu, le jeune homme eut un mouvement de surprise.

— Hé! qu'avez-vous donc, père Froisset? vous semblez tout bouleversé.

— On le serait à moins, monsieur Tanz. Voyez-vous, je ne suis pas un homme heureux.

— Pas heureux, vous, un si bon vivant, toujours les histoires à la bouche, toujours jeune, toujours en train?

— Pour oublier, oui, il le faut bien. Si j'étais triste et de mauvaise humeur, je n'aurais pas un élève : or il faut vivre, faire vivre les siens.

— Que me dites-vous là?

— Allons ! allons ! ne parlons plus de cela. Lorsque

je m'engage sur ce chapitre, j'ai plus envie de pleurer que de rire, parole sacrée !

Tout bougonnant, Froisset avait repris son masque, son gant et rajusté son plastron.

— Amenez les mains devant vous, faites le cercle et en garde !

L'élève exécuta le mouvement, renonçant à connaître ce qui attristait son professeur.

— Parez quarte, un coup sec !

La parade fut faite.

— Plus vivement : tac! tac! Chassez bien mon arme, comme si vous frappiez avec un bâton, par un simple jeu du poignet.

Les commandements se succédèrent :

— Contre de quarte ! Parez tierce !

— Je me suis trompé.

— Il ne faut jamais vous laisser surprendre.

— J'y suis.

— Recommençons. Tierce! la main en tierce, les ongles en dessous. Contre de tierce ! C'est mieux.

— Maintenant cela va.

— Parez septime ! contre de septime ! octave ! contre ! septime, et touchez !

Les lames volaient, souples, légères, se touchant à peine, d'un jeu fin et régulier qui prouvait en faveur des progrès du jeune homme.

Tout à coup, abaissant son arme, le professeur prêta l'oreille à un bruit que lui seul entendait.

Henri le regarda, inquiet, prêt à terminer plus tôt

s'il était nécessaire; mais déjà la leçon reprenait vive
précipitée, avec une allure tout à fait inaccoutumée.
Les commandements se suivaient sans arrêter, d'une
telle vitesse que le jeune homme soufflait, sentant ses
doigts lâcher la garde de son arme et son bras se
raidir.

— Une, deux, fendez-vous! Une, deux, trois, touchez! La feinte du coup droit, et dégagez !

A un gémissement presque imperceptible, venant
d'une pièce voisine, Froisset lâcha son fleuret, qui
rebondit sur le parquet sonore, jeta son masque d'un
côté, son gant de l'autre, en murmurant une excuse
hâtive à son élève. Il disparut derrière une portière
cachant une petite porte qui mettait son appartement
en communication avec la salle d'armes.

— Décidément il se passe quelque chose d'anormal.
dit à demi-voix Henri Tanz; le père Froisset n'est
pas dans son assiette habituelle. Pauvre homme! il
lui sera arrivé quelque ennui.

Pour attendre, en se reposant, le retour du professeur, il alla s'asseoir sur le banc de cuir accoté à la
muraille. Battant à petits coups le plancher de sa lame
souple, il s'épongea le visage avec son mouchoir et
promena un vague regard sur les fleurets et les masques symétriquement disposés tout autour de la petite
salle basse, à laquelle la grande fenêtre aux rideaux
baissés ne donnait qu'un jour assez doux, pendant
que le vitrage du plafond découpait un carré de
lumière très crue sur un coin de parquet.

4.

Ses cheveux noirs coupés courts et ondulés, ses longues moustaches, dont les pointes mélancoliques tombaient également de chaque côté d'une bouche d'un joli dessin, sa barbe taillée donnaient à Henri Tanz un peu de ressemblance avec les têtes de jeunes seigneurs qui figurent dans les portraits du temps de Henri III. En cela le jeune et déjà célèbre auteur de « Passe-temps de Mignons » sacrifiait à une mode très suivie par les peintres contemporains, et certes, plus que tout autre, il avait le droit de modeler sa coupe de barbe et de cheveux sur une époque reproduite avec tant d'habileté et de bonheur par son pinceau.

Orphelin de très bonne heure, forcé de se tirer d'affaire presque tout seul, Henri Tanz, chez qui le goût ou pour mieux dire la vocation de la peinture s'était déclarée dès le collège, avait pu s'y livrer tout entier. Son unique parent, un vieux cousin, avait même encouragé l'enfant, aidé le jeune homme, et pouvait se vanter d'avoir utilement employé sa fortune en faisant du jeune Tanz un des peintres les plus appréciés et les plus rapidement arrivés.

Quand ce cousin mourut, il compléta ses bienfaits en laissant au peintre un revenu net de six mille francs, qui évita au jeune artiste les tracas journaliers du pain quotidien et des travaux à bas prix pour les marchands.

Il put ainsi attendre, perfectionner sa manière et ne livrer au public que des toiles mûrement étudiées,

faites avec amour. Il finit par acquérir une véritable
réputation en choisissant la spécialité des tableaux de
genre.

Absolument libre, sans liens de famille d'aucune
sorte, il vivait à sa guise, voyageant, revenant à
Paris selon qu'il lui plaisait, habitant tantôt la ville
et tantôt la campagne, n'ayant ni soucis, ni préoccupations autres que celles de l'art. Serviable, affectueux, son caractère gai et indépendant lui avait fait
beaucoup d'amis; on le citait pour sa perpétuelle
bonne humeur, ses saillies et sa gaieté.

Depuis quelques mois seulement, il venait à la salle
d'armes de Froisset, amené là par les hasards d'un
duel, qu'il n'avait pas cherché, mais qu'il lui avait
été impossible d'éviter. Ayant commencé à faire des
armes, il y avait pris goût; puis il lui sembla qu'un
peintre de mignons et de raffinés devait étudier,
même connaître à fond un art qui était en si grand
honneur sous Henri III.

En ce moment même, après être resté quelques
instants indécis, laissant ses yeux aller des fleurets
minces et carrés aux triangulaires épées à coquille
d'acier, des masques de toute forme aux gants de
peau blanche et aux plastrons appendus devant lui, il
se mit machinalement à figurer, sur le plancher, du
bout de son arme, le sujet de son prochain tableau,
un assaut d'armes entre Mignons.

Absorbé dans ses pensées, tout à son esquisse, il
cherchait des mouvements heureux, des gestes vrais.

La portière glissa sur ses anneaux de cuivre. Froisset parut, tout pâle, l'air très ému.

— Qu'y a-t-il ? s'exclama le jeune homme.

— Ça ne va pas ! Mais ce sont des affaires d'intérieur, je ne dois pas vous mêler à ces choses-là !

— Ah ! père Froisset, c'est à moi, un élève et un ami, que vous parlez ainsi ?

— Qu'y feriez-vous ? Êtes-vous médecin seulement ?

— Non pas ; vous avez raison.

— Vous voyez ! Et il me faudrait un médecin, un bon !

— Pour vous !

— Pour ma fille.

— Pardon ! J'ignorais...

Le maître d'armes s'était rapproché de son élève ; il lui prit la main, encore secoué par son émotion.

— Ah ! c'est que, s'il me fallait perdre cette enfant, je deviendrais fou, parole sacrée ! J'ai eu tant de malheurs dans ma vie ! Vous ne pouvez pas comprendre cela, vous, un jeune homme ; mais quand on voit successivement tous les siens partir, sa famille disparaître, ce qu'on a mis des années à édifier, à élever, à unir, brutalement brisé, ah ! voyez-vous, on devient peureux, on tremble à chaque malaise, à chaque frisson de l'enfant qui vous reste ! — J'avais une femme, un fils, une fille ; je vivais plein de joie, me reposant auprès d'eux de mes fatigues, ne demandant qu'à gagner beaucoup en travaillant beaucoup, pour rendre heureux tout ce cher monde. Eh bien ! mon

fils est mort ! la mère est morte ! et il ne me reste
que ma fille. Aussi la moindre maladie me terrifie,
j'ai peur que la mort n'ait pris l'habitude d'entrer
dans cette maison !

— Pauvre homme ! fit le peintre.

— C'est même pour cela que j'ai déménagé, après
la perte de ma femme, fuyant le domicile maudit : ici
il me semblait respirer mieux. Est-ce que je vais rester
seul, tout à fait seul ?

De grosses larmes mouillaient les yeux du professeur et Henri lui-même se sentait profondément
touché par l'explosion de douleur du vieux soldat, par
les pleurs d'un homme si rude et qui avait tant souf-
fert.

— Pourquoi désespérer ainsi ?

— Je ne desespère pas ! riposta vivement Froisset
dont l'œil eut une lueur de défi, de rébellion.

— Et vous avez raison, car j'y songeais pendant
que vous me parliez, je devais vous présenter aujour-
d'hui même un nouvel élève, un de mes bons amis,
un vieux camarade de collège.

— Ce ne sera guère le jour, monsieur Henri ; je ne
sais plus ce que je fais ni ce que je dis.

— Allons donc, père Froisset, au contraire : mon
ami est médecin.

— Vrai ?

Ce fut comme un rayon de soleil illuminant les
traits assombris du maître d'armes ; il souriait,
l'œil tout ranimé, plein d'espoir.

— Interne des hôpitaux et des plus distingués, un lauréat de tous les concours, une de nos futures gloires médicales !

— Vous me rendez la vie, la raison ! Ah ! monsieur Tanz, comment saurai-je reconnaître ce que vous faites ?

— Je vous dois bien cette indication. N'est-ce pas vous qui m'avez enseigné cette fameuse botte, cette parade qui m'ont peut-être sauvé la vie lors du duel auquel je dois d'avoir fait votre connaissance ?

— Oh ! si peu de chose !

— Du reste, gardez vos remerciements pour mon ami ; je vous le présente seulement ; je vous le conseille : à lui de soigner votre enfant.

— Tenez ! Je me sens tout encouragé et, si vous le voulez, nous pouvons terminer la leçon.

— Comme vous voudrez.

— Seulement, pas d'appels du pied, car ma pauvre enfant sommeille en ce moment et j'aurais peur de la réveiller.

— Alors, contentons-nous des exercices de souplesse ; faites-moi tirer le mur.

— Joignez les mains, formez le cercle, en garde !

Légèrement, le jeune homme se mit en garde, sans faire résonner le plancher sous sa sandale. Ils allaient continuer, lorsque, la porte vitrée s'ouvrant, un grand garçon, la physionomie souriante, le visage éclairé par deux yeux bleus contrastant avec les cils et la moustache noirs, s'avança le chapeau à la main.

— Me voici !

— Ah ! père Froisset, votre sauveur !

Le maître d'armes, ayant accroché d'un mouvement rapide son masque à son avant bras droit, retira
son gant et s'avança vers le nouveau venu, les traits
brillants d'espoir.

Henri Tanz avait pris son ami par la main :

— Monsieur Froisset, permettez-moi de vous présenter votre futur élève, Raymond Hambert, interne à
l'hôpital Beaujon.

LE MÉNAGE DU MAITRE D'ARMES

Les premiers temps furent pénibles, difficiles, pour le maître d'armes et pour sa fille.

Madame Froisset était véritablement l'âme de la maison, le pivot autour duquel tout tournait régulièrement sans arrêt, sans accroc dans la marche. A partir de la mort de son fils, le désarroi commença, bouleversant cette régularité militaire qui faisait le bonheur et la tranquillité de Froisset.

Grâce à cette vaillantise de la femme énergique qui portait son nom, il avait pu faire instruire ses enfants et leur donner une éducation au-dessus de leur condition. Lui-même, comme militaire, n'ayant pas dépassé le grade de maréchal des logis à cause de son manque d'instruction, voulut que son fils ne vît point un jour sa carrière arrêtée pour les mêmes raisons : dès qu'il fut en âge, Georges entra au collège: il se préparait à passer les examens pour Saint-Cyr, quand la guerre avait éclaté. De même pour sa fille : Thérèse, munie de ses diplômes, était capable, en cas de malheur, de se tirer d'affaire toute seule, de se placer dans une famille comme institutrice, et même de donner des leçons de piano ou de dessin, son père ayant tenu, au prix de tous les sacrifices, à ce qu'elle eût la plus complète des instructions.

Après la mort de madame Froisset, le rude soldat, l'homme habitué aux luttes de l'existence, s'était pendant un moment senti écrasé, sans forces ; le découragement menaçait de briser sa vie. Mais sa fille était là, également ployée sous la même douleur, avec moins de force pour la supporter, moins de courage pour ne pas y succomber : ce fut le danger de son enfant qui réveilla dans le cœur et dans le corps du maître d'armes toutes les énergies, toutes les vigueurs.

Sa première préoccupation avait été de dépayser un peu la jeune fille en lui enlevant la vue d'objets douloureux, en l'arrachant à des habitudes qui réveillaient plus vif et plus amer l'immense chagrin dans lequel elle se trouvait plongée si jeune et d'une manière si brutale.

Il abandonna ce boulevard de Courcelles où il habitait depuis son mariage et chercha un nouveau logement, sans quitter tout à fait un quartier qui ne lui déplaisait pas. Il trouva dans le quartier de l'Europe, rue de Turin, un rez-de-chaussée dont la dispo-

5

sition convenait merveilleusement à l'usage qu'il voulait en faire.

L'habitation particulière donnait en partie sur la
rue, en partie sur une cour assez aérée, au fond de
laquelle, en communication immédiate avec les pièces
de l'appartement, se trouvait une jolie salle prenant
jour d'un côté sur la cour et éclairée de l'autre par un
large vitrage formant le fond d'une autre petite cour
intérieure, où donnaient les cuisines de la maison. On
pouvait y installer une salle d'armes, qu'on aména-
gerait facilement en établissant dans la partie la mieux
éclairée l'emplacement destiné aux leçons, et en formant, à l'aide d'une petite cloison à mi-hauteur de la
pièce, un vestiaire avec bancs de cuirs et des patères
pour accrocher les filets renfermant le costume de
chaque élève et ses vêtements de rechange.

D'un coup d'œil, avec son habitude d'ancien four-
rier, rompu aux investigations rapides et précises, le
professeur devina les avantages de cet appartement,
ses ressources et l'arrêta séance tenante. Le soir
même le bail était signé.

Lorsque Thérèse, qui avait été passer une quinzaine
de jours à la campagne chez l'ami Marlotton, revint
à Paris, le nouveau local était complètement prêt et
le déménagement accompli.

L'enfant n'était pas prévenue de ce grand changement dans leur existence; ce fut la première joie un
peu franche, le premier plaisir complet qu'elle goûta
depuis son double deuil.

Son père, qui vint la chercher à Fontenay-aux-Roses, descendit avec elle de l'omnibus du chemin de fer, rue de Londres, comme d'habitude ; mais, au lieu de monter la rue de Moscou jusqu'à son extrémité, il tourna à gauche dans la rue de Turin, au grand étonnement de Thérèse, et s'arrêta avec elle en face du n° 2.

De chaque côté de la porte d'entrée, une plaque cintrée, peinte en bleu, supportait deux fleurets croisés, que surmontaient les mots :

PIERRE FROISSET

Professeur d'escrime.

Sur la rue donnaient deux fenêtres, garnies de fleurs dans des caisses vertes.

Thérèse regardait, stupéfaite, ne comprenant pas.

— Aimerais-tu demeurer là? demanda le maître d'armes.

— Oh! père, qu'est-ce que cela veut dire?

Sans lui répondre, il la fit entrer, et, au fond de la cour, elle aperçut immédiatement les vitres dépolies sur lesquelles de grosses lettres noires annonçaient :

SALLE D'ARMES

Tout émue, elle poussa la porte.

Autour d'elle, un râtelier tout neuf supportait les fleurets à poignée de fer ou de cuivre, les épées à coquille brillante, et, au-dessus, une barre d'acajou soutenait les masques, à travers les mailles desquels on apercevait le gros gant blanc à crispin noir ou rouge d'un vernis miroitant.

Un joli papier clair égayait la salle, que traversait en ce moment un reflet de soleil tombant par la baie vitrée du plafond.

Soulevant une portière, Froisset lui montra le vestiaire avec son tapis sombre, ses porte-manteaux bien alignés et son poêle de fonte tout neuf, passé à la mine de plomb. Puis, sans lui laisser le temps de se reconnaître, il ouvrit une autre porte, également masquée par une tenture, et Thérèse se trouva dans sa chambre, avec des fleurs dans les vases de la cheminée, des rideaux de perse bleu clair tout semés d'oiseaux, un papier Pompadour et un mobilier neuf.

Cette fois, elle battit des mains, extasiée ; puis, se jetant au cou du brave homme :

— Père, père, tu es le meilleur des papas !

Des larmes de bonheur coulaient sur ses joues, roses de plaisir.

— Vois-tu, fillette, tu seras là tout près de moi, toujours, même quand je donnerai mes leçons. Nous te gênerons sans doute un peu, en faisant notre tapage de ferraille et d'appels du pied, mais la fille d'un soldat ne peut pas détester cela.

Elle ne l'écoutait même plus, allant d'un objet à l'autre ; encore sous le coup de la plus douce des surprises, et elle s'écria enfin, les lèvres épanouies dans un sourire d'ange, le plus naïvement du monde :

— Mais nous avons donc déménagé !

— Je commence à le croire.

Il riait, le cœur débordant, les yeux humides de joie.

— Et ces meubles nouveaux ! Oh ! vilain père, de pareilles dépenses pour moi ! tu as fait des folies.

— Bah ! bah ! j'avais quelques économies mises de côté : elles t'appartenaient.

Alors elle croisa les bras, très décidée, et secoua la tête de son air le plus révolté :

— Très bien ! Très bien ! — Ah çà ! et toi ?

— Moi ! J'ai une chambre superbe, sur la rue.

— J'ai de la méfiance.

— Tiens, petite entêtée, prends la peine de continuer ta visite et tu verras.

C'était la chambre la plus petite, naturellement ; le maître d'armes l'avait meublée avec les vieux meubles conservés par lui.

Thérèse le menaça gentiment du doigt.

— C'est très laid, cela, tu sais.

Le maître leva doucement les épaules :

— Tu n'as donc pas vu les caisses de fleurs aux fenêtres ? suis-je assez coquet ?

Elle n'y put tenir davantage et tomba, moitié riant, moitié pleurant, dans les bras de son père qui, la serrant sur sa poitrine avec une tendresse puissante, la couvrant de baisers, lui parlait tout bas.

— Pauvre chère petite, je n'ai plus que toi, il faut que tu sois parfaitement heureuse, bien logée, ne te refusant rien : que veux-tu, c'est mon bonheur à moi.

Ton rire et ta santé sont ma vie! Là-bas j'étais mal à l'aise, je tremblais toujours, car il me semblait sentir sur nous un souffle plein de menaces : ici, c'est bien plus chez nous, un chez nous tout neuf, arrangé à notre convenance.

C'était en effet comme un renouveau dans leur existence. La nouvelle demeure porta bonheur au professeur, qui vit affluer chez lui les élèves et qui put, grâce à cette quantité de leçons, sans compter celles qu'il donnait en ville et qui lui rapportaient beaucoup, obliger Thérèse, malgré ses protestations, à prendre une femme de ménage.

A ses refus, il ne répondait qu'une chose :

— Je veux que tu sois heureuse.

Elle se laissa faire, se donnant tout entière à ses études, les perfectionnant, arrivant à un fort joli talent sur le piano et dans les aquarelles.

— Vois-tu, fillette, disait-il parfois, j'ai beau avoir le poignet solide, — il montrait un bras qui semblait soudé au fleuret, — je ne saurai jamais t'amasser une dot suffisante pour te donner la position que je voudrais te voir. C'est peut-être une sottise, une vanité, je ne sais quoi enfin ; mais je veux faire de toi une demoiselle par l'instruction. On m'appellera orgueilleux, qu'importe ! Tu trouveras plus facilement ainsi un mari digne de toi, un mari auquel ton talent et ton instruction feront honneur.

A ses protestations, il répondait :

— Ne crains rien, je sais ce que je fais. Sois toujours gaie, toujours bien portante, cela me payera largement de tout mon travail.

Parfois, lorsqu'un élève, en train de prendre la leçon, s'arrêtait tout à coup en entendant un joli motif fort lestement enlevé sur le piano, Froisset le regardait en clignant de l'œil, rouge de plaisir et se retenant à quatre pour ne pas crier tout haut :

— C'est ma fille !

Il se taisait, gardant pour lui seul cette joie intime, et l'élève, étonné, se disait :

« Un beau talent ! Ce diable de père Froisset doit avoir quelque voisine extraordinaire. »

C'était là sa récompense. La leçon reprenait ; la lame du professeur envoyait des éclairs, les commandements étaient lancés d'une bonne grosse voix sonore et rieuse : toute une gaieté nouvelle animait la salle d'armes, jusqu'aux trophées du fond, les casques et les cuirasses, les pistolets et les sabres accrochés au mur, qui tremblaient, pleins d'échos résonnants.

Le dimanche, il fallait assister à la sortie du père et de la fille, lorsque le ciel était beau et le soleil éclatant.

Énorme de carrure, avec ses moustaches grises retroussées, sa barbiche bien tordue au-dessus d'un col blanc, il marchait, le chapeau luisant coquettement posé de côté, la redingote noire moulant le torse et serrée à la ceinture, la poitrine développée, et le bout de ruban rouge noué à la boutonnière gauche. Le sourire aux yeux, tout brillant de santé et de joie, il arrondissait le bras d'un geste vainqueur, comme autrefois quand il était jeune et flambant dans son uniforme, et présentait le plus de surface possible en effaçant les épaules.

Elle, charmante, d'une beauté de printemps, les joues roses, les cils de soie baissés sur ses prunelles d'or, avec toute une envolée de cheveux fous sur le front et sur les yeux, se suspendait à ce bras solide, avec la fierté de ce père qui était si fier d'elle.

Les années s'écoulèrent presque heureuses, sans secousse, n'amenant plus de changements dans l'existence calme et régulière de ces deux êtres si unis, et que le malheur avait attachés plus solidement encore l'un à l'autre, si c'était possible. Froisset ne voyait que par sa fille, ne pensait qu'à elle, n'avait aucune joie en dehors de ce foyer réduit, aucun plaisir loin de son enfant. Thérèse adorait ce père si bon, si affectueux et dont elle était l'unique rêve, la seule attache à la vie.

Certes, Pierre Froisset, ancien maréchal des logis des guides de la garde, après avoir été lancier et cuirassier, n'était pas le premier venu, bien qu'il n'eût pu devenir officier avant d'être forcé de prendre sa retraite. Engagé volontaire à dix-huit ans, il avait passé toute sa vie sous les drapeaux de la façon la plus honorable et la plus simple.

Deux choses lui en étaient restées, qui faisaient le fond même de sa vie, le respect absolu de la discipline et l'amour du pays, un amour presque sublime à force de simplicité, d'abnégation, de dévoûment et de courage.

Quand il avait quitté le service, décoré pour la longue suite d'exploits accomplis dans les différentes guerres auxquelles, il avait pris part, emportant l'estime de tous ses chefs et l'amitié presque respectueuse de ses camarades, il avait ajouté à son amour pour la France le grand et saint amour du foyer domestique, de la famille, les confondant dans une même et profonde adoration.

Maintenant que des deuils successifs l'avaient si terriblement frappé, sans pouvoir cependant l'abattre ni faire faiblir son cœur, il reportait tout ce besoin d'affection, d'amour et de respect sur le seul enfant qui lui restât, cette fille lui rappelant le passé et le faisant encore sourire à l'avenir.

Mais, avec les années, la jeune fille devenait une femme, la plus désirable, la plus ravissante des femmes, sans que ce père qui l'admirait tant eût la pensée qu'elle pouvait trouver à son tour un mari, lui donner des petits-enfants, reformer cette famille disparue et si regrettée.

Elle-même, toute à ses travaux préférés, n'y songeait pas non plus, quand brusquement, au printemps de 1877, sans raisons apparentes, la pauvre enfant fut obligée de s'aliter, les lèvres pâles, les joues éteintes et les yeux languissants.

Frappé à l'improviste, Froisset crut qu'il allait devenir fou. Quel nouveau malheur le menaçait après ces six années de calme et de quiétude ?

5.

III

COMMENCEMENT DE LA GUÉRISON

— Hambert! exclama le maître d'armes avec un mouvement de surprise qui lui fit faire un léger sursaut.

— Parfaitement, appuya le peintre en train de donner une chaude poignée de main à son ami.

— En effet, reprit le nouveau venu, Raymond Hambert.

— Seriez-vous parent du chirurgien militaire de ce nom ?

— Mon père.

— Ah ! Monsieur, permettez-moi de vous serrer la main pour toute l'affection, la reconnaissance et le dévoûment que j'avais pour votre père.

Une rougeur de plaisir grandissait sur le visage du vieux soldat, empourprant ses joues et son front, renvoyant d'une violente poussée tout le sang du cœur à la face. Ses yeux brillaient, presque humides, sous le coup inattendu de ce souvenir, et il répéta deux ou trois fois en secouant la tête d'un air admiratif :

— Ah ! le major Hambert ! le major Hambert ! Un vrai, celui-là, un ami du soldat, un brave ! Vous pouvez être fier d'un tel père, Monsieur; je vous le dis comme je le pense.

Doucement ému, Raymond avait serré de ses doigts délicats et longs, de vrais doigts de médecin, la grosse main, épaisse et nerveuse, de son interlocuteur. Celui-ci, dans l'explosion de sa joie, ne le lâchait plus, le regardant en pleine figure, cherchant à retrouver dans les traits fins du jeune homme le visage connu du père, cet œil impassible, ce sourire de bonté bourrue qui le déridait toujours quand il se penchait sur les blessés.

— C'est que vous ne pouvez savoir tout ce que je lui dois au major Hambert, ce qu'il a fait pour moi dans le temps, un acte d'héroïsme et de dévoûment à lui mériter toutes les récompenses.

— J'ignorais... fit le jeune homme touché de cet accueil sans façon et des bonnes paroles à l'adresse de son père.

— Tenez, c'était devant Sébastopol, par un chien de temps, une vraie pluie d'obus, de biscaïens et de boulets. J'étais déjà maréchal des logis et, dame ! pour donner l'exemple à mes hommes, il ne fallait pas bouder au feu : c'était d'autant plus dur que nous, cavaliers, on nous avait fait mettre pied à terre comme à des fantassins.

On commande : « En avant! » — Je crie : « En avant! » le fusil collé à la paume de la main gauche, la crosse à hauteur de la cuisse, la baïonnette bien droite. Le capitaine avait dit : « Mes enfants, il y a un morceau un peu gros à avaler, les balles et les boulets ne suffisent pas, paraît-il; alors on a décidé qu'il fallait l'entamer à la fourchette. »

J'ai encore dans les oreilles, après tant de temps, les cris des hommes : « A la fourchette ! à la four- chette ! » Je criais plus fort que les autres, naturelle- ment, à cause de mon galon. Mais le commandant nous fit taire : « Il ne s'agit pas de brailler; piquez ferme et juste. »

La canonnade était telle en ce moment, que la terre en tremblait. Au commandement, on sort de la tranchée au pas de course et on se lance à corps perdu devant soi. Cette fois, j'ai bien cru que pas un camarade n'en reviendrait; un ouragan de fer passait au-dessus de nous et les plus crânes baissaient la tête, machinalement. De temps en temps, la volée de mi- traille tapait dans le tas, on entendait le choc mou ; le capitaine jetait vivement : « Serrez les rangs. »

On allait, conduit par un diable de clairon, qui sonnait la charge comme un fou. Ah ! celui-là eût rapporté un joli brin de ruban au pays, si une coquine de balle ne lui avait pas cloué son intrument dans la gorge, en plein pavillon, quoi! Heureusement nous n'avions plus besoin de musique, une vraie chance! nous étions sur la batterie qui gênait, le morceau en question, et gros, gros! Le capitaine avait raison, un rude morceau!

En un rien temps ce fut fait et je vois encore les pièces enclouées, les Russes lardés sur leurs affûts. Alors, tout joyeux, je me retourne vers mes hommes pour chanter victoire, une fanfaronnade! Vlan! comme un coup de poing dans l'épaule gauche, et puis, plus rien.

A la nuit, je me réveille glacé ; il faisait un clair de lune superbe, à distinguer comme en plein jour, et, de temps en temps, pif! paf! zou, ou, ou, ou! une balle qui passait, avec son sifflement d'oiseau, à l'adresse de quelque indiscret voulant voir comment les Cosaques faisaient leur soupe.

Impossible de remuer. La perte de sang, le froid et mon épaule, qui pesait comme un boulet de quarante-huit me clouaient au sol : j'étais flambé. Pour sûr, ou bien les Russes, au petit jour, me feraient prisonnier, ou bien, pendant la nuit, quelque maraudeur m'achèverait pour m'enlever mes bottes et me dépouiller.

Juste au moment où je me disais cela, comme je faisais mes adieux à tout le monde, et que mes yeux erraient du côté de la tranchée française, j'aperçois une ombre qui se mouvait au ras du sol, lentement, lentement. Si j'avais été en Afrique, je me serais dit :

C'est un chacal, une hyène, quelque bête puante qui a flairé la charogne. — Autour de moi, il y avait effectivement pas mal de camarades et de capotes vertes qui commençaient à sentir. — La guerre! que voulez-vous?

Mes idées se brouillaient quand une voix me dit tout bas :

— Marchi Froisset!

Je couvre les yeux et je reconnais qui? Notre aide-major, le chirugien Hambert, votre père, Monsieur.

— Ah! dit Raymond, amusé et intéressé par le naïf récit du maître d'armes.

— Lui-même. Il faut croire que les camarades, de retour à la tranchée, lui avaient dit : « Il y a là-bas le maréchal des logis qui n'est peut-être pas tout à fait mort ; » et alors, comme la chose la plus simple du monde, il était venu, risquant cent fois de se faire tuer pour vérifier la chose.

Mais ce n'était pas tout. Le plus difficile, c'était de retourner aux lignes françaises. Je ne pouvais bouger, raide comme un mort, les dents serrées comme par une crampe, un morceau de bois! Alors, voyant à mes yeux que si je ne pouvais remuer, je comprenais fort bien tout ce tout ce qu'il me disait, il me passe sa ceinture sous les bras, me recommande de ne pas faire un geste, de ne pas crier, — comme un fait exprès ma blessure commençait à devenir sensible! — et se met à ramper en me tirant après lui.

Cinq cents mètres comme cela ! hein, qu'en dites-vous ? Sans compter que, parvenus à mi-chemin, les Russes se doutent de quelque chose en voyant cette ombre noire collée au sol, mais mouvante, et se mettent à diriger sur nous un feu d'enfer. Le major en a été quitte pour une égratignure au bras ; mais il m'a ramené et les camarades lui ont fait une fameuse ovation au retour. Il m'avait tout bonnement sauvé la vie, en risquant crânement sa peau pour un méchant sous-officier de rien du tout.

— Pour un brave homme, pour un excellent homme ! affirma Henri Tanz.

— Pauvre père ! murmura Raymond les larmes aux yeux.

— Plus tard nous nous sommes perdus de vue. Oh ! j'aurais du plaisir à le revoir, à serrer cette main si loyale !...

Le jeune homme avait baissé la tête, le cœur subitement gros.

Froisset balbutia :

— Qu'est-il arrivé ?

— Il est mort, reprit Tanz qui regardait son ami avec compassion.

Le vieux soldat secoua mélancoliquement la tête :

— Un brave, un juste de moins ! Mort, et comment cela ?

— Sur le champ de bataille, en recueillant les blessés.

— Cela devait être, fit le professeur avec explosion.

En se dévouant comme toujours, en se sacrifiant pour les autres : et y a-t-il longtemps ?

— Six ans !

— Mais alors...

— A Buzenval, oui, une fatalité ! A la fin de la journée, en ramassant un garde mobile.

— Le 19 janvier 1871, lui aussi !

— Y étiez-vous donc, monsieur Froisset ?

— Si j'y étais? Pas seul, malheureusement. Ils m'ont tué mon fils, mon enfant.

Raymond pressa nerveusement les deux mains du maître d'armes dont les yeux se noyaient de larmes.

— A dix-neuf ans ! Songez un peu. Et moi, rien, pas une balafre !

— Voilà une journée qui nous unit plus étroitement que n'importe quoi ! répondit Raymond.

— Certes oui, ajouta le professeur plus calme. Je ne pensais pas avoir l'honneur et la joie de retrouver en vous le fils de l'homme qui m'a sauvé la vie.

— Cher père ! reprenait Hambert ne pouvant plus se détacher de ce lamentable souvenir. C'est dans la nuit seulement, en quittant l'ambulance pour aller manger, vers trois heures du matin, que mes amis m'ont appelé tout à coup pour m'apprendre l'affreuse nouvelle. On le rapportait sur une civière en même temps que l'homme qu'il avait pansé : l'homme n'était que légèrement atteint, lui, mort sur le coup, une balle au front ! Pauvre père !

Henri Tanz, voulant les arracher tous deux à cet affreux passé, trouva plus à propos de les ramener au sujet intéressant :

— Eh bien! père Froisset, maintenant que la présentation est faite et que vous avez trouvé en mon ami un homme en qui vous pouvez avoir confiance...

— Ah! certes, pleine confiance!

— Vous n'hésiterez pas à lui confier votre malade.

— C'est vrai, — j'oubliais.

Et le professeur fut soudain rappelé à toutes ses angoisses.

— Monsieur Tanz veut parler de ma fille qui s'étiole, qui est malade je ne sais pourquoi ni de quoi, depuis quelques jours, et qui refuse de voir un médecin de peur de m'inquiéter.

— Cela se trouve bien, interrompit le peintre; vous lui présenterez Raymond, non pas comme médecin, mais comme le fils du major Hambert, de celui qui vous a sauvé. Elle doit connaître l'histoire.

— Si elle la connaît? Par cœur, je vous en réponds. C'est un nom connu, béni et respecté par tous les miens. Acceptez-vous, monsieur Raymond? Permettez-moi de vous nommer ainsi.

— De grand cœur.

— Allons! médecin, va guérir mademoiselle Froisset : en revanche, son père t'apprendra à tuer correctement, — termina en riant le jeune peintre, dans l'intention de chasser un peu par cette boutade la tristesse et les idées sombres dont il se trouvait à son grand déplaisir enveloppé.

Thérèse, à moitié étendue dans un fauteuil, la tête soulevée par des oreillers, sommeillait si légèrement qu'elle ouvrit les yeux au moment précis où Froisset, soulevant la portière, venait s'assurer si elle dormait et si l'instant était favorable pour faire entrer le jeune médecin.

— Père, c'est toi? demanda-t-elle doucement, et un sourire courut sur ses traits pâlis. Il me semble que j'ai dormi : tu dois m'en vouloir d'être si paresseuse.

— T'en vouloir, mignonne!

Il s'était agenouillé près d'elle pour la mieux voir et l'embrasser plus commodément.

— Moi je m'en veux, tu sais : c'est si ennuyeux d'être malade.

— Te sens-tu mieux?

— Un peu : ce sommeil m'a reposée.

— Peux-tu recevoir quelqu'un?

Elle l'interrogea du regard, très étonnée :

— Quelqu'un?

— Un ami.

— Ah! je devine, mon parrain, M. Marlotton.

— Non, fillette; un autre, que tu ne connais pas.

Elle leva les sourcils, renonçant à chercher davantage.

— Tu permets?

— Comme tu voudras, père.

Il se dirigea de nouveau vers la porte et, soulevant la portière :

— Entrez, entrez, monsieur Raymond Hambert.

— Hambert ! murmura l'enfant qui connaissait, ainsi que l'avait bien dit Froisset, la fameuse histoire de Sébastopol.

— Raymond Hambert, le fils de mon sauveur.

Le jeune homme s'inclina, moitié souriant, moitié étonné ; ses yeux s'arrêtaient sur le visage de la jeune fille, non seulement avec admiration, mais avec une sorte d'hésitation inquiète, comme s'il eût cru la reconnaître, voir des traits déjà vus. Cependant aucun souvenir ne vint l'aider à éclaircir cette incertitude : rien de précis ne remontait du passé. Quelque fugitive ressemblance le trompait sans doute.

Les préliminaires furent assez embarrassés, car le professeur avait recommandé au jeune homme de cacher sa profession pour ne pas effrayer la jeune fille et de profiter de cette visite pour l'étudier, pour deviner la nature de son mal. Ce mystère le troublait un peu.

Ce fut donc un court échange de paroles absolument banales, une véritable conversation de contredanse. Thérèse s'était un peu redressée, soutenant sa jolie tête pâle en appuyant le coude au bras du fauteuil. tandis que Raymond, assis non loin d'elle et tenant le bord de son chapeau contre son genou, causait en avançant le haut du corps. Cette présentation inattendue l'embarrassait beaucoup, et il se sentait préoccupé par les traits ravissants de la fille du professeur, traits qu'il retrouvait gravés dans sa mémoire d'une façon de plus en plus précise, sans pouvoir se rappeler où il les avait vus, quand, ni comment.

Thérèse parlait de sa mère, de ses travaux.

Avec un étonnement à peine dissimulé, le jeune homme constatait qu'elle pouvait causer de tout, art littérature, avec cette assurance que donnent seuls l'habitude, le constant usage, l'étude sérieuse. Comment la fille d'un simple maître d'armes, d'un ancien sous officier d'instruction assez restreinte, pouvait-elle en savoir autant ?

Le père, lui, carrément assis sur une autre chaise, les bras croisés sur la poitrine, dans une pose qui gonflait les biceps et élargissait les pectoraux, écoutait avec admiration sa fille, tout à fait suspendu à ses lèvres, approuvant de la tête tout ce qu'elle disait, sans oser trop se mêler à une conversation qu'il sentait planer au-dessus de lui.

De temps à autre il hasardait quelque réflexion de gros bon sens, quelque honnête phrase où se retrouvaient la carrure militaire, le colossal aplomb du sous officier habitué à parler sans réplique ; mais la vie civile, la fréquentation d'un monde distingué avaient usé toutes les rudesses de son écorce primitive, lui apprenant de belles locutions qu'il savait placer à propos.

C'était l'homme un peu grossier qui avait souvent et longtemps causé avec des gens bien élevés. Il avait beaucoup retenu de ce qu'il avait pu apprendre au hasard, entre deux reprises de la leçon, dans la

société de jeunes gens de bonne famille, d'artistes ou
de littérateurs. Surtout il avait fréquenté les peintres
dont les ateliers se trouvent maintenant presque tous
dans le quartier de l'Europe, le boulevard de Clichy,
le boulevard des Batignolles, l'avenue de Villiers et
ses dépendances, une colonie de peintres, de sculpteurs, d'écrivains, d'amateurs et d'actrices.

Une intuition lui était peu à peu venue de tout ce
qu'il ignorait avant, rejetant dans l'ombre, avec le
passé, toutes ses fausses ou grossières connaissances
de la vie militaire, le débarrassant même de ces habitudes contractées dans les casernes, les garnisons de
petite ville de province, les campements en pays
étrangers.

Machinalement, Thérèse se laissa gagner par le
charme de la voix de Raymond, s'abandonnant avec
un certain plaisir qu'elle ne pensait même pas à
cacher; son teint s'anima graduellement et elle-même
causa avec plus d'animation qu'elle n'en avait montré
depuis longtemps.

Émerveillé de ce résultat inattendu, Froisset ne
cherchait pas qu'elle pouvait en être la cause;
son enfant semblait revivre, et cela lui suffisait. Il
restait là tout joyeux, oubliant même que son autre
élève l'attendait dans la salle d'armes et devait s'im-
patienter de cette longue pose.

Quand le jeune homme parla de son père avec
toute la chaleur de l'amour filial le plus vif, racontant ses campagnes, sa bonté, son dévoûment, le

professeur, passionné, ne put s'empêcher de crier :

— Ah ! oui, c'était bien cela : le meilleur, le plus brave des hommes, foi de Froisset.

Comme Thérèse venait à son tour de dire combien il était triste de se trouver réduits à vivre deux seulement, quand on avait été une famille si unie et plus nombreuse, Raymond, avoua que n'ayant jamais connu sa mère, il ne lui restait de tous les siens qu'une vieille tante, la veuve du frère de son père, qui, pour lui, représentait l'unique lien de famille à Paris ; il avait bien quelques parents éloignés en province, mais c'est à peine s'il les connaissait.

— Certainement, termina-t-il en riant, si par hasard je me mariais un jour, le billet d'invitation porterait : *Madame veuve Sophie Hambert a l'honneur de vous faire part du mariage de Monsieur Raymond Hambert avec Mademoiselle Trois Étoiles, etc., etc.*

Une faible rougeur passa sur le front de la jeune fille à cette plaisanterie que son père accueillit par un gros rire :

— Bah ! bah ! Et pourquoi ne vous marieriez-vous pas ?

— D'abord je crois la brave dame très difficile pour elle et pour moi, pour elle surtout ! Elle a certaines manies que je lui pardonne à cause de notre parenté et de notre isolement, mais enfin elle a ses défauts.

— On n'est pas parfait, reprit Froisset d'un air entendu.

— Et puis, qui voudrait épouser un médecin ?

— Un médecin ! répéta Thérèse regardant son père avec une moue de reproche.

— Vous êtes médecin ? riposta le maître d'armes de son air le plus ignorant, cherchant à dissimuler un moment d'embarras, à cette révélation inattendue du jeune homme qui, dans l'ardeur de la conversation, venait de trahir sa profession.

— Pas tout à fait encore; mais interne dans un hôpital.

— Vous travaillez depuis longtemps ? interrompit le professeur, essayant de couper une conversation qui lui paraissait mal engagée.

— Ma foi ! oui, et j'en ai assez vu, quoique je sois bien jeune encore.

— Qui n'en a pas vu ? dit tristement Thérèse. Quand je pense que, moi-même, j'ai pu assister à des choses si horribles.

Oubliant la méfiance que lui avait donnée la révélation de la profession de Raymond, elle se mit à raconter la lugubre soirée où, ne sachant dans quel endroit retrouver son frère blessé, elle avait couru avec sa mère d'ambulance en ambulance jusqu'à celle du Grand-Hôtel.

— L'ambulance du Grand-Hôtel ! interrompit Hambert avec une exclamation joyeuse. Ah ! mais c'est cela : je me souviens.

Froisset le regarda, tout étonné.

Thérèse eut une seconde d'inquiétude :

— De quoi?

— De vous, Mademoiselle ! Durant cette triste nuit, je vous ai vue, je vous reconnais bien maintenant.

— Mais...

— Ne me dites rien. Votre frère, n'est-ce pas, était un tout jeune homme, un garde national appartenant au 71ᵉ bataillon ? il avait deux balles dans la jambe gauche ?

— En effet ! murmura Thérèse, dont les grands yeux s'emplissaient de larmes au souvenir de son frère.

— J'étais là, comme aide-major, un peu jeune, un peu inexpérimenté, mais plein de zèle, je vous le jure.

— Comme votre père ! appuya Froisset.

— J'avais son nom à soutenir. Mais ce que vous ne savez pas, c'est que c'est moi qui ai recueilli votre frère, ce jeune homme dont j'ignorais encore le nom il n'y a qu'un moment. Je l'ai trouvé dans un fossé, perdant tout son sang, presque mourant, et, après l'avoir fait rapporter par mes infirmiers, j'ai opéré le premier pansement.

Arrivé là, Raymond se troubla, se rappelant ce que lui avait dit précédemment le maître d'armes, et termina à voix basse.

— Alors il n'a pas survécu ? Pauvre enfant ! il montrait tant de courage au milieu de tous ces blessés qui gémissaient.

Thérèse pleurait, son mouchoir sur les yeux, sans pouvoir répondre, pendant que son père, plus ferme, continuait :

— Une hémorragie l'a emporté.

— Et ma chère mère l'a suivi, ne pouvant plus vivre sans lui !

Le jeune homme s'inclina, écrasé sous ces deuils successifs dont il venait d'évoquer le souvenir.

Le professeur, craignant de trop réveiller la sensibilité de Thérèse en prolongeant cette pénible conversation, se leva et vint serrer d'une rude étreinte les mains de Raymond :

— Je vous remercie un peu tard de ce que vous avez fait : je vois que c'était dans le sang, vous imitiez votre père.

— Sans courir de danger.

De la main, Froisset protesta en remuant la tête d'un air entendu :

— N'importe, je suis heureux que tant de choses nous unissent.

— Je me demandais, reprit Hambert, où j'avais vu mademoiselle votre fille, car son visage ne me semblait pas inconnu : c'est là, penchée sur le lit de son frère, et je me rappelle que j'avais conservé une très vive impression de cette délicate silhouette d'enfant éplorée, au milieu de ces rudes visages et de ces traits contournés par la souffrance.

Thérèse, qui s'essuyait les yeux, rougit doucement à ces franches paroles du jeune homme.

— J'espère, Monsieur, dit-elle en lui tendant une main fluette veinée de bleu, que nous aurons le plaisir de vous revoir et que, lorsque vous viendrez

6

chez mon père, vous n'oublierez pas sa malade.

— Non, certes, Mademoiselle, balbutia le jeune homme profondément troublé, mais à une condition.

— Une condition! fit-elle étonnée.

— C'est que vous voudrez bien écouter mes conseils et vous laisser guérir, n'est-ce pas, monsieur Froisset?

— Tu vois, Thérèse, que je ne le fais pas dire à monsieur. Cela vient de lui seul.

— Alors vous croyez aussi que j'ai besoin de me soigner.

— Peu de chose : de la campagne, de l'air pur, du repos...

— Côtelettes saignantes et vin de Bordeaux! termina-t-elle en riant.

— Je n'ai plus rien à ajouter.

— Eh bien! Peut-être : nous verrons, dit Thérèse avec un coquet mouvement de tête.

— A bientôt, Mademoiselle.

— Au revoir.

Restée seule, Thérèse s'appuya de nouveau à ses oreillers blancs ; sa pâleur se teintait de nuances délicates d'un rose transparent, ses yeux avaient repris une animation inaccoutumée et ses lèvres s'épanouissaient, légèrement pourprées, dans un beau sourire. Un souffle vivifiant venait de passer sur elle, lui rendant l'espoir de la santé, la faisant rêver d'avenir et de bonheur.

— Alors? interrogea Froisset en arrêtant Raymond

dans le vestiaire qui précédait la salle d'armes.

— Rien qui puisse vous effrayer, monsieur Froisset.

— Qu'a-t-elle?

— Un peu d'anémie, voilà tout. Rien n'est plus facile à soigner et à guérir, surtout dans le cas présent.

— Vous la guérirez?

— Je vous en réponds, et je n'aurai à cela aucun mérite, car l'ouvrage me sera facilité par le printemps.

— Bien vrai? bien vrai? Elle n'a rien d'attaqué? J'ai toujours peur, moi; avec les jeunes filles, on ne sait jamais à quoi s'en tenir.

— Ne craignez rien, vous dis-je.

— Ah! c'est que vous ne savez pas tout. La pauvre enfant, toute jeune, a subi de terribles impressions; d'abord cette épouvantable recherche qu'elle vient de vous raconter, la vue de ces blessés, de son frère sur une civière pleine de sang! Et elle n'avait pas seize ans! Ensuite sa mère qui, après la mort de Georges, la faisait prier pendant des heures dans une chapelle glaciale de Saint-Augustin, l'emmenait au cimetière durant des journées : tout cela avait fini par ébranler à tel point le système nerveux de la pauvre petite que j'ai craint pour sa vie, quoiqu'elle fût bien constituée, pleine de force. Elle tient de moi, ajouta-t-il, et il redressait sa taille énorme devant Raymond, qui sourit en comparant le colosse à sa fille.

— Vous riez! Il y a cependant du vrai dans ce que je vous dis. Enfin, pour terminer, à la mort de sa mère, ce fut terrible : j'ai cru tout désespéré. Alors, sans perdre de temps, ne consultant que mon gros bon sens, j'ai déménagé en son absence.

— Parfait !

— Je voulais la dépayser, vous comprenez. Cela avait très bien réussi. Depuis six ans que nous logeons ici, elle n'a jamais été malade ; mais voilà déjà un mois qu'elle m'inquiète de nouveau avec ses tristesses vagues, pas d'appétit, une blancheur de cire. Je la vois s'en aller, quoi!

— Vous exagérez.

— Et vous dites que ce ne sera rien?

— Rien. Je vous en donne ma parole d'honneur.

Raymond Hambert songea que Thérèse était une merveilleuse fille, plus belle, plus désirable, plus parfaite que toutes celles qu'il avait pu voir jusqu'à ce jour. Il pensa également que la maladie si peu caractérisée de la charmante enfant, en plus d'une légère anémie, se compliquait peut-être des idées qui pouvaient germer dans cette jeune tête, en voyant les années s'écouler lentement, lentement en compagnie de ce père, un excellent homme, un père affectionné et dévoué, mais seulement un père.

Cela, il n'eût pu l'avouer au maître d'armes; mais plus il y réfléchissait, plus il croyait que le mariage serait le spécifique le plus sûr, une fois ces commencements d'anémie combattus et enrayés.

Jamais Raymond n'avait senti son esprit arrêté aussi longtemps sur l'idée de mariage, et il en ressentait un certain trouble involontaire, comme si la question eût été personnelle.

Il ferma les yeux un instant, comme s'il se fût tout à coup trouvé devant quelque gouffre où pour la première fois il osait jeter les yeux le mariage. Il pensait maintenant que cela était bien moins effrayant qu'il ne l'avait cru, qu'il ne l'avait dit surtout jusqu'à ce jour, et ce revirement ne se faisait dans son cerveau, il le constatait, que depuis la vue de Thérèse.

Ses pensées s'égaraient. Il hésitait, ne sachant que croire, n'osant pas donner de solution, de réponse aux quelques interrogations qui commençaient à poindre en lui comme de lointaines lueurs au sein d'une profonde obscurité.

Il se sentit saisi par deux mains.

— Ah çà! Raymond, tu rêves tout éveillé. Et la leçon? Le père Froisset est déjà sous les armes.

Henri Tanz, entrant dans le vestiaire pour voir si son ami était prêt, l'avait trouvé encore debout à l'endroit même où le professeur l'avait laissé croyant qu'il allait se déshabiller pour prendre sa leçon.

Raymond sourit, chassant d'un geste vague et à moitié inconscient les pensées qui l'assaillaient.

De l'autre côté de la cloison, ils entendaient Froisset qui faisait des appels du pied pour les faire dépêcher.

— Allons, allons, Messieurs, hâtez-vous!

6.

— Voilà! reprit Raymond, le cœur débordant de joie sans trop savoir pourquoi.

Il se plaça en face du maître d'armes pour prendre sa première leçon d'escrime.

— Voyez. Faites comme moi. Les pieds bien ouverts, la pointe du pied droit en face de moi. Amenez-les mains devant vous avec le fleuret, élevez-les sans les disjoindre, au-dessus de la tête; descendez le bras en avant, l'avant-bras replié, le coude au corps, la pointe à la hauteur de l'œil, sans raideur; le bras gauche éloigné derrière la tête, en laissant tomber la main à moitié ouverte et arrondie. Là! Maintenant, en garde! Avancez la jambe droite, en restant bien assis sur les jambes, le pied gauche à plat!

Les définitions de la première leçon se suivirent, tandis que Henri, assis sur un banc, attendait son tour en regardant son ami.

De sa chambre, Thérèse prêtait l'oreille aux bruits de la salle d'armes, aux froissements du fer, avec une attention tout à fait inaccoutumée : jamais jusque-là elle ne s'était préoccupée des élèves de son père, ni des péripéties d'une leçon d'armes.

Pour la première fois cela lui semblait plein d'attrait, et c'est le sourire aux lèvres, un sourire vague et involontaire, qu'elle reconnaissait les voix des jeunes gens, celle de Raymond, celle de son père.

— Qu'ai-je donc? murmura-t-elle si bas que cette réflexion semblait plutôt l'écho d'une pensée qu'une interrogation nettement articulée.

La guérison commençait. Le cœur se mettait à battre plus vite, à joyeuses volées, comme pour célébrer quelque réveil printanier, l'éclosion d'une fleur mystérieuse et charmante.

IV

« LA REINE DE GOLCONDE. »

— R, A, D, J, I, trait d'union, R, A, O.

— Bien, fit Thérèse en écrivant la dernière lettre. Alors cela fait Radji-Rao !

— Oui, Mademoiselle.

— Savez-vous que c'est un beau nom, un nom étrange, dont j'aime la consonnance sauvage ?

— C'est un grand nom ! reprit le vieillard et son œil flamba sous sa paupière bistrée aux plis fins.

— Comment cela ? reprit-elle intéressée.

— Il était porté par mon père, le dernier peshwa des guerriers mahrattes, le dernier souverain qui ait régné dans le magnifique palais fortifié de Pounah, la belle ville !

— Vous êtes de sang royal ? interrogea Thérèse.

— Kartikeya, dieu de la guerre, m'a ravi le titre

auquel j'avais droit ; les Anglais maudits ont battu les intrépides Mahrattes et brisé le trône du dernier prince, quand je n'avais encore que cinq ans. Depuis, j'ai lutté plusieurs fois, j'ai essayé de soulever les Hindous pour faire rejeter un joug odieux : Brahma n'a pas protégé son serviteur. J'ai été vaincu, chassé et exilé de mon pays.

Le brahme baissa la tête, fermant les yeux pour éteindre le feu de ses prunelles allumées par le souvenir, ses longs bras maigres abandonnés de chaque côté de son corps mince.

La jeune fille le regarda, attirée par ce personnage extraordinaire qui ne ressemblait à personne, bien qu'il portât des vêtements européens et fût façonné depuis de longues années aux usages et aux mœurs français.

Son teint olivâtre, presque blanc, eût pu le faire prendre pour un Portugais, car parmi les Hindous la classe aristocratique des brahmanes se fait remarquer par la teinte peu colorée de la peau : c'est même l'un des signes auxquels se reconnaît cette caste orgueilleuse, qui se dit née de la tête même de Brahma, tandis que les guerriers sont issus de ses épaules, les marchands de son ventre et les artisans de ses pieds.

D'une maigreur presque fantastique, n'ayant ni ventre ni mollets comme tous ceux de sa race, l'Hindou semblait un long squelette sur lequel vivait une tête curieuse, remarquable par les cheveux noirs et lisses qui ne lui auraient pas fait donner ses soixante-cinq ans, si l'on n'avait pas attentivement étudié les traits avec leur peau collée aux mâchoires et découpant toute l'ossature des pommettes ainsi que le renfoncement des tempes.

Les yeux, semblables à des diamants noirs de Visapour, brillaient, sous le front petit, d'une flamme courte, contenue, et défiaient toute investigation : nul ne fût parvenu à lire dans ce regard fermé comme les livres sacrés où il avait appris à lire.

Cependant l'air libre et aisé, le maintien dégagé de Radji-Rao, son ton et ses manières de supériorité eussent immédiatement tranché, s'il se fût trouvé en compagnie de compatriotes de caste inférieure. Alors, le brahme eût reparu, le prince se fût révélé.

Les membres secs étaient encore parfaitement droits et l'on devinait que si, plus faible de complexion, il il était inférieur aux Européens comme force musculaire, il devait être très adroit et supérieur par la souplesse. Il y a du serpent, de la *cobra-capello* dans tout Hindou.

La tête nue, malgré la vivacité et la mauvaise réputation de notre soleil printanier, il se tenait debout, à l'entrée du petit berceau de jasmin et de chèvrefeuille sous lequel Thérèse Froisset avait momentanément cherché un abri contre les premières ardeurs de la matinée.

Elle tenait encore à la main le bouquet de roses qu'elle venait de se composer dans les parterres de Jean Marlotton, le respirant avec délices, et garantis-

sant ses doigts des épines en enveloppant les queues de
son mouchoir.

Chaque matin, depuis son installation par ordre du
médecin chez le pépiniériste-horticulteur de Fontenay-
aux-Roses, elle faisait ainsi une petite promenade à travers les fleurs, les plantes et les arbres fruitiers, s'eni-
vrant d'air pur, de senteurs balsamiques et de gai soleil
à pleines gorgées. — Puis, une fois son inspection faite,
ses fleurs préférées visitées et saluées, elle cueillait
quelques roses pour sa chambre et venait se reposer un
moment, avant de rentrer, sous un petit berceau formé
de clématite, de jasmin et de chèvrefeuille, qui terminait une allée droite entre deux immenses champs de
roses.

Quelquefois elle écrivait, lisait ou peignait, suivant son idée, passionnée pour ce cabinet de travail
embaumé et charmeur.

Ce matin-là, elle venait à peine d'y entrer, qu'elle
vit s'avancer du bout de l'allée conduisant à la maison,
la plus bizarre silhouette humaine qu'il lui eût été
donné de voir jusqu'à ce jour. Elle ne s'étonna pas
outre mesure, ayant été prévenue par l'horticulteur
qu'un malade, envoyé par Raymond Hambert, vien-
drait peut-être partager sa solitude et se soigner
aussi en venant se reposer des fatigues de Paris.

Était-ce lui qui venait ainsi, nonchalant et si impal-
pable que son ombre ne formait qu'une ligne mince
sur le sable de l'allée ?

Thérèse le contempla sans frayeur, avec une sorte

d'attendrissement instinctif. Elle devinait un malheureux, quelque être souffrant et deshérité, et se
promit de bien accueillir le nouveau venu s'il s'adressait à elle.

L'Hindou, dès qu'il fut à portée de la voix, la salua
d'un compliment tout oriental, qui sonna étrangement aux oreilles parisiennes de la jeune fille. Elle
dut se mordre les lèvres pour ne pas rire, ni blesser
ce vieillard au visage impassible, qui la comparait en
beau langage fleuri à la merveilleuse Latchoumy,
femme de Vishnou, dont les yeux sont comme des
nénuphars.

Quoiqu'elle ne connût pas les dieux bleus, ni leurs
épouses, elle comprit que tout compliment devait être
bien reçu, et ce fut avec un gracieux sourire qu'elle
remercia le brave homme. Elle s'en repentit d'autant
moins que dès les premiers mots l'inconnu lui devint ex-
trèmement sympathique, à cause de la reconnaissance
émue, de la vénération avec laquelle il parlait de son
bienfaiteur, de son sauveur, Raymond Hambert.

Elle apprit ainsi que Radji-Rao devait tout au
jeune médecin, que c'était lui qui, le soignant à l'hôpital Beaujon, s'était particulièrement intéressé à cet
abandonné, l'aidant de sa science, de ses connaissances, même de sa bourse, et finalement l'avait
envoyé en convalescence chez son ami Henri Tanz,
qui consentait à prêter l'une des chambres attenant à
son atelier au dernier descendant des souverains
mahrattes.

C'est alors que, pour mieux lier connaissance avec son compagnon de convalescence, la jeune fille s'était fait épeler le nom du brahme, jeu auquel celui-ci se prêtait avec la meilleure grâce, sans se départir de sa gravité originelle.

Puis elle l'interrogea directement sur sa famille, sur son pays, sur toutes les choses inconnues dont l'Inde devait être remplie. Le brahme parlait, heureux de trouver quelqu'un qui s'intéressât aussi vivement à tout ce qui le touchait.

De plus, une inconsciente adoration grandissait en lui, peu à peu, pour cette enfant gracieuse et fraîche comme une fleur de lotus, et dont le beau rire sonnait franc et pur dans un épanouissement de tout l'être.

— Ah çà! mais on vous attend depuis un quart d'heure! gronda tout à coup une grosse voix réjouie, qui éclata à l'oreille des deux causeurs, les arrachant à leur bavardage.

— Mon parrain! cria Thérèse surprise et rougissante.

— Hé! hé! vous allez bien, continua-t-il. Mais, mignonne, tu es en train de faire perdre la tête à mon excellent ami Radji-Rao.

L'Indien sourit silencieusement, regardant tour à tour la jeune fille et l'horticulteur.

Marlotton reprenait :

— Pendant ce temps-là, le déjeuner refroidit et M. Tanz tempête, assurant que je lui fais perdre son temps et que je payerai ses modèles.

7

— Allons, calmez-vous, gros bougon ! dit Thérèse, enflant sa voix caressante.

— Me calmer ! Jamais ! ajouta Jean dont le gros rire sonna comme une trompette. Me calmer, quand tu m'accapares mon prince indien, l'homme qui doit me donner les renseignements les plus rares, les plus précieux, des documents absolument inconnus sur les roses de l'Inde !

— Et qui l'en empêchera ?

— Qui ? Mais toi : il va préférer ta conversation à la mienne !

— Ah bah !

— Malgré ses soixante-cinq ans, il aime encore mieux causer avec une jolie fille qu'avec un vieux grognon d'horticulteur comme moi.

— Je m'engage à vous le prêter de temps en temps.

— Est-ce toi qui feras mon livre ?

— Ah ! oui, la fameuse histoire des roses.

— C'est ça, moques toi de mon œuvre, comme si tu n'en connaissais pas la dédicace !

« A Thérèse Froisset, la reine des roses ! »

— En effet, c'est gentil.

- Ce sera gentil si tu me laisses terminer mon livre.

— Chut ! le déjeuner refroidit.

— Viens alors !

Il tendit son bras.

Thérèse posa coquettement sa main blanche sur le

bras gauche de l'Hindou, qui s'inclina avec une galanterie toute française.

— C'est ça, fit l'autre, me voilà relégué au second rang.

Il marcha derrière, menaçant l'enfant du doigt. Et, tandis qu'ils s'acheminaient rieurs et bavards vers la maison, la jeune fille montra son bouquet à son parrain avec une mine moqueuse :

— Hein ! j'ai encore dévalisé vos plants.

— Mes pauvres roses ! Tu ne sais même pas leur nom !

— Dame ! depuis un mois que je suis ici et au milieu d'une telle variété, ce serait beau.

— Ça, c'est un peu vrai ; il m'a fallu toute ma vie pour acquérir la science que je possède. Cependant il y en a de bien reconnaissables.

— Voyons un peu, que je mette votre science à l'épreuve.

Elle tendit son bouquet à Marlotton qui, tout en marchant, l'examina.

— Tiens, voici une magnifique *Lady-Morgan.* Tu choisis bien... Fichtre ! une Provins à fleurs rouges.

— Oh ! oh ! Vous dites cela parce que je ne m'y connais pas : pourquoi *Lady-Morgan* ?

— Ta ! ta ! ta ! railleuse ! Te rappelles-tu l'arbrisseau sur lequel tu l'as cueillie ?

— Parfaitement.

— Tu as même dû te piquer à ses aiguillons bruns, inégaux et droits ; l'arbrisseau est très vigoureux, plein de rameaux ; les pédoncules sont garnis de petites soies noirâtres.

— C'est vrai.

— Cette blanche est une *Déesse-Flore*, de la variété des roses de Damas ; la jaune, tirant sur le nankin, une *Pauline-Borghèse* de ma collection de bengales jaunâtres. Il n'y en a pas deux de la même espèce.

— Oui, j'ai glané à droite, à gauche, au hasard.

— Je m'en aperçois.

— Comment appelez-vous celle-ci ?

— Cette rose-thé ?

— Justement.

— Une *Reine-de-Golconde*, une fleur du pays de Radji-Rao.

D'un geste charmant, elle détacha immédiatement du bouquet, pour l'offrir à son compagnon, la fleur superbe dont la délicieuse odeur perçait de son fin parfum de thé l'arome plus violent des autres roses.

Un éclair de reconnaissance brilla dans les yeux de l'exilé, qui porta à ses lèvres la *Reine-de-Golconde* et s'inclina, touché au cœur.

— Vous êtes pour moi meilleure et plus charitable que les Apsaras, les bayadères célestes qui accompagnent le fils de Latchoumy et de Vishnou, Kamadéva, dieu de l'amour.

Sur le seuil de la maison ils rencontrèrent Henri Tanz, qui les attendait la serviette à la main :

— Vous savez, l'omelette est en trainde brûler, je la sens d'ici, et la cuisinière de M. Marlotton se désespère devant sa poêle à frire. Je craignais un suicide dans la graisse bouillante !

— Brou ! quelle omelette au lard ! s'exclama l'horticulteur faisant allusion à la corpulence de sa cuisinière.

Et Marlotton entra, poussant doucement le jeune peintre par les épaules, tandis que Thérèse souriait et que Radji-Rao, très grave, aspirait à pleines narines les parfums de la *Reine-de-Golconde*, sans se préoccuper des vapeurs rousses qui s'échappaient par les fenêtres de la cuisine, où tous les fourneaux flambaient, éclairant les joues empourprées de la bonne du pépiniériste.

V

L'AMOUREUX DES ROSES

La grande table de chêne, qui forme le principal meuble du cabinet de travail, est placée devant la fenêtre, dont les profondes embrasures permettent d'ouvrir, au besoin, les deux battants de la croisée.

Au centre, un vaste sous-main en toile cirée, supportant du papier buvard rouge, des plumes d'oie taillées en gros ou en fin et des feuillets de papier à large marge, se trouve flanqué à droite d'un amas de volumes de toute grandeur, à gauche d'un gros encrier de plomb.

Enfin, dans un verre plein d'eau baigne la tige d'une superbe rose d'un pourpre foncé, aux pétales très serrés.

Une loupe dans la main gauche, courbé sur cette table, Jean Marlotton trace rapidement quelques lignes, en faisant magistralement grincer sa plume sur le papier; en marge ressort en gros caractères le mot : *Colocotroni.*

Le travailleur relit à mi-voix ce qu'il vient d'écrire :

« ... *Écorce d'un vert clair, arbrisseau très vigou-reux ; quelques taches noirâtres. Rameaux divergents.* »

— Hum ! hum ! divergents! divergents!

Il continue à relire des yeux, en inclinant la tête à petits coups d'une manière approbative : on dirait le balancement d'un encensoir devant l'autel.

— Bon! Bien ! Très bien cela!

L'encens lui monte à la tête et le grise :

Personne n'a mieux décrit.

Très satisfait d'avoir ainsi fait son propre éloge, Marlotton s'arrête :

— Ah ! ah ! nous voici arrivés à la fleur, la *Coloco-troni* elle-même.

Saisissant sa loupe par l'anneau du manche, il la tient suspendue entre le pouce et l'index, la faisant aller et venir, et scande ses phrases qui se détachent sur le papier blanc :

— « *Fleurs moyennes, pleines, très régulières, nais-sant plusieurs ensemble sur le même rameau; pétales d'un beau violet foncé, passant quelquefois à un rouge-lie de vin, très serrés, incisés irrégulièrement.* »

Se redressant à demi, les cuisses appuyées au tiroir de sa table, tout le haut du corps penché en avant, Marlotton examine à l'aide de sa loupe l'échan-tillon épanoui dans le verre. Les épaules bombantes,

la main gauche plaquant ses cinq doigts sur le sous-
main, il est superbe d'infatuation scientifique, avec la
moue imposante de ses lèvres et la savante contraction
de ses sourcils, durant cet examen.

— Oui, c'est bien tout !

Il se rassied, satisfait de lui-même.

— Ainsi, c'est bien entendu, la *Colocotroni* fait
partie de la première tribu des roses de l'Inde, les
bengales à fleurs cramoisies ; mais mon renseignement
serait bien plus complet si Radji-Rao pouvait me dire
en quel endroit, exactement, on les voit en plus grand
nombre. Ah ! la science n'est pas un vain mot !

Et une ride mince partage son front, tandis qu'il
cherche à se donner des allures de penseur.

— Pas un livre ne donne ce détail, pas un ! Il serait
utile, — et glorieux ! — de compléter la généalogie de
cette fleur. Mon nom tiendrait sa place à côté de celui
de tous les amants de la rose, Redouté, Thory,
Andrews, de Pronville, Desportes, Prévost, Boitard,
et les autres !

Il jetait un regard d'envie aux volumes entassés à
sa gauche, les uns énormes, les autres modestes, en
forme de catalogues, de dictionnaires ou de nomen-
clatures. Puis de là ses yeux s'égarèrent devant lui,
par la baie de la fenêtre, planant sur un véritable
champ de roses de toutes hauteurs, de toutes couleurs
et de toutes formes.

Tout cela était à lui, cultivé par lui, et ne devait
qu'à son savoir la puissance de son éclat et la force

de son arome. Que d'années il lui avait fallu pour
arriver à un pareil résultat, pour que son nom fût un
des plus connus et des plus estimés parmi ceux de
tous les horticulteurs français! Il mettrait le comble
à sa réputation s'il publiait enfin le fameux livre auquel il travaillait depuis des années, sa classification
des roses, son étude consciencieuse et raisonnée de
chaque variété, par corolles, pétales, étamines et pis-
tils, leur examen à la loupe, la minutieuse description
des pédoncules, des bractées, des spatules, des pé-
tioles, de la feuille, des tiges, de l'armure, des ra-
cines et de l'arbrisseau.

Ces termes savants qu'il se répétait orgueilleuse-
ment se brouillaient peu à peu, lui montant comme
une griserie au cerveau.

Une chaleur douce pénétrait dans la petite pièce,
apportant les effluves embaumés du jardin. Une immense nappe de soleil baignait les feuilles d'un vert
pâle, les feuilles foncées, les corolles rouges, blanches
et jaunes, dont le moutonnement montait depuis
l'allée tracée devant la maison jusqu'au fond de la
propriété, les rosiers étant disposés par rang de taille
du plus petit au plus grand.

Après quelques secondes de ballottement, la tête de
Marlotton se reposa sur la main gauche accoudée à la
table; ses lèvres balbutièrent deux ou trois fois le
mot *Colocotroni* comme s'il eût voulu le graver dans
sa mémoire, et la rêverie de l'horticulteur s'engagea
dans des méandres de plus en plus confus, de plus en

7.

plus nuageux, si bien que nul bruit de plume grin-
çant sur le papier, nulle réflexion à haute voix, nul
bruissement de feuillets tournés, ne troublèrent le
grand silence du cabinet de travail où s'élaborait la
glorification des roses.

Sur les rayons de la bibliothèque, Linnée dormait,
poudreux, s'appuyant au *Roman de la Rose* de Guil-
laume de Lorris et de Jean de Meung; les poètes qui
ont chanté la fleur merveilleuse sommeillaient de compagnie, Horace avec Ducis, Ausone aux bras de Parny,
et Favart, et Ovide, et Anacréon, et bien d'autres,
sans que le moindre pli vînt troubler leur repos
comme celui de l'efféminé sybarite Smindride.

Jean Marlotton avait alors soixante ans. De taille
moyenne, les épaules larges, il commençait à prendre
un embonpoint qui l'eût considérablement gêné six
ans auparavant, quand il faisait le coup de feu en
volontaire dans le 71e bataillon de la garde nationale,
sous les ordres de son ami Froisset.

Resté célibataire, il s'était exclusivement consacré
à sa passion pour les roses, la culture des fleurs, les
plantes, et il était parvenu à se composer les plus
belles serres, la plus importante collection de tout le
département : on venait de loin pour visiter ses
fleurs, et ce n'était pas la moindre de ses vanités.

De tous ses amis, le plus fidèle, le préféré avait
toujours été un camarade d'enfance, plus jeune que
lui de quelques années, Pierre Froisset. Lorsque
celui-ci, marié et professeur d'escrime au régiment

où il était sous-officier, eut, après son fils Georges, une fille, Marlotton tint expressément à en être le parrain et lui donna le nom de Thérèse.

Il lui sembla, dans ce baby blanc et rose, à l'épiderme délicat, retrouver la délicatesse de ses roses les plus précieuses : cette filleule fut avec ses fleurs favorites la grande consolation de sa solitaire existence de vieux garçon.

Chaque fois qu'il put obtenir des parents qu'elle vînt passer quelques jours chez lui, il fut ravi, et, dans son ravisssement, accorda à cette enfant une permission inexorablement refusée à tout le monde, celle de ravager ses fleurs à son aise, de faire des bouquets même avec les plus superbes roses. Thérèse n'abusa jamais de la permission.

Mais l'excellent homme ne pouvait avoir sa filleule aussi souvent qu'il l'eût désiré, et sa solitude lui pesait tellement que, après la guerre, lorsqu'il lui fallut réparer les dégâts causés par les deux sièges de Paris, il se décida à transformer en atelier de peinture une sorte de maisonnette dont il ne restait plus que les murs. Cette idée lui avait été donnée par un jeune artiste qui visitait par hasard sa pépinière.

Il avait donc fait vitrer le dessus de la grande pièce convertie en atelier ; deux chambres meublées y attenaient, composant un petit appartement.

Après avoir commencé par être tout simplement le locataire de Marlotton, Henri Tanz, auquel le bonhomme plaisait par sa rondeur, son aimable hu-

meur et son bavardage, accepta de devenir son pensionnaire dans la plus complète acception du mot.
Désormais il prit ses repas à la table de l'horticulteur.
Cela lui allait mieux que de déjeuner et de dîner chez
le marchand de vin, en compagnie de maçons, de
paysans et d'ouvriers avec lesquels il ne pouvait
causer, non pas tant par fierté que parce que ceux-ci
eussent été gênés par le monsieur.

Marlotton avait une cave supérieurement montée
qui avait été dévalisée par les Prussiens pendant l'oc-
cupation de Fontenay, mais qu'il avait peu à peu
remontée sur son ancien pied. Son grand bonheur
était de faire goûter à son compagnon quelque cru
authentique, et il fallait le voir déboucher, en ayant
bien soin de ne pas le remuer, le flacon poudreux à
capsule métallique bleue, rouge, jaune ou verte : il
faisait remarquer le cachet, l'étiquette, et finissait par
avouer que, après les roses, il ne connaissait pas de
fleur plus parfumée que le bon vin.

Henri Tanz, médiocre connaisseur, possesseur d'un
palais quelque peu indifférent, s'amusait à faire
monter son amphitryon, en confondant à plaisir les
crus dégustés, prenant les Bordeaux pour des Bour-
gogne, les Beaune, pour des vins du Rhône et les
Chambertin pour des vins de Basse-Bourgogne.

Quand Thérèse, sur le conseil de Raymond Hambert, vint achever sa guérison chez son parrain, les
repas furent plus gais, comme illuminés par la seule
présence de la délicieuse fille du maître d'armes, et,

plus d'une fois, Henri, enthousiasmé, jura qu'il ne savait pas de plus beau portrait à faire que celui de la jeune convalescente.

— Un sujet merveilleux pour votre Salon de l'année prochaine ! reprenait Marlotton.

— Certainement.

— « La Jeune Convalescente » ! Vous la représenteriez au milieu des roses, allongée sur un fauteuil, embaumée et revivifiée par ses compagnes, des rivales en délicatesse et en beauté.

— Quel poète vous faites ! s'exclamait le peintre, et il hochait la tête, ne disant pas non.

Thérèse habitait à Fontenay depuis un mois, lorsqu'un matin le jeune médecin arriva, accompagné d'un étrange personnage, maigre, jaunâtre, d'une faiblesse extraordinaire.

Marlotton le regardait, ne comprenant pas.

— C'est encore un malade que je vous amène.

— Un malade ! s'écria l'horticulteur.

— Mais oui, un convalescent.

— Alors, ajouta comiquement le bonhomme, il ne me reste plus qu'à changer l'écriteau cloué à ma porte.

— Comment cela ?

— Au lieu de

JEAN MARLOTTON

Pépiniériste-Horticulteur,

je vais mettre :

Maison de santé
Du docteur JEAN MARLOTTON !

— Traitement par le parfum des roses, un vrai spécifique !

— Et pourquoi pas? reprit l'autre, défendant ses favorites; vous savez bien que la rose a une pharmacopée très importante. Hermann lui reconnaissait le pouvoir de guérir toutes les maladies, ce qui est probablement exagéré et Hippocrate est le premier qui ait parlé de ses vertus médicinales.

— Oh! oh! quel grand nom pour un si minime sujet!

— Il n'y a pas de trop grands noms quand il s'agit des roses.

— Je sais bien.

— Enfin vous ne nierez pas l'usage en médecine de la rose de Provins, de celle de Puteaux, de l'églantier, ni de la rose musquée ?

— Je m'en garderais bien, à titre de médecin. Acceptez donc mon malade, que mon ami Tanz logera dans une des deux chambres qui tiennent à son atelier.

— En effet, monsieur paraît avoir besoin de repos et de bon air.

— Il faut que je vous présente votre futur pensionnaire.

L'horticulteur, peu enthousiasmé par la triste mine du malade, levait déjà la main avec une attitude résignée pour dire que ce n'était pas la peine. Hambert, sans y faire attention, déclama de sa plus belle voix :

— Radji-Rao, prince indien, dernier descendant des souverains mahrattes.

— Indien de l'Inde? fit Marlotton qui le regardait, les yeux ronds, tout ébahi.

— De l'Inde!

Alors, brusquement :

— Ah! mais j'y songe, je suis enchanté.

— Vous voyez! répondit Raymond en riant.

L'horticulteur rayonnait.

— Monsieur pourra me renseigner sur les roses de l'Inde !

Et il s'empressa de faire les honneurs de sa propriété au prince exilé.

Celui-ci, avec le faible et doux sourire du malade qui n'a de force ni pour la douleur ni pour le plaisir, s'abandonnait, très las, comme brisé, sous la mince enveloppe de ses vêtements usés.

— Il n'a pas l'air d'un nabab, murmura Marlotton à l'oreille du médecin.

Raymond eut une moue expressive :

— Le pauvre diable est dans la dernière des misères. Je me suis intéressé à lui, en le voyant tout seul, sans amis, sans connaissances, sur son lit d'hôpital; cet abandon m'attira, je le fis causer et je lui arrachai bribe par bribe sa lamentable histoire. — Savez-vous de quoi il vit à Paris ?

Le propriétaire éleva les sourcils et avança les lèvres, traduisant par cette mimique son ignorance absolue à ce sujet.

— Il fabrique, pour les marchands de curiosités, des bibelots de son pays, bijoux, statuettes, idoles, peintures, tout ce que l'on veut, car il est excessivement adroit. — Du reste, vous le verrez à l'œuvre ; ici il occupera ses loisirs à ce travail où il excelle. Rien n'est plus curieux. Quant à la pension, je m'en charge : motus sur ce point !

Raymond posa un doigt sur sa bouche, pendant que son interlocuteur secouait la tête d'un air entendu.

A partir de ce moment, Radji-Rao devint donc le commensal de l'horticulteur. Pendant quelques jours, trop faible pour sortir de sa chambre, il demeura là, ignoré de Thérèse qui ne fit sa connaissance que par la belle matinée de soleil où elle l'aperçut dans le jardin.

Ce souffrant, ce déshérité aux paroles d'or, aux gestes dignes et graves, l'intéressa. Elle s'amusa à l'étudier, à le faire parler de son pays, des jungles formidables où râle le tigre, des lacs de diamant, des forêts impénétrables et des mystérieuses pagodes.

Radji-Rao se ranimait au souvenir incessamment évoqué de la patrie et prenait la jeune fille en adoration. Lui qui n'y pensait qu'avec des idées de haine et de vengeance contre les envahisseurs, sentait avec étonnement les souvenirs parfumés et enchanteurs renaître sous les questions de la gracieuse enfant.

On se trouvait tous ensemble au dîner et au déjeuner qui avaient lieu à heures fixes, le matin à onze

heures, le soir à six heures et demie. Là, Thérèse,
Marlotton, Tanz et Radji-Rao s'unissaient chaque
jour davantage au moyen d'une de ces bonnes causeries flâneuses qui reposent de tout. Cela leur semblait maintenant tout simple de vivre ainsi, et ils ne
voyaient pas de raison pour que cette communauté
pût être rompue un jour par les nécessités de l'existence.

Lorsque Froisset venait voir sa fille et que Raymond,
délivré de ses occupations, pouvait quitter son hôpital, le dîner devenait un véritable festin, une fête où
tout riait. Le maître d'armes ne voyait jamais de joues
plus vermeilles à Thérèse qu'à l'arrivée du jeune
médecin, qui s'informait immédiatement avec une
sollicitude très marquée de la santé de la jeune fille.

— Oh ! je vais bien, tout à fait bien, murmurait-elle
avec un regard qui flambait doucement sous le rideau
soyeux des cils.

Alors le jeune homme la contemplait, hésitant, se
demandant s'il comprenait bien, s'il ne se trompait
pas à l'expression de la physionomie de Thérèse.

Jean intervenait, disant :

— Il est sept heures ! A table, à table, les retardataires !

Plusieurs fois la même scène se renouvela sans
amener de résultat. Froisset, tout au plaisir de revoir
et d'embrasser sa fille, plus vigoureuse, plus belle
que jamais, ne remarquait rien. Pensif, Radji-Rao
rêvait aux merveilleuses amours des dieux bleus.
Seul, le peintre promenait d'éloquents regards de

Thérèse à Raymond, tout en sifflotant un air d'opéra ; mais les jeunes gens ne s'en apercevaient pas, tout perdus dans quelque causerie insignifiante pour les autres, pleine d'intérêt pour eux seuls.

Marlotton, au milieu de tout cela, se sentait parfaitement heureux, travaillant un peu, flânant énormément, mais se retirant toujours dans son cabinet de travail de trois heures à six pour travailler à sa fameuse *Histoire des Roses*.

La plupart du temps, la chaleur et la digestion aidant, la plume s'échappait de ses doigts amollis, son front se courbait sur la table, et la poussière dorée d'un rayon de soleil voltigeant dans quelque coin de la pièce donnait seul l'aspect de la vie à ce sanctuaire du travail et de l'étude.

— Hé ! Jean ! Hé ! Marlotton ! Tu dors, mon ami ?

Une grosse voix gouailleuse rompit brutalement le charme qui tenait l'existence suspendue dans le cabinet de travail.

— *Colocotroni ! Colocotroni !* balbutia péniblement Marlotton, secouant la tête comme un barbet qui vient de recevoir un seau d'eau.

— Paresseux ! Gros dormeur !

— Mais non, mais non !

Il se débattait, cherchant sa plume tombée à ses pieds, montrant la page commencée, essayant de prouver qu'il ne dormait pas.

Le maître d'armes éclata d'un large rire :

— Ah ! mon pauvre ami, si c'est comme cela que

tu arrives à terminer ton fameux ouvrage sur les roses, tu y mettras le temps.

Jean était confus, encore tout embrouillé dans ses rêves, la bouche embarrassée, les paupières lourdes :

— Je pensais ! Je réfléchissais !

— Profondément ! Car j'ai frappé, appelé avant d'entrer, et j'ai une bonne voix, une poigne solide, Rien : monsieur travaillait ! Ah ! ah !

— En effet, un article difficile.

— Si c'est pour cela que tu t'enfermes, continua le professeur sans vouloir lui laisser la parole, tu pouras transporter tes études dans ta chambre à coucher.

— Mauvais ami !

— Bah ! ta bonne me l'avait bien dit.

— Ma bonne ?

— Hé ! oui ! Elle m'a arrêté au passage pour me faire ses recommandations. « Monsieur travaille, m'a-t-elle dit, et monsieur n'aime pas à être dérangé quand il est avec ses roses ! » Sur ses roses ! eût-elle pu dire. Aussi j'aurais dû remarquer qu'elle riait un peu en me parlant.

— La chaleur peut-être... trouva enfin l'horticulteur.

Froisset reprit, plus sérieux:

— La chaleur est passée et l'heure du dîner approche ; mais, avant de nous mettre à table, j'ai à causer sérieusement avec toi. Voyons ! es-tu remis, bien réveillé ?

— Complètement, tout oreilles !

— Je n'irai pas par quatre chemins, ce n'est pas mon habitude : il s'agit de Thérèse.

— De ma filleule ?

— Oui. As-tu remarqué quelque chose ici ?

— Quoi ? demanda Jean très interloqué. Que veux-tu que je remarque ?

— Ah ! te voilà bien ! tout mon portrait, un véritable père, un aveugle !

— Je ne comprends pas.

— C'est très grave cependant, et ce brave garçon de Tanz a eu raison de me donner l'éveil ; mais, avant tout, je voudrais être fixé, entends-tu ?

— Je comprends de moins en moins.

— Alors tu ne peux pas me dire si tu as constaté quelque chose quand M. Raymond Hambert venait ici ?

—Quelque chose ! Le diable soit si j'ai des remarques ou des constatations à faire à ce sujet.

— En un mot, Thérèse aime-t-elle ce jeune homme ?

Marlotton leva les bras au ciel avec stupéfaction :

— Thérèse !

Froisset le saisit par les poignets, delicatement :

— Qu'en dis-tu ?

— Ce n'est pas de ma faute, je t'assure.

—Mais, grosse bête, j'en serais ravi, enchanté ! Entends-tu ?

Le professeur allait continuer, quand une voix joyeuse se fit entendre.

— Parrain, papa, la soupe est sur la table.

— Chut ! fit le maître d'armes. Voici la petite !

Et l'enfant, radieuse, vint les prendre chacun par une main.

VI

— Là! parfait. La tête un peu plus inclinée à gauche; laissez tomber le bras naturellement, sans raideur.

De l'extrémité de son appui-main, Henri Tanz rectifie un pli de la robe blanche, et, s'éloignant de quelques pas, met la main en abat-jour au-dessus de ses yeux pour mieux voir l'ensemble de la pose.

Thérèse, à demi étendue sur la chaise longue en osier, souriait, ravie de voir faire son portrait.

— Je pourrai parler? interrogea-t-elle.

— Tant que vous voudrez, à la condition de ne pas bouger.

— Suis-je bien ainsi ?

— Ravissante.

— Oh! un compliment !

— Non pas, un jugement d'artiste.

— Je préfère cela.

— Prenez une ou deux roses, négligemment, du bout des doigts.

— Comme cela?

— Très bien. Le coude gauche plus haut sur le bras de la chaise. Assez.

Le peintre comparait son modèle avec le portrait commencé, changeant une ombre, accentuant une lumière, recalant çà et là son œuvre à l'aide de quelques touches adroites posées du plein de la brosse. Cela venait fort bien.

La jeune fille était représentée allongée sur une de ces chaises longues d'osier, au dos simple, aux contours arrondis, qui sont d'usage pour les grandes traversées en mer et que l'on voit maintenant dans beaucoup de maisons de campagne; des oreillers garnis de dentelles soutenaient sa tête, dont les cheveux châtain clair lui formaient une auréole de légers frisons, et qui se détachait en vigueur sur la pâleur mate du linge.

Une sorte de long peignoir bordé d'une guipure, dont la nuance jaunâtre ressortait, l'enveloppait jusqu'au cou, dessinant la ligne pure et chaste de son corps perdu sous les plis de l'étoffe. L'une des mains tombait un peu, le coude relevé par un bras du siège, les doigts pendants avec des teintes roses près des ongles ; la main droite s'abandonnait au milieu d'un bouquet éparpillé sur ses genoux, pendant que ses

yeux vaguaient devant elle, agrandissant leurs prunelles où le reflet du soleil mettait une lueur d'or au-
dessous de la ligne régulière des sourcils.

Les lèvres palpitaient dans un sourire qui décou-
vrait les dents avec une expression habituelle à Thérèse ; les pieds étaient chaussés de mules blanches à
talons hauts.

Derrière, couvrant le côté gauche de la toile, montait un fond de paysage très opaque ; et la terrasse,
sur laquelle le peintre avait placé sa convalescente,
dominait le champ de roses qui faisait l'orgueil de
Marlotton.

Grâce à la bonne volonté du modèle, à l'ardeur et
au talent du peintre, le tableau, en trois semaines,
avait pris beaucoup d'aspect et s'annonçait très bien.
Ni Froisset ni Raymond n'avaient été mis dans la con-
fidence de ce portrait, que connaissaient seuls Radji-
Rao et Marlotton, parfois consultés au point de vue de
la ressemblance.

— Alors cela va à votre idée ? questionna Thérèse à
la suite d'un long silence pendant lequel le peintre
avait successivement employé le pinceau pour retou-
cher les yeux et le couteau à palette pour effacer ce
qu'il venait de faire.

— Pas du tout, fit Henri ; je gratte toujours.

— Vous grattez trop.

— Dame ! si vous croyez qu'il soit facile de faire
vos yeux, des yeux d'or.

— Vous voulez rire.

— Non. Sérieusement, je n'ai jamais vu un pareil flamboiement dans des prunelles humaines.

— Oh! s'écria Thérèse. Qu'ont donc mes pauvres yeux de si bizarre?

— Bizarre, n'est pas le mot propre; dites magnétique, fulgurant, je ne sais trop quelle épithète leur appliquer; mais il est plus aisé de les admirer que de les fixer sur la toile.

— Monsieur Tanz! monsieur Tanz! si vous continuez, je vais vous gronder et pour cela remuer la main.

— Ne bougez pas, je vous en prie. Tout à l'heure, vous me gronderez à votre aise quand vous ne poserez plus; mais, après tout, je parle pour d'autres que pour moi.

— D'autres? se récria-t-elle un peu inquiète.

— Ne vous effrayez pas : je voulais dire un autre.

— Si c'est ainsi que vous me rassurez!

— Tenez! reprit-il. Avec vous je crois qu'on peut parler franchement; vous n'êtes pas une jeune fille ordinaire, n'est-ce pas?

— Quel début solennel!

— C'est que, comme on dit, je n'ai pas mes yeux dans ma poche. J'ai cru comprendre des choses que personne ne semble voir ici, et si vous voulez, eh bien, je serai votre confident. Oh! surtout ne considérez pas cette proposition comme une injure, une offense! J'aime beaucoup ceux que j'aime, allez! malgré mon

8

apparence frivole, et, quand je puis être utile à mes amis, je me mets en quatre.

Thérèse avait un peu pâli, comme si elle se fût doutée du sujet que le peintre allait aborder, et sa poitrine se souleva sous la batiste blanche du peignoir ; ses mains froissèrent involontairement quelques roses.

Henri continuait de peindre. A moitié dissimulé derrière sa toile, car il avait résolu de ne pas se laisser intimider, il était cependant très ému, troublé par la présence assidue de Thérèse, par cette vie en commun, mais, certain de pouvoir encore se guérir s'il ne se laissait pas séduire davantage, il voulait savoir une bonne fois à quoi s'en tenir sur l'état du cœur de la jeune fille.

Brusquement il renoua la conversation par cette apostrophe :

— Voyez-vous, Mademoiselle, mon meilleur ami, le plus cher, celui pour lequel je donnerais tout, c'est Raymond Hambert.

— A quel propos me dites-vous cela ? balbutia-t-elle.

Henri, quittant sa place, se rapprocha d'elle avec un léger tremblement :

— A quel propos ? Ah ! votre émotion vous trahit : ce nom seulement prononcé suffit pour vous troubler.

— Monsieur Tanz !

Elle devint aussi pourpre que la plus belle des roses semées sous ses doigts blancs.

— Pourquoi ne pas l'avouer ? Raymond est le plus

brave garçon de la terre, le meilleur et le plus sympathique des hommes en même temps qu'un travailleur. Nul n'est plus capable de rendre une femme
heureuse, et si je pouvais me permettre de donner un
pareil conseil à une jeune fille, je lui dirais de l'aimer,
de l'épouser, sûr du bonheur qui suivrait.

Il s'arrêta, inquiet de ses propres paroles, ne sachant trop comment Thérèse allait accueillir cette
demi-déclaration faite pour le compte d'un autre.

L'enfant avait baissé les yeux ; sa rougeur croissait,
ses mains tremblaient davantage, mais elle ne fit pas
une objection. C'était un aveu.

— Vous l'aimez ! Ah ! j'avais deviné, ajouta Henri,
et une sorte de calme glacial tomba immédiatement
sur ses épaules, coupant son expansion.

Thérèse releva la tête, le plus adorable des sourires
sur les lèvres, les yeux suppliants comme si elle eût
voulu demander au peintre de ne pas trahir le secret
qu'il avait deviné.

Déjà Tanz avait repris sa place, sifflotant pour
cacher son émotion.

— Elle l'aime ! je le savais ! murmura-t-il si bas que
cette exclamation ne dépassa pas ses lèvres. Eh bien !
cela vaut mieux : je n'aurai plus la tentation de me
laisser prendre à ses lumineuses prunelles.

Le brave garçon étouffa un soupir où s'envolait un
reste de regret. Si elle n'en avait pas aimé un autre, ou
que cet autre n'eût pas été son ami, peut-être eût-il
cherché à plaire.

— Bah ! termina-t-il philosophiquement, un artiste de ma sorte ne se marie pas ; suis-je bâti pour faire le bonheur d'une femme, pour traîner dans mon atelier un bataillon de marmots qui crèveraient mes toiles ? Non, mille fois non ! Je serai le parrain de ceux de Raymond ; cela vaudra infiniment mieux.

La séance se termina sans autre incident ; mais Thérèse n'osait plus regarder le peintre sans devenir rouge jusqu'aux yeux.

Le maître d'armes venait dîner à Fontenay ce jour-là ; aussi, sans perdre de temps, à la porte même du jardin, Henri Tanz, qui l'attendait, lui fit cette révélation inattendue, qui jeta Froisset tout radieux dans le cabinet de travail de son compère Marlotton.

VII

L'HINDOU ACHÈVE L'ŒUVRE DU PEINTRE

. . . .

Les éléphants rugueux, voyageurs lents et rudes,
Vont au pays natal à travers les déserts.

Celui qui tient la tête est un vieux chef. Son corps
Est gercé comme un tronc que le temps ronge et mine.
Sa tête est comme un roc, et l'arc de son échine
Se voûte puissamment à ses moindres efforts.

Sans ralentir jamais et sans hâter sa marche,
Il guide au but certain ses compagnons poudreux,
Et creusant par derrière un sillon sablonneux,
Les pèlerins massifs suivent leur patriarche.

Les yeux perdus dans une lointaine contemplation,
la respiration suspendue, Radji-Rao a cessé de travailler : l'acier fin qu'il remuait doucement sur la
face aplatie d'un Siva, reste immobile au bout de ses
doigts minces. Il écoute.

Un songe le transporte tout éveillé au pays du

8.

soleil ; il ne fait plus un geste, les lèvres béantes dans une extatique expression de béatitude : son cœur semble ne plus battre.

> L'oreille en éventail, la trompe entre les dents,
> Ils cheminent, l'œil clos. Leur ventre bat et fume,
> Et leur sueur dans l'air embrasé monte en brume,
> Et bourdonnent autour mille insectes ardents.

> Mais qu'importent la soif et la mouche vorace,
> Et le soleil cuisant leur dos noir et plissé ?
> Ils rêvent en marchant du pays delaissé,
> Des forêts de figuiers où s'abrita leur race.....

Après un souriant regard à l'Hindou, toujours en extase, Thérèse termine de sa voix musicale, dont le timbre d'or paraît au vieillard le chant merveilleux des bayadères célestes :

> ..... Aussi, pleins de courage et de lenteur, ils passent
> Comme une ligne noire au sable illimité ;
> Et le désert reprend son immobilité
> Quand les lourds voyageurs à l'horizon s'effacent.

Le livre est fermé. La jeune fille a cessé de parler et le descendant des rois mahrattes écoute encore, poursuivant à l'infini l'illusion qui flambe dans son cerveau, ouvert pour quelques instants aux souvenirs si éloignés de la patrie.

Doucement une larme glisse, voilant le noir éclat de ses prunelles ; il ne cherche pas à la retenir : elle tombe sur ses mains, toute brûlante, et cependant sa figure est illuminée comme celle d'un fakir en contemplation devant sa divinité, d'un saint en communion directe avec le Créateur.

— Eh bien ! mon ami, cette lecture vous a-t-elle causé le même plaisir que les autres ?

L'Hindou s'arrache à sa rêverie et tourne vers la belle enfant ses yeux où la flamme brille plus ardente, comme avivée par les larmes ; une expression de reconnaissance énorme dilate tous ses traits et il se départ, pour un instant, de sa gravité native, joignant les mains afin d'exprimer à quel point il est touché :

— Mademoiselle, oh ! Mademoiselle, vous rajeunissez mon cœur, vous apaisez en moi tous les regrets par la manière délicate dont vous savez faire revivre mes souvenirs.

— Je craignais cependant de trop vous attrister en lisant cette mélancolique pièce de vers.

— M'attrister ! Vous m'avez fait pleurer ; mais ce sont de douces larmes, de celles qui font des perles quand elles tombent dans l'Océan.

Alors il lui explique que les autres lectures qu'elle lui a faites, les superbes descriptions dans lesquelles le poète, avec son magnifique talent, a su faire passer le souffle brûlant de l'Inde, ont pu l'intéresser, lui faire plaisir ; mais que cette dernière pièce de vers sur les éléphants, la monture favorite des guerriers mahrattes, lui a mis plus vivement sous les yeux sa position d'exilé. Il lui a semblé que, marchant avec eux, il allait tout à coup se réveiller auprès du gracieux étang de Hira-Bagh, le jardin-diamant, au milieu des pagodes de Pounah, au pays de ses ancêtres !

C'était là une idée de Thérèse. Un jour, fouillant par désœuvrement dans la bibliothèque de Marlotton, elle y avait trouvé l'œuvre de Leconte de Lisle, qu'elle ne connaissait pas. Elle se figura immédiatement que tout ce qui touchait l'Inde et les croyances brahmaniques dans les deux volumes du poète ferait plaisir au prince mahratte, et, avec sa délicate intuition de femme, elle avait deviné juste.

La première fois qu'elle lut, en cadençant harmonieusement le vers, le *Conseil du Fakir :*

..... Vingt cipayes, la main sur leurs pommeaux fourbis,
Et le crâne rasé ceint du paliacate,
Gardent le vieux nabab et la Bégum d'Arkate ;
Autour danse un essaim léger de Lall-bibis...

Radji-Rao lui embrassa les mains comme à une divinité. Alors elle avait successivement entrepris le poème de *Cunacépa*, où vit toute la poésie indienne, l'hymne védique de *Çurya Bhagavat*, où palpite une vie immense au milieu d'une mythologie d'une richesse inouïe, la *Vision de Brahma*, dont le poète a tracé la belle image, débutant ainsi :

Sur sa lèvre écarlate ainsi que des abeilles
Bourdonnaient les Védas, ivres de son amour ;
Sa gloire ornait son col et flamboyait autour ;
Des blocs de diamant pendaient à ses oreilles.....

Depuis la matinée où Thérèse avait si gracieusement offert une rose à l'Indien, celui-ci était absolument à sa dévotion, tout à fait conquis par la grâce, la beauté et l'affectueuse douceur de la jeune fille.

Souvent, le matin, ils se promenaient ensemble à travers les parterres de roses. Le vieillard parlait à l'enfant des merveilles de l'Inde, lui récitant quelque fragment de poème, quelque passage des livres sacrés, trahissant pour elle les insondables mystères de la religion de Brahma, l'initiant aux croyances de sa patrie avec une naïveté d'illuminé.

D'autres fois, heureux d'avoir rencontré quelqu'un qui l'écoutât sans rire de ses enthousiasmes, il lui décrivait dans une langue pleine d'images les beautés de l'Inde, les jungles brûlées du soleil, avec leurs serpents et leurs tigres. Il peignait la forêt sombre toute trouée de lumière, les gigantesques fleuves, dont l'eau est bleue comme la face d'un dieu, les pagodes ciselées, la flore éblouissante et terrible. Son corps entier ondulait sous la caresse des paysages évoqués.

Il lui racontait aussi les mœurs des brahmines, la pompe des cérémonies et souvent, en l'écoutant parler de cette antique religion, aux origines si pures, la jeune fille croyait entendre raconter avec des mots nouveaux et d'autres usages l'histoire de Jésus.

La promenade préférée de Radji-Rao était la grande serre de Marlotton.

Un matin, lasse de toujours respirer le parfum des roses, Thérèse, après une réflexion subite, s'adressa à l'Hindou :

— Voulez-vous revoir un coin de votre pays ?

— Comment cela ?

— Suivez-moi : je vais vous conduire.

Une flamme fit scintiller les yeux de l'Indien.

— De mon pays! se disait-il. Paradis d'Indra!
est-ce possible ?

La grande serre vitrée ouvrait près de la maison
une porte basse : à peine avait-on dépassé le seuil
qu'une buée chaude enveloppait, coulant dans le cou,
par tous les membres son ardeur violente d'étuve.

Dès le premier pas, le vieillard fut saisi et porta la
main à son cœur. Au milieu de plantes et d'arbustes
plus ou moins étranges, il venait de reconnaître le
figuier sacré, celui qui, selon les brahmes, abrita la
naissance de Vishnou.

— Par les quatres fleuves sacrés, par le Gange,
par l'Indus, par le Godavery, par le Cavary! c'est lui,
l'arbre açvattha, le figuier vénéré des pagodes!

Il se prosterna dans une adoration fanatique,
ployé sous la ferveur des souvenirs saints, cherchant
machinalement de l'œil quelque vénérable pagode.

Successivement il les retrouva tous, plantés çà et
là, les tamariniers, les palmiers nains, les bambous
monstrueux, le chérac, d'où l'on tire un vin sucré. En
même temps, par un mirage intérieur, il croyait
apercevoir à un horizon idéal les immenses vagues
formées par les chaînes de l'Himalaya, s'étageant les
unes au-dessus des autres.

A partir de ce jour surtout, Radji-Rao s'abandonna complètement au charme de la fille du maître
d'armes.

Solennel comme un prophète, le brahme prê-

chait la religion des Védas, enseignait à l'enfant
étonnée les lois de Manou, lui apprenait l'histoire
séculaire de l'Inde. Choisissant les fragments les
plus purs, il lui faisait peu à peu connaître le
Rig-Véda, qui est l'histoire poétique de la nature et
renferme des hymnes ; — l'Yadjour-Véda, qui est le
point de départ des opinions philosophiques et religieuses de l'Inde et contient l'origine de la métem-
psycose ; — le Sama-Véda, rempli d'hymnes ; — enfin
l'Athanarva-Véda, plus moderne, renfermant les
formules de consécration.

Thérèse l'écoutait, vaguement séduite par la couleur
et la haute morale de cette religion.

L'Hindou, adorant maintenant la jeune fille, en
était arrivé à partager à peu près également sa
reconnaissance entre elle et Raymond Hambert, celui
qui l'avait arraché aux désespoirs de l'hôpital et aux
horreurs de la misère.

Cependant, tout en écoutant les vers lus par
Thérèse, le vieillard travaillait sur un petit établi qui
lui avait été fourni par le médecin ; sous ses doigts
habiles, le bois prenait peu à peu la forme voulue de
Brahma ou de sa femme Serasvati, du dieu de la
guerre monté sur un paon, du dieu de la sagesse ou
d'un autre.

Ce jour-là, il ciselait la face de Siva, dont il se préparait à peindre le cou en bleu, tandis que dans un
coin gisait le bœuf Nandy, la monture de Parvaty,
pouse de Siva.

Ayant cessé de lire, la jeune fille touchait curieusement les godets pleins de vermillon, de bleu, de blanc opaque et de noir liquide, remuait les feuilles d'or et d'argent, soulevait les paniers tressés, les fines cornalines gravées par l'Hindou, les peintures sur ivoire, les bijoux en argent travaillé. Le brahme, apte à ces différents travaux, avait peu à peu encombré sa chambre de tous ces objets prêts à être livrés aux marchands.

La plus remarquable de ses œuvres représentait la fameuse trinité indienne, la Trimourty. Sur le socle, figurant une fleur de lotus épanouie et dorée, se dressaient les bustes réunis de Brahma, Vishnou et Siva : Brahma, le créateur, sous la forme d'un brahme ascétique, tenait une gourde pour boire, — Vishnou, le conservateur, portait dans la droite un lotus épanoui, — Siva, le destructeur, avait une tête de mort sur son casque et autour du bras le terrible cobra-capello, le serpent à lunettes, dont la morsure est foudroyante.

Thérèse ne pouvait faire un pas sans voir quelque monstre, soit qu'elle se heurtât aux dix bras et au collier de têtes humaines de Vira Bhadra, aux huit bras de Bhairava, à la tête d'éléphant du Pouléar, enfin à la langue pendante de la hideuse Kali, la déesse noire des Thugs.

Dans une coupe roulaient des yeux d'émail tout prêts à être incrustés dans quelque face jaune ou bleue.

Impassible au milieu des bijoux, des dieux et des coffrets, l'Hindou agitait d'une main sûre les outils d'acier, qu'il devait à la générosité de Raymond.

Encore sous le charme de la musique rythmée dont la jeune fille venait d'emplir ses oreilles, il lui sembla reconnaissant d'unir dans la même pensée ses deux bienfaiteurs, Thérèse et Raymond. — Était-ce quelque fantaisie de son cerveau travaillé par le dieu de l'illusion amoureuse, Maya, le prestige, ce fils de Vishnou et de Latchoumy, qui ne va que monté sur un perroquet et accompagné des Apsaras ? Était-ce l'influence de l'épouse de Maya, Rati, l'affection ? Radji-Rao crut voir ensemble les deux jeunes gens qui avaient su trouver le chemin de son cœur.

Alors il raconta une sorte de fable indienne, destinée à prouver que les belles jeunes filles sont les épouses promises aux beaux jeunes hommes.

Thérèse l'écoutait, moitié sérieuse, moitié riante, avec une pensée cachée qui lui colorait les joues et le front insensiblement.

L'Hindou se tourna vers elle :

— Je ne m'étonne donc pas que vous, semblable à la plus jolie des bayadères célestes, vous soyez aimée de celui qui est beau et bon comme un jeune dieu !

Elle jeta un cri, toute surprise de cette révélation inattendue.

— Qui donc ?

Le nom désiré brûlait ses lèvres, mais elle n'avait pu se retenir d'interroger le vieillard.

9

— Ne l'avez-vous pas deviné ? C'est celui qui ne
cesse pas de parler de vous quand nous sommes ensemble, celui qui chante vos louanges avec moi, Raymond
Hambert, fit-il sans se départir de son beau calme.

— Il vous l'a dit ? ne put-elle retenir.

— Souvent. Du reste, les amoureux se trahissent
sans rien dire.

Elle baissa les yeux sous son regard doucement
inquisiteur.

La porte s'était ouverte sans que les deux interlo-
cuteurs s'en fussent aperçus, et le jeune médecin
écoutait, tout troublé, tout palpitant. En la voyant
ainsi, en lisant dans sa confusion le plus désiré des
aveux, il ne put se contenir et entra, le cœur battant :

— Thérèse ! chère Thérèse !

— Oh ! monsieur Raymond !

Elle devint pourpre.

Radji-Rao souriait, tout en passant la plus belle
nuance azur sur le cou de Siva.

— Thérèse, c'est vrai : je vous aime. Voulez-vous
être ma femme ?

L'enfant cacha son visage dans ses mains, pendant
que la teinte pourprée envahissait rapidement son
cou et allait se perdre sous les ruches du col ; mais
tout bas, ravie, elle répétait, comme un écho :

— Sa femme !

VIII

LA TANTE SOPHIE

— Entrez ! fit sans se déranger la veuve, qui prenait délicatement un peu de vermillon au bout d'une fine brosse de martre pour peindre le jupon d'une paysanne microscopique en contemplation au bord d'un lac bleu dominé par un glacier alpestre.

Soigneusement, d'un coup de main régulier et méthodique, elle plissait la jupe rouge venant à hauteur du mollet.

Raymond arriva à petits pas, glissant sur le tapis, évitant avec une adresse faite d'habitude les nombreux coussins disposés au pied de chaque siège, faisant attention à ne pas heurter le guéridon chargé de statuettes en Saxe.

Le chapeau appuyé à plat sur le côté gauche de son habit, jouant de la main droite avec un jonc très simple, il resta quelques instants silencieux derrière l'artiste, examinant, sans le voir, le paysage tracé sur la toile minuscule et ne se décidant pas à parler.

Sophie Hambert continuait, et ce fut seulement lorsqu'elle eut posé la dernière touche que, reculant la tête pour juger de l'ensemble, elle ajouta sans se retourner :

— C'est vous, Raymond?

— Oui, ma tante, répondit le jeune homme, très intimidé et de sa voix la plus assouplie.

— Comment trouvez-vous mon lac suisse?

— Mais, d'une fort tendre couleur.

— Sérieusement? interrogea-t-elle, croyant avoir remarqué une hésitation dans la réponse.

—- Ma tante, je ne vous parle jamais autrement.

— Ah !

Elle ajouta, sans plus attendre :

— J'en suis assez satisfaite. Voyez-vous, d'abord le ciel ne venait pas, j'avais beau employer les bleus les plus clairs, je ne parvenais pas à le rendre transparent.

— En effet, il y a comme un courant d'air dans cette toile, appuya désespérément Raymond.

Du coup, la veuve se retourna pour voir si son neveu ne raillait pas : la figure du jeune médecin resta impassible.

— Il faudra que je demande l'avis de votre ami M. Tanz, un garçon qui travaille assez bien et que je crois sérieux.

Raymond se mordit les lèvres ; mais il s'était promis de tout supporter, il inclina la tête de la plus galante façon.

— A propos, reprit madame Hambert, comment se fait-il que je vous voie aujourd'hui, Raymond ?

Il se décida, n'hésitant plus, et, avec un regard suppliant, une bouche souriante :

— Ma tante, j'ai une communication importante à vous faire.

— Importante ! Que voulez-vous dire ? murmura la veuve avec la terreur d'un dérangement dans sa vie si calme, si méthodique, si prévue.

Elle s'empressa de déposer palette et pinceaux pour venir s'asseoir sur l'un des fauteuils immuablement couverts d'une housse rayée ; le jeune homme, sur son invitation, prit place sur une chaise placée en face d'elle.

Nulle femme n'était plus sèche, plus compassée, plus réglée comme un mouvement d'horlogerie que madame veuve Sophie Hambert, unique parente de Raymond et devenue sa tante par son mariage avec un frère aîné de son père, mort depuis longtemps.

A quarante ans elle avait épousé cet homme âgé de soixante-cinq ans, qu'elle avait soigné, dorloté, enfin enterré, après lui avoir précédemment servi de demoiselle de compagnie. Elle conservait pieusement sa mémoire, avec la reconnaissance très sincère des petites rentes qu'il lui avait laissées, l'arrachant ainsi à son pénible passé d'institutrice pour lui donner une

une position relativement belle : feu M. Hambert était un membre distingué de l'Académie des sciences morales et politiques.

Cette femme avait eu son heure de beauté, un profil régulier, un ovale parfait, mais un air froid et une physionomie glacée. A la glace des traits s'ajoutaient maintenant les glaces de l'âge, et elle se conservait ainsi dans le même moule rigide, comme figée, sans rides trop creuses, sans rougeurs aux pommettes. Sa peau semblait saupoudrée de cendre fine, tellement la couleur en était grise et terne : les cheveux restaient seuls aussi noirs, presque aussi serrés, moulés en bandeaux corrects.

Le premier mouvement de tout étranger, introduit dans le salon, était un geste d'étonnement en la voyant assise dans un fauteuil de forme empire, les mains croisées, la tête droite sur un buste très raide, et en retrouvant au mur, au-dessus d'un piano à queue, dans un grand portrait d'elle, fait dans sa jeunesse, la même pose, la même coiffure, le même port de tête, la même allure compassée, avec seulement un peu plus de jeunesse dans les yeux, un peu plus de blancheur sur l'épiderme.

Elle copiait toujours son portrait, croyant se rajeunir en ne changeant rien à l'expression donnée par le peintre à sa physionomie, quand elle avait vingt ans.

Son salon, d'une teinte monotone, avec ses jalousies baissées, ses stores et ses rideaux, avait, du reste,

un aspect d'intérieur de tombeau, tellement le silence
y était poudreux et l'atmosphère moisie. — Une fois
installé au centre de cet ameublement empire, plein
de sphinx, de colonnettes cannelées, de sièges massifs
et carrés, toute cette fausse imitation de l'antique qui
blesse à la fois l'œil et le goût, le visiteur se sentai-
instantanément froid aux entrailles. Vainement est
sayait-il de se réchauffer en regardant les tableaux :
il frissonnait plus encore. Des paysages trop verts
avec des ciels trop bleus et d'indéfinissables monta-
gnes s'espaçaient sur le fond chocolat du papier, et
donnaient une sensation de frimas, faisant grincer des
dents, comme si on eût goûté quelque verjus inattendu.

Çà et là, sur de petits chevalets portatifs, l'un sur
une table, l'autre sur le piano, s'étalaient des toiles
proprettes, signées très lisiblement *Sophie Hambert*.
C'était glacial, et plus d'un préférait encore les fleurs
artificielles étagées dans deux vases chinois, d'un mauvais chine, accompagnant les candélabres à griffons
et la pendule où soupirait éternellement Corinne.

En effet, madame Hambert, excellente femme au
fond, malgré l'énorme dose de ses ridicules, avait la
terrible manie de se croire artiste et de prendre ce
qu'elle faisait pour de la vraie peinture, sans se
douter que le seul contact de ses doigts suffisait à
glacer les couleurs sur la palette, dans les tubes et
les vessies.

Pour compléter son portrait, il convient d'ajouter
que la veuve avait l'horreur la plus profonde pour

le bruit, une crainte instinctive et irraisonnée des
réparations, des ouvriers, des domestiques, de tout
ce qui pouvait déranger sa vie méthodique, troubler
son repos, égayer sa solitude. Elle avait été jusqu'à
louer l'appartement situé au-dessus du sien, pour
être sûre que le tapage des voisins ne la fatiguerait
pas. Là, retirée entre des pièces pleines de silence,
de demi-jour et de calme, elle se cloîtrait, heureuse
de cette léthargie.

Seul, Raymond s'aventurait parfois au milieu de
ce grand calme ; mais elle l'avait habitué à son genre
de vie, èt il n'entrait jamais chez elle sans prendre
les plus grandes précautions. De plus il la respectait
beaucoup comme son unique parente, la veuve du
frère adoré de son père, et il n'aurait jamais rien
fait sans la consulter, sans la prévenir tout au moins.

Jamais il n'avait été aussi inquiet, aussi embarrassé, car il s'agissait en ce moment pour lui de
l'avenir, du bonheur, et il se demandait comment
la tante rigide allait accueillir la nouvelle.

Cependant il s'était trop engagé pour reculer. Ce
fut d'un ton presque décidé, avec une assurance
dont il ne se serait jamais cru capable, qu'il ajouta :

— Ma tante, je vais me marier !

— Ah ! bon Dieu, te marier ! Et pourquoi ?

Sous le coup de l'émotion et de la surprise, elle le
tutoyait, ce qui ne lui arrivait pas d'ordinaire.
comme n'étant point suffisamment distingué ; mais
elle avait été suffoquée par une pareille nouvelle, et

il lui semblait, à l'aide de ce tutoiement inusité, replacer aussi beaucoup mieux le jeune homme sous sa tutelle. Il ne s'agissait plus de pose ni de distinction, le danger le plus imprévu la menaçait.

Sa première phrase lancée, Raymond ne s'arrêta plus; il oublia et le caractère glacé de sa tante et l'atmosphère réfrigérante dans laquelle il s'agitait. Il ne vit plus que Thérèse, n'envisagea que son amour, et fut ardent, persuasif, amoureux :

— J'ai trente ans, j'aime et jamais je ne trouverai de femme plus destinée à faire mon bonheur que celle-là. Du reste, je n'ai pas à expliquer ce que je ressens, j'aime, et nulle autre ne pourra être ma femme.

Il aurait pu parler longtemps encore sans être interrompu ni contredit. Madame Hambert l'écoutait vaguement, dans un état de stupéfaction qui l'engourdissait tout entière et lui ôtait la force de protester. Seulement une immense angoisse l'étreignait, grandissant de seconde en seconde, car elle voyait déjà son intérieur troublé par ce ménage bruyant et expansif, par l'invasion d'une nièce jeune, jolie sans doute à en croire l'ardeur mise par Raymond à défendre sa cause, — et machinalement la veuve coulait un regard en dessous vers son portrait, tandis qu'un lent soupir montait, soulevant sa poitrine.

Puis les rubans lilas de son bonnet s'agitèrent sous un mouvement de tête plus brusque et se mirent à onduler sur les épaules de l'artiste. Son anxiété pre-

9.

nait une extension formidable ; elle songeait aux suites
de ce mariage, aux enfants qui viendraient chez elle
et qui bouleverseraient tout, remuant la morne poussière du salon, brisant la glace de cette existence
morte qu'elle prenait pour la vie. Alors elle, la veuve
stérile eut une révolte muette et se redressa, plus
rigide, dans son fauteuil, exagérant encore la pose du
portrait, auquel elle eut l'air de demander un conseil
et un appui.

Peut-être y avait-il quelque moyen d'échapper à ce
péril ! Elle espéra et ce fut avec son air le moins con-
ciliant qu'elle interrogea brusquement son neveu,
interrompant sans façon la litanie des éloges de
Thérèse pour demander :

— Et cette jeune fille, vous la nommez ?

— Thérèse Froisset.

— Thérèse ! j'aime peu ce nom.

— Enfin, ma tante....

— Vous ne me le ferez pas aimer malgré moi, je
pense ?

— C'est la jeune fille la plus pure, la plus ravissante que vous puissiez imaginer.

— Naturellement, continua-t-elle sèchement; on
vous aveugle, je le vois.

— Mais pas du tout, je la connais depuis longtemps :
je l'ai soignée.

— Soignée, vous ? Où cela ? Comment cela ?

— Chez son père.

— Son père ?

— Certainement, M. Froisset, mon professeur d'escrime.

— Un spadassin ! Un maître d'armes ! Ah çà ! vous rêvez, mon neveu ?

— Ma tante ! balbutia le jeune homme.

— Comment, vous, un médecin, vous voulez épouser la fille d'un maître d'armes ! Vous mésallier !

— Ma tante, il n'y a pas de mésalliance : le père est le plus honnête homme du monde, un ancien soldat, franc et honorable.

— Officier ? interrogea la tante, faisant ce semblant de concession.

— Qu'importe ! il n'est plus dans l'armée.

— Pas même officier !

Le jeune homme eut un geste énergique et oublia pour un moment sa timidité première :

— Un simple ancien sous-officier, c'est vrai ; un ancien professeur d'escrime de régiment, c'est encore vrai ; et décoré pour ses actions d'éclat, c'est toujours vrai ! — Il est vrai aussi que je ne rougirai pas de l'appeler mon père.

— Votre père ! — Vous devenez fou.

— Non pas. Mon père le connaissait, l'estimait et, aujourd'hui, me donnerait son approbation.

— Je ne serai certes pas aussi faible.

— Enfin, ma tante, Thérèse est une jeune fille parfaitement instruite, capable de donner des leçons de toute sorte, même de piano, même de peinture.

— De peinture ! s'écria la veuve, et une sorte de

revirement parut se faire lentement en elle. De peinture !

— Elle lave très joliment une aquarelle.

— Vraiment ?

— Je vous assure, insista Raymond, ravi de voir sa tante abandonner un instant ses préventions.

— Oui, mais le maître d'armes, c'est un soudard sans doute, un homme grossier ?

— Vous vous trompez complètement, ma chère tante. Il a peut-être été tout cela, mais depuis qu'il vit dans la société de ses élèves, des gens distingués, je vous prie de le croire, les premiers noms de France, comme dirait l'armorial, il a complètement changé. Je suis sûr que vous conviendrez vous-même que vous l'avez calomnié.

— Alors c'est tout à fait sérieux, ce mariage, mon pauvre Raymond ?

— Certes, ma tante ; et mon bonheur, ma vie en dépendent.

La première explosion passée, Sophie Hambert se radoucissait considérablement. Après tout, le jeune ménage aurait assez à s'occuper de lui-même pour ne pas venir bouleverser sa vie ni jeter le trouble dans son pacifique salon de la *Belle au Bois dormant*. Puis, ce qui l'avait tout à fait décidée, c'est que Thérèse faisait de la peinture ; elle la conseillerait, lui ferait admirer ses paysages, car elle ne supposait pas que sa future nièce pût avoir un talent comparable au sien.

Raymond, à partir de ce moment, put causer d'une

manière plus calme avec elle, débattre tranquillement
les conditions de ce mariage, absolument d'inclina-
tion, lui faire comprendre qu'il n'aurait pas voulu se
marier contre son gré, bien qu'il fût d'âge à se passer
de tout consentement et que la veuve n'eût aucun
droit sur lui.

Rassurée, Sophie Hambert l'écouta, discuta quelques points insignifiants et finit par accepter de lui
servir de mère pour la cérémonie.

— Vous êtes ma seule parente, ma chère tante, et
Thérèse n'a plus sa mère : vous voyez combien votre
rôle est important.

Il l'embrassa au front, prenant garde de ne pas
déranger ses bandeaux corrects. La veuve, avec un
geste de dégagement, comme si elle eût voulu montrer qu'après tout, du moment qu'on ne dérangeait
pas sa vie réglée et silencieuse, elle s'en lavait les
mains, ajouta, en disant au revoir à son neveu :

— Enfin, Raymond, du moment que vous avez la ·
conviction d'être heureux...

— Oh ! bien heureux !

Et il s'éloigna, la joie au cœur, ravi de cette conclusion inespérée, malgré la bonté de madame
Hambert, bonté qu'elle cachait sous des dehors de
glace.

Reprenant une brosse plus fine encore, la veuve
appuya au bord de sa petite toile l'appui-main
d'acajou et termina par un étourdissant corsage de
velours noir le costume de la paysanne suisse qui

n'avait pas cessé de contempler le lac bleu et le glacier, bien qu'elle n'eût encore pour tout costume que son cotillon rouge.

Madame Hambert reprenait le cours de sa vie méthodique

IX

MA CHÈRE PETITE FEMME !

Madame Veuve Sophie Hambert a l'honneur de vous faire part du mariage de Monsieur Raymond Hambert, son neveu, avec Mademoiselle Thérèse Froisset ;

Et vous prie d'assister à la bénédiction nuptiale qui leur sera donnée le mardi 11 septembre 1877 à midi très précis, en l'église de Saint-Louis d'Antin.

Raymond achevait de relire les billets de faire part que l'on venait d'apporter.

— Vous souvenez-vous, monsieur Raymond, de ce que vous m'avez dit, la première fois que nous nous sommes vus ?

Le jeune homme fit semblant de chercher, mais ses yeux riaient doucement en contemplant la jeune fille debout et penchée sur la table.

— Ce que je vous ai dit ?

— Vous savez bien, quand mon père vous a présenté à moi? — J'étais bien souffrante, nous avons causé de choses et d'autres, des absents, de nos parents, et vous m'avez dit : « Oh! moi, si par hasard je me mariais un jour, le billet d'invitation porterait...

— *Madame veuve Sophie Hambert a l'honneur....* reprit-il, recommençant la lecture du billet.

— Mais, fit-elle en le menaçant gentiment du doigt, qu'avez-vous ajouté ensuite?

— Quelque phrase en l'air, sans doute? — continua Raymond tendrement railleur.

— Oh! non. C'était très laid : vous avez eu l'air de craindre le goût de votre tante, puis vous avez douté qu'on consentît à épouser un médecin.

— J'avais tort, je ne vous connaissais pas encore assez, ajouta avec une douceur persuasive le jeune homme.

— Eh bien! moi, Monsieur, à partir de ce jour-là, je me suis figurée qu'on pouvait parfaitement épouser un médecin.

— Et vous le prouvez, n'est-il pas vrai?

Du doigt, Raymond montrait le second billet.

Monsieur Froisset, chevalier de la Légion d'honneur, a l'honneur de vous faire part...

Tous deux se mirent à rire et à bavarder, rappelant les souvenirs ainsi évoqués, un à un, égrenant de nouveau, en quelques instants, le délicieux chapelet que depuis plusieurs mois ils égrenaient lentement, comptant les jours, croyant que ce grand bonheur n'arriverait jamais, et voilà que maintenant il n'y avait plus que huit jours, tout au plus !

Raymond, lui, ne cachait pas son impatience, son désir de pouvoir enfin nommer la jeune fille sa femme, de la promener à son bras sans parents derrière eux pour leur montrer qu'ils n'étaient pas encore leurs maîtres.

Thérèse songeait que huit jours, ce n'est pas beaucoup, car toutes les délicates pudeurs de la jeune fille, un moment engourdies par les préparatifs, les visites et les courses, commençaient à se réveiller avec l'appréhension de ce beau jour plein de mystère, l'anxiété frissonnante de ce voile que la dernière cérémonie va déchirer devant les yeux étonnés et inquiets de la jeune fille. Puis, quand elle regardait son fiancé, que ses yeux plongeaient dans les prunelles grandes ouvertes du jeune homme, elle y puisait une confiance qui la rassurait immédiatement, lui donnant le conseil de s'abandonner sans arrière-pensée à celui qu'elle aimait, d'avoir foi en lui.

La grande décision avait été définitivement prise au mois de juin, par un radieux après-midi.

Gantée de gris-perle, une guipure sur son corsage de soie noire et ayant mis tous ses bijoux, madame Hambert s'était présentée chez le professeur d'escrime pour faire la demande officielle.

En descendant de voiture et en voyant de chaque côté de la porte l'enseigne portant le nom du futur

beau-père de son neveu, la brave dame avait fait une
légère grimace, aussitôt réprimée et fondue dans un
soupir de résignation ; elle avait de même affecté de ne
pas regarder la porte vitrée du fond de la cour, pour
échapper au supplice des grandes lettres noires du mot
« *Salle d'armes* », puis, dans le petit salon, coquet
avec ses touffes de roses dans les vases de la cheminée,
des roses envoyées exprès de Fontenay par Marlotton,
elle avait achevé de reprendre courage.

Le sort en était jeté, et, en définitive, rien ne l'obli-
gerait à venir rendre ses visites au maître d'armes.

Raymond l'examinait du coin de l'œil, tremblant
de lui voir manifester quelque humeur, parlant pour
lui faire remarquer ce qui pouvait lui plaire et la
détourner des objets antipathiques à sa nature.

Elle prit place dans un fauteuil près de la cheminée,
et son neveu se tint à côté, debout, le chapeau à la
main, se baissant de temps en temps pour dire un
mot à mi-voix, indiquer les aquarelles suspendues au
mur :

— C'est d'elle ! murmura-t-il.

— Ah ! ah ! pas trop mal en vérité, pas trop mal !

Cela s'annonçait mieux qu'il ne l'avait espéré.

Un hum ! sonore se fit entendre et la porte s'ouvrit,
avant que la vieille dame eût pu s'offusquer de ce
bruit inattendu. Raymond avait souri, comprenant
que le professeur chassait ainsi vigoureusement une
dernière timidité : il se le figurait bien derrière cette
porte, assez embarrassé de l'entrevue, redressant sa

redingote pincée à la taille et redonnant du ton à sa voix.

Il entra souriant, à demi incliné.

— Madame, je ne sais comment vous remercier de l'honneur que vous me faites.

De son regard clair, la veuve le dévisagea et, tout en lui rendant son salut, trouva moyen de glisser un :

— Mais pas trop mal, pas mal du tout en vérité !

Comme les aquarelles, le professeur n'était pas trop mal.

En effet, avec sa haute taille, sa tournure militaire, le ruban rouge noué à sa boutonnière, ses cheveux gris, sa barbiche et ses moustaches, Pierre Froisset représentait fort bien ; ne le connaissant pas, on l'eût pris pour un commandant en retraite : il eût fait figure dans un salon, le coude à la cheminée.

En quelques secondes, madame Hambert avait songé à tout cela et ses préventions s'évanouissaient les unes après les autres. Raymond, beaucoup plus à l'aise, les présenta :

— Monsieur Froisset, madame Hambert !

Il avait adressé un regard suppliant à sa tante, serré chaudement la main au maître d'armes pour lui redonner du courage : ça allait tout seul. La conversation s'anima peu à peu, devint plus familière, et la tante assez bavarde de sa nature, et le vieux soldat, point embarrassé une fois mis en train, étaient sur le point de devenir les meilleurs amis du monde.

Raymond rayonnait, ne sachant comment leur prouver sa reconnaissance.

— Eh bien! et mademoiselle Froisset? dit à un moment madame Hambert. Aurons-nous le plaisir de la voir aujourd'hui ?

— Certainement, Madame, certainement.

Pierre alla ouvrir une porte :

— Thérèse, Thérèse ! Viens, mon enfant !

Cette fois Raymond trembla pour tout de bon ; sa tante avait pris la pose accoudée, la fameuse pose du portrait, et vivement elle avait passé sa main gantée sur ses bandeaux lisses.

— Madame! fit Thérèse qui entra sans embarras, les joues un peu roses, la poitrine gonflée par une irrésistible émotion, mais les lèvres demi-souriantes et les yeux bien franchement posés sur ceux de la tante.

— Mademoiselle, reprit celle-ci, je suis charmée, très charmée de vous voir.

Thérèse rougissait de plus en plus. Alors la vieille dame, réellement séduite, n'y tint plus :

— Voulez-vous me permettre de vous embrasser, mon enfant?

Le bon cœur reparaissait. Elle lui donna un baiser sur le front et, sans se gêner, se tourna vers son neveu, radieux en présence d'un épanchement aussi inattendu :

— Mes compliments, Raymond!

L'enfant devint cramoisie, tandis que le père exultait.

C'est ainsi qu'eut lieu la demande en mariage.

A partir de ce jour, les choses allèrent rapidement. D'un commun accord, on avait fixé les premiers jours de septembre pour la cérémonie, à cause des préparatifs, de l'appartement à trouver, des publications à faire, enfin de toutes les courses obligatoires en pareil cas. Raymond trouvait tout cela bien long, mais il fallait faire contre fortune bon cœur, et il se dédommagea en venant passer auprès de sa fiancée tous les moments que lui laissaient ses occupations.

Avant tout, ils se préoccupèrent de l'appartement, une véritable affaire, car Raymond, ne voulant pas éloigner la jeune fille de son père, cherchait spéciale-ment dans le quartier de l'Europe.

Or beaucoup de maisons étaient mal habitées; cer-tains appartements se trouvaient complètement au nord, ce qui est froid en hiver, et d'autres au midi, ce qui est insupportable en été. Puis les loyers étaient exorbitants, les étages trop élevés; et ils allaient tou-jours, ne se décidant pas, lorsqu'un jour le jeune homme, en passant sur le boulevard des Batignolles, remarqua un appartement vacant au premier étage au-dessus de l'entresol. Cela lui eût bien convenu. Il entra au 41 *bis* et demanda le prix.

— Deux mille cinq cents francs; l'eau et le gaz; exposition au nord et au midi; chambres de bonnes; cave, débita une concierge à figure assez avenante qui s'appuyait au manche de son balai.

— Peut-on voir?

— Parfaitement, Monsieur : un appartement superbe, je vous le garantis.

La concierge n'exagérait pas. Jamais, à pareil prix
et à un premier étage, Raymond n'eût pu trouver un
appartement réunissant mieux toutes les conditions
qu'il désirait.

Belles chambres, dont une ferait un magnifique
cabinet de travail et de consultation, salon, salle à
manger, antichambre, cuisine, le tout très vaste, très
élevé, ne se commandant pas et ayant pour dégagement un long couloir, sur lequel donnaient toutes les
pièces. Une partie de l'appartement était sur le boulevard, avec terrasse dans toute la longueur; l'autre
se trouvait au midi, dans une merveilleuse situation,
avec les avantages de vue d'un cinquième étage, quoiqu'on fût au premier.

Des fenêtres, placées au-dessus de la voie du chemin de fer de l'Ouest, à l'endroit où sont rangées immobiles les voitures de renfort, les regards tombaient
sur tout Paris, du Panthéon à gauche, à l'Observa-
toire à droite, et au delà à travers les brumes bleuâtres
sur la campagne, une ligne de coteaux, un fort aux
casernements roux, un espace illimité, un océan d'air.

Raymond, sans hésiter, après l'avoir fait voir à Thérèse, qui partagea son enthousiasme, signa le bail le
soir même.

Il ne resta plus qu'à meubler ce petit paradis, et ce
fut une jouissance tous les jours renouvelée, de véri-
tables parties pour les deux amoureux allant de mar-

chand en marchand, montant leur ménage, choisissant ensemble les étoffes, les couleurs et pressant les peintres et les colleurs de papier qui remettaient les pièces à neuf.

En même temps le jeune homme allait à la mairie déposer les papiers nécessaires à la publication des bans, à l'église pour faire annoncer la promesse de mariage au prône du dimanche. Quand il aperçut, pour la première fois, leurs deux noms réunis derrière le grillage du petit cadre destiné à cet usage, il lui sembla que le ciel commençait à s'ouvrir pour lui, et il conduisit Thérèse à la mairie pour lui faire partager sa joie.

Grâce à cette activité, les semaines s'étaient plus rapidement écoulées qu'ils ne l'avaient pensé, si bien qu'ils en étaient maintenant à l'envoi des lettres de faire part, c'est-à dire que huit ou neuf jours au plus les séparaient seulement du moment si attendu.

Aussi une certaine gravité venait rendre le calme et l'assiette à leurs idées ; cette fois c'était bien sérieux, leur bonheur allait recevoir sa grande consécration solennelle et ils s'engageraient, à la face des hommes, à la face de Dieu, à se donner toute la joie désirable à s'aimer fidèlement, à remplir exactement tous leurs devoirs vis-à-vis l'un de l'autre.

Pendant que Raymond mettait les adresses sur les enveloppes, Thérèse, songeuse, le regardait, se souvenant du passé si triste et n'osant croire à cette joie immense qui lui emplissait le cœur à déborder. Était-ce donc vrai? Elle était aimée! Elle aimait! Une larme roulait entre ses cils, car elle pensa aussi que son père serait seul à assister à son bonheur, qu'il lui manquerait sa mère pour l'accompagner ce jour-là, son frère qui eût fait un si brave garçon d'honneur! Pauvre Thérèse!

Mais son fiancé, l'entendant soupirer, avait relevé la tête et surpris cette larme qu'elle se hâtait d'essuyer.

— Hé quoi ! ma chère Thérèse, vous pleurez ? Qu'y a-t-il ?

Il se leva tout effrayé, ne comprenant pas.

— Oh ! ce n'est rien ! murmura-t-elle. Je songeais aux absents.

Il la regarda plus tendrement, avec une ombre de gravité émue dans les yeux :

— Pauvre chérie! reprit-il ; et, à son tour, ramené vers des pensées plus tristes, il songea à son père.

Ils se tenaient là tous deux, les mains étroitement unies, n'osant plus se parler de peur de s'attrister davantage, de crainte que les ombres ainsi évoquées ne vinssent troubler leur quiétude. Le timbre sonna à la porte d'entrée.

— Mon père, sans doute, dit Thérèse arrachée à ses souvenirs.

— Pour Mademoiselle Froisset !

Une demoiselle de magasin était là, tendant un petit carton lié d'une faveur rose.

— Qu'est-ce que cela ? demanda Thérèse surprise.

— Je sais, reprit Raymond, c'est de la part du bijoutier.

— En effet, Monsieur. Si mademoiselle veut choisir et essayer ?

Elle avait ouvert le carton, où se trouvaient des anneaux d'or et des pièces d'argent.

— Les pièces de mariage, les alliances !

Les prenant les unes après les autres, le jeune homme les remit à sa compagne pour qu'elle pût choisir à son aise.

Thérèse baissait la tête pour cacher sa rougeur, tout émotionnée, et lentement elle glissait l'anneau d'or à l'annulaire de sa main gauche.

— Celui-là ira, je crois.

— Très bien, ajouta la demoiselle de magasin.

Et Raymond, l'ayant essayé à son tour pour mieux s'assurer, approuva :

— Très bien.

—- Voulez-vous me donner les noms ?

Assis devant la table, le jeune homme écrivait, pendant que Thérèse lisait par-dessus son épaule :

— *Raymond Hambert.* — *Thérèse Froisset,* 11 *septembre* 1877.

— Voici, Mademoiselle, et surtout donnez-le à temps, termina-t-il en riant.

— Ne craignez rien, ce n'est pas long à graver.

La porte retomba, la bijoutière était partie. Thérèse, en se retournant, vit derrière elle son fiancé

10

les bras tendus, et allant à lui, machinalement, elle se laissa tomber dans ces bras qui l'appelaient.

Ils échangèrent leur premier baiser, le plus pur, le plus chaste des baisers. Thérèse était toute pâle et Raymond balbutiait avec une tendresse profonde :

— Ma chère petite femme !

X

UNE NOCE A LA CAMPAGNE.

— A la santé de la mariée ! cria Marlotton de sa plus belle voix.

En un moment, toute la tablée fut debout, les verres choqués avec la mousse pétillante du champagne qui fumait au-dessus des coupes ; pendant quelques minutes, le son clair du cristal se mêla aux santés portées, aux félicitations et aux souhaits de bonheur.

Au centre de la table, un énorme bouquet, une corbeille de roses et de camélias d'où jaillissaient de longues gerbes d'herbes folles, empêchait Raymond de voir Thérèse comme il l'eût voulu ; il fut heureux de se lever lui aussi et de pouvoir, à travers les fleurs embaumées, tendre le bras pour heurter son verre à celui de la mariée. Plus fort que les autres il répéta :

« A la santé de la mariée ! » sans pitié pour la rougeur qui envahissait le front et les joues de la jeune
femme.

Thérèse, dans un beau rire épanoui, montra ses
dents de pur émail, ne cachant pas son bonheur ; d'un
doux regard elle remercia d'abord le jeune homme,
puis elle dut accepter les santés de chacun et tremper
ses lèvres dans l'écume dorée, bruissant aux bords de
la coupe.

Chacun se rassit et, de nouveau, le malencontreux
bouquet sépara complètement les jeunes époux ; c'est
à peine si, en se penchant beaucoup, Raymond parvenait à apercevoir Thérèse entre une touffe de
camélias et des roses qui s'effeuillaient lentement,
lourdes de chaleur, sur la nappe damassée. Aussi à
tous deux le dîner paraissait bien long ; ils eussent
tant désiré être seuls, débarrassés de toutes ces cérémonies qui leur pesaient, de tous ces regards qui les
gênaient.

Dans le ciel, un immense reflet de soleil couchant
roussissait encore l'azur, envoyant sur tout le pays
une dernière flambée, pendant que la propriété de
l'horticulteur, dans son pli de terrain, gardait une
ombre douce et tranquille, grâce à la sombre épaisseur des grands arbres. Le jardin étalait sous cette
tiédeur ses éblouissants parterres de roses, ses
bordures d'iris et d'autres plantes qui longeaient
chaque allée, les unes n'ayant plus de fleurs et
dressant les lames rigides de leurs curieuses feuilles,

les autres étoilant des nuances les plus variées la
monotonie des allées sablées, ses terreaux bruns
et ses gazons tendres.

La table dressée sous un long berceau treillagé,
tout recouvert de lierre et décoré, de distance en
distance, par des bouquets de roses et de camélias de
la même teinte uniformément blanche, offrait un
merveilleux coup d'œil avec ses cristaux disposés
sur le linge cylindré, ses pyramides de fruits, ses
corbeilles de fleurs, ses flacons de vin rouge et blanc.

Marlotton avait magnifiquement fait les choses,
traitant sa filleule en princesse et voulant qu'il fût
parlé du dîner de noces dans tout le pays. Depuis
huit jours il travaillait à la fabrication et à la décora-
tion du berceau de verdure qui devait servir de salle
de festin : Henri Tanz, promettant de faire des merveilles, avait mis son talent d'artiste à la disposition
de l'horticulteur.

Comme pour les fêtes royales, des écussons, peints
par le jeune homme et portant le chiffre entrelacé
des époux, rattachaient des guirlandes de roses qui
formaient trois longues arcades sur le jardin, en face
même du fameux parterre; le berceau s'adossait à
un grand mur par un treillage entièrement tapissé de
verdure.

Ce ne fut qu'un cri d'admiration, quand les invités
arrivèrent en présence de cette originale table de
festin; pour remercier son parrain, Thérèse lui donna
deux gros baisers.

10.

Trois marches, recouvertes d'un splendide tapis
turc emprunté à l'atelier du peintre, exhaussaient le
plancher mobile sur lequel on avait posé la table.
Enfin le repas était fourni et servi par Potel et Chabot,
dont les employés faisaient le service et mettaient
toute la maison à contribution depuis le matin.

Les convives étaient peu nombreux ; en plus des parents, il n'y avait absolument que les témoins de Raymond et ceux de la mariée : seize personnes en tout.

Ce dîner en plein air à la campagne, cette déroga-
tion aux usages et aux dîners de noces habituels était
une trouvaille de Henri Tanz, adoptée par Marlotton.
Après avoir vainement énuméré un à un les restaurants parisiens, parlé de Madrid au bois de Boulogne,
du pavillon d'Ermenonville, de Gillet à la Porte-
Maillot, de Ledoyen aux Champs-Élysées, de Véfour
au Palais-Royal, le peintre avait brusquement dit à
son propriétaire :

— Ah çà ! père Marlotton, puisque vous tenez tant
à fêter votre filleule ce jour-là, et à faire tous les frais
de la fête, pourquoi ne donnez-vous pas le dîner chez
vous ?

— Chez moi ! à Fontenay-aux-Roses ! s'exclama le
bonhomme surpris.

— Qui vous en empêche ?

— Mais je n'ai pas de pièce assez grande : ma salle
à manger est impossible !

— Une salle à manger, au mois de septembre ! par
un temps pareil !

— Dame! s'il pleut?

— S'il pleut, je donne mon atelier.

— Ça se pourrait tout de même.

— Oui ; mais il ne pleuvra pas et j'ai trouvé mieux que cela.

— Quoi donc?

— Nous avons huit jours devant nous ; voulez-vous que je m'en charge?

— Parfaitement ! c'est-à-dire si les autres y consentent.

— Je réponds d'eux.

Henri Tanz fit comme il l'avait dit. Sans prévenir les intéressés, car il était sûr de leur assentiment, il donna l'ordre de construire ce berceau original, le décora avec l'horticulteur, mettant les parterres et les serres au pillage, drapant les étoffes, combinant les soies et les velours avec les fleurs et la verdure. Marlotton, plus enthousiasmé à mesure qu'il voyait mieux se dessiner l'idée du peintre, était le premier à ravager ses roses et ses camélias. Pour comble de bonheur, le temps se maintint au beau fixe et, le jour du mariage, pas un nuage ne vint gâter la fête.

Alors, vers les quatre heures de l'après-midi, les voitures, au lieu d'aller au bois de Boulogne ou à celui de Vincennes, faire la traditionnelle et sempiternelle promenade de beaucoup de nouveaux époux, prirent tout bonnement la grande route de Montrouge et Châtillon, traversèrent Fontenay et vinrent déposer les invités devant la maison de Marlotton, en face d'un arc de triomphe en feuillage.

Thérèse et Raymond avaient été enchantés de cette idée qui les arrachait à la banale curiosité des habitués du tour du lac, aux boulevards poudreux et bruyants, aux salles chaudes et écœurantes des restaurants : il y avait là un côté neuf et impromptu qui les ravissait.

Le repas fut très gai, au fond de ce beau jardin où personne ne pouvait les gêner, où ils ne sentaient derrière eux ni curieux ni voisins : Thérèse se trouvait dans son milieu au centre de ces fleurs, dont l'éclat le disputait à peine à sa fraîcheur.

Comme par une délicate pensée à l'adresse de ceux qui n'avaient pu assister à son bonheur, la jeune fille avait expressément demandé que la fête fût très restreinte et qu'il n'y eût pas de bal ; ce dîner devait être le seul accompagnement de la bénédiction nuptiale. Après, faisant ses adieux, elle repartait pour Paris avec son mari, laissant les invités revenir comme ils l'entendraient ou rester à Fontenay chez l'horticulteur, dont les nombreuses chambres étaient à leur disposition.

Quand la nuit tomba, de grands candélabres à sept branches, disposés de distance en distance, donnèrent au festin un aspect plus féérique, tranchant sur les profondeurs noires du jardin, d'où montaient par moments de fortes senteurs, de pénétrants aromes qui engourdissaient un peu les convives et alanguissaient leur gaieté.

D'interminables fusées de rire partaient, tandis que le champagne continuait à mousser dans les verres. Thérèse, un peu plus pâle depuis que la soirée s'avançait, écoutait vaguement autour d'elle le bruit croissant des conversations et le tapage des rires sans y prendre part.

Enfin, après une dernière santé, demandée à grands cris par Jean Marlotton, dont les idées commençaient à se brouiller, tous les convives ayant quitté leur place pour mieux trinquer et bavarder, Thérèse entraîna son père à l'écart et, bientôt rejointe par Raymond, qui avait pu s'arracher aux expansions de sa tante, s'enveloppa d'une large pelisse.

Les dîneurs riaient et causaient plus fort que jamais lorsque tout à coup madame Hambert fit remarquer que les jeunes époux avaient disparu : ils avaient profité d'un moment d'inattention pour partir. En effet, on entendait encore sur la route qui monte vers Fontenay le roulement d'une voiture.

Il faisait tout à fait nuit. Sous un ciel merveilleusement étoilé s'étendait la campagne, toute baignée de la blanche lueur de la lune qui se levait, profilant les maisons, traçant plus nettement la ligne noire des arbres plantés le long du chemin. A droite et à gauche la plaine étalait ses terrains plats, où quelque roue, destinée à extraire la pierre, decoupait ses rayons grêles, où les seuls accidents étaient un fossé noir, la saignée d'une carrière, des maisonnettes basses aux murs plâtreux.

Après cette journée de fatigue les chevaux trottaient en cadence, sans se presser, sans que le cocher, repu, cherchât à activer leur allure.

Derrière les glaces où la lune brisait sa lueur pâle, sur le fond d'étoffes claires, Thérèse, pelotonnée dans sa blanche toilette de mariée, le visage encadré de son voile de tulle, la bouche souriante, les yeux confiants, abandonnait ses petites mains gantées à la tendre pression de Raymond.

« Je vous aime, Thérèse, lui disait-il, je vous aime et je suis votre mari. »

Elle n'osa répondre, encore toute troublée de se trouver ainsi seule avec lui, de ne plus sentir autour d'elle rien qui les séparât, d'être à lui comme la femme avec l'époux.

Comprenant ces pudeurs de vierge, il lui parlait respectueusement, à mi-voix, de ce ton caressant et souple qui rassure, qui chasse la crainte, qui engourdit la défense : ses yeux seuls osaient dire tout ce que sa bouche ne pouvait encore avouer, mais ils le faisaient avec une telle tendresse, une telle émotion, que l'enfant ne pensait plus qu'au bonheur de se voir unie à lui.

> Amis, la nuit est belle
> La lune va briller,
> A sa clarté
> En liberté,
> Amis, allons rêver.
>
> L'amour qui nous appelle
> Nous dit qu'il faut aimer.....

Un petit mendiant, planté au revers du chemin, chantait en faisant grincer les cordes d'un violon qu'il tenait comme une contrebasse.

Raymond regarda Thérèse et murmura :

... Nous dit qu'il faut aimer.

Vivement il baissa la glace de la voiture et lança une pièce blanche au chanteur qui leur envoya une bénédiction italienne.

— Thérèse, il faut aimer.

Très pâle sous la blancheur crue de la lune, Thérèse ferma les yeux ; Raymond, l'attirant sans résistance jusqu'à lui, l'enferma de ses deux bras et posa sur ses lèvres froides le premier baiser de l'époux.

Alors souriante, la poitrine bondissant sous une émotion inconnue, elle resta là, la tête appuyée à son épaule, les yeux levés ; les boutons de fleurs d'oranger de sa coiffure s'écrasaient contre le parement de l'habit noir de Raymond.

Brusquement la voiture s'arrêta, des lumières coururent sur la route et un homme vint ouvrir la portière.

— Rien à déclarer ? demanda le douanier.

Puis, remarquant le voile et la toilette de Thérèse, il eut un sourire discret et s'éloigna sans insister.

Quelques tours de roues encore et le sabot des chevaux sonna au contact des pavés ; des boutiques brillamment éclairées passèrent de chaque côté, envoyant des lueurs rousses ou blafardes à travers les grandes glaces de la voiture. Ce n'était plus le doux et mystérieux rayonnement de la lune, amie du silence et protectrice de l'amour.

Avec un soupir faible, Thérèse se redressa lentement, rajusta son voile d'un geste machinal et jeta un regard sur la ville, dont le bruit, l'éclat la gênaient après ce grand mutisme tendre de la campagne et ces exhalaisons de fleurs, dont le parfum la poursuivait, accompagnant son rêve amoureux.

Les rues succédaient aux rues, la voiture ayant pris une allure rapide ; la place du Carrousel, l'avenue de l'Opéra, l'Opéra tout illuminé, la rue Aubert disparurent les uns après les autres ; enfin ce fut la montée de la rue d'Amsterdam, la rue de Moscou, le boulevard des Batignolles, plus sombres. Ils étaient arrivés.

— Madame, dit galamment Raymond, offrant la main à Thérèse, vous êtes chez vous.

XI

OU LOGEAIT LE PRINCE

Est-ce parce qu'elle monte et semble vouloir esca-
lader quelque hauteur formidable que l'on a donné le
nom de passage Tivoli à cette ruelle puante, profondément encaissée, qui, parallèlement aux premières
maisons de la rue d'Amsterdam, conduit de la rue
Saint-Lazare à celle de Londres?

O souvenirs d'Horace ! fraîcheur de Tibur ! cas-
cades immortelles ! peut-on songer à vous en présence
des infâmes ruisseaux qui, noirs, écumeux, roulant
mille ordures, sautent de pavé en pavé et tracent leur
boueux sillon de chaque côté du passage !

Deux arcades géantes ouvrent leurs baies sur la
rue Saint-Lazare, plus semblables à quelque déversoir
d'égout qu'à une entrée monumentale ; des marchandes de journaux, une écaillère, un vendeur d'es-

11

tampes se tiennent autour du pilier central ; ils font pendant aux marchandes de poisson qui crient le hareng qui glace, la raie toute en vie et la sardine de Nantes, sous les arcades opposées, en face de la pleine lumière de la rue de Londres.

Entre ces deux exutoires, le passage allonge ses maisons tristes, ses étages entassés, ses boutiques louches et ses hôtels de dernière catégorie : on dirait plutôt quelque cul-de-sac, un ghetto comme celui de Venise ou de Florence.

On y a l'écho de la vie, le hurlant tapage des environs, sans y jouir de la vie véritable ni du mouvement. Parfois, un coup de sifflet strident rappelle l'invisible voisinage de la gare Saint-Lazare ; des roulements de voitures, des jurons, des cris, annoncent l'arrivée du train du Havre, le départ des Parisiens aisés pour Asnières, Bougival, Chatou, Saint-Germain. C'est tout. Aucun des habitants ne connaît ces sites verdoyants, ces coteaux dont le pied trempe dans la Seine, ces parfums et ce grand air : là ils végètent au fond d'un puits, ne connaissant le ciel que par l'étroite languette d'azur resserrée entre les toits des maisons alignées de chaque côté. Quant au soleil, ils en ont le reflet, un sourire passager qui fuit toujours comme épouvanté par cette profondeur et cette ombre.

Au numéro 16, le dernier étage, une succession de mansardes rangées les unes à côté des autres dans une fraternité d'affreuse misère, ne possédait que des locataires plus ou moins éprouvés par les rigueurs de la vie ; les uns au début de l'existence, encore croyants, encore courageux, luttaient de toutes leurs forces contre l'adversité ; les autres, ayant depuis longtemps perdu tout espoir, s'abandonnaient, en attendant une fin qui ne pouvait que les délivrer d'une infinité de maux et de privations.

Parmi ces derniers, dans une étroite mansarde, où se trouvaient un lit de sangle, une petite table de bois blanc et une chaise, Radji-Rao, le prince indien, l'héritier d'un trône, le descendant des rois mahrattes, songeait tristement, regardant par l'unique fenêtre ouverte sur le passage Tivoli, sans autre horizon qu'une rangée régulière de tuyaux de cheminée.

Au-dessus s'étend le ciel ; mais le ciel est gris, l'été a fini, l'automne s'envole à son tour, et décembre couvre de neige les ardoises bleues et les tuiles rousses.

Radji-Rao, pensif, regarde sans voir. Sa main engourdie par le froid a laissé tomber le Brahma qu'il sculptait : il rêve.

Est-ce à la patrie absente, aux jungles brûlées, aux fleuves bleus, au grand soleil d'or dont l'ardeur réchaufferait sa poitrine ? Non, l'Hindou ne pense pas aux merveilleux paysages de l'Inde. Une délicieuse silhouette de femme occupe seule sa pensée ; et, vieux, usé, ne vivant que par un miracle de nerfs et de volonté, il songe à celle qui était pour lui comme une fille adorée, la consolation de ses derniers jours. C'est Thérèse qui est son rêve constant, sa seule joie, sa vie, et il l'adore de l'adoration la plus fervente et la plus pure.

Mais en ce moment elle est loin de lui, toute aux premières ivresses du mariage et du voyage de noce, et Radji-Rao soupire lentement, en comptant que bientôt trois mois se seront passés depuis qu'il n'a pu reposer ses yeux sur la forme gracieuse de la jeune femme : Radji-Rao souffre de cette longue absence.

Autrefois, c'était elle qui le consolait ; c'est elle qui a achevé sa guérison, plus encore à l'aide de ses douces paroles, de ses intelligentes et affectueuses causeries, qu'en le forçant à exécuter les prescriptions du médecin : l'Hindou conserve au fond du cœur une reconnaissance éternelle à cette enfant plus douce pour lui que les divinités de son pays.

Depuis que Thérèse est mariée, depuis que sa convalescence à Fontenay est terminée, il est revenu habiter Paris, et ses modestes ressources ne lui ont pas permis de choisir un meilleur logis. Là. privé de soleil, d'air et d'espace, il souffre, travaillant silencieusement, ne vivant que dans l'espoir de revoir la jeune femme.

Cette matinée d'hiver lui paraît si lugubre que son travail habituel l'a bientôt lassé ; il regarde le ciel comme un désespéré.

Puis, tout à coup, il se souvient qu'on l'attend et que l'ami qui le recevra à bras ouverts lui parlera d'elle. Son cœur a un battement plus doux ; il s'habille à la hâte, déjà souriant : chez Henri Tanz, il pourra parler

de Thérèse tout au moins en entendre parler par
ceux qui l'aiment.

Il s'empresse de s'éloigner du passage morne, où
les ruisseaux boueux sont arrêtés par place et for-
ment des glaçons noirs, tandis que les amas de neige
eux-mêmes ont perdu toute blancheur et toute pureté
au contact de cette ruelle honteuse.

XII

ILS REVIENNENT !

— C'est bien le 12 décembre aujourd'hui?

— Le 12, en effet! appuya madame Hambert.

— Alors, j'avais raison ; cela fait trois mois qu'ils sont partis! Et Radji-Rao, dont l'épiderme eut une sorte de tressaillement douloureux en faisant cette constatation, répéta tout bas : Trois mois !

— Dame! voyez-vous, affirma Henri Tanz sans cesser de promener la brosse sur sa toile, quand on voyage en Italie, on n'a plus le désir de revenir ; je connais cela, moi qui y ai passé plusieurs années.

— Oh ! vous, — un artiste, un garçon sans attache d'aucune sorte à Paris, vous auriez pu y passer votre vie! interrompit la tante de Raymond.

— Pas du tout, je vous assure; j'adore mon pays,

je vis mal loin de Paris ; seulement, l'Italie, c'est si
beau !

— On vous croit. Et madame Sophie Hambert
ajouta : Raymond et Thérèse ont ici des amis, des
parents ; je pense donc qu'ils ne resteront pas trop
longtemps en route. Pourquoi auraient-ils loué et
meublé cet appartement des Batignolles, si ce n'est
pas pour l'habiter ?

— Allons, la discussion est close, fit gaiement le
peintre en étendant son appui-main au-dessus des
têtes de l'Hindou et de la veuve. — D'autant plus
qu'en évoquant des idées tristes, vous me changez
toute la physionomie de Radji-Rao.

— Comment ? demanda celui-ci qui n'écoutait
plus et dont les pensées avaient pris leur vol loin de
l'atelier.

— Certainement. Vous devez avoir le rire aux
yeux, la bouche en cœur, car je vous représente au
fameux moment où Marlotton porte le toast à la
mariée, et vous avez le front plissé, l'œil assombri,
la lèvre pleine d'amertume. C'est la faute de madame
Hambert, j'en suis persuadé.

— Ma faute ! Ah ! mais, je proteste !

— Ne protestez pas avec tant d'ardeur ; vous me
dérangez mon groupe. Si cela continue ainsi, j'aurai
du mal à terminer mon tableau pour le prochain
Salon.

— Le mois d'avril, et nous sommes le 12 décembre.

— Un tableau de quatorze personnes ! de quinze,

en comptant le valet qui boit une bouteille dans le coin !

— Bah ! vous travaillez vite.

— Je gratte souvent. Tenez, la figure de Marlotton, ici, je l'ai recommencée quatre fois.

— Il éclate toujours, quand vous lui dites de sourire gentiment, et puis il ne trouve pas son costume assez beau : la fraise le gêne et lui pique le cou.

— Un être insupportable ! — Eh bien ! madame Hambert, continuez : que ma présence ne vous gêne pas, interrompit Jean Marlotton qui, ayant doucement ouvert la porte de l'atelier, venait d'entrer sur cette boutade.

— Hé ! c'est vrai, aussi, vous empêchez toujours M. Tanz de travailler.

— Moi ! Si on peut dire ! Je trouve seulement bizarre de nous avoir affublés de costumes du seizième siècle, auxquels nous ne sommes pas habitués, quand nous avons de bons vêtements commodes dans lesquels on pourrait poser à son aise.

— Et même dormir tout debout, ajouta Henri.

— Tiens ! c'est fatigant de poser.

— Vous dites cela maintenant que je vous ai pris pour modèle. Autrefois, vous traitiez tous mes modèles de paresseux, de fainéants !

— Quand on ne sait pas ! s'écria l'horticulteur avec une résignation comique.

Madame Hambert ne pouvait pas rester longtemps

sans parler : en outre, ce tableau où elle jouait un rôle l'intéressait énormément.

— Enfin, avez-vous trouvé un titre pour votre sujet?

— Toujours le même.

— Le mien, n'est-ce pas? demanda Marlotton.

— Le vôtre, en effet. Mon tableau s'appellera : *Toast à la mariée.*

—. C'est gentil, cela, affirma la veuve.

Changeant seulement les costumes, le peintre avait représenté le dîner de noces donné chez Marlotton : il lui avait été facile de faire tout son fond d'après nature et de placer sa scène en plein air, comme elle avait eu lieu. Il ajouta un groupe de musiciens fantaisistes, dont les vêtements rouges tranchaient sur la teinte sombre des personnages.

Il avait eu la pensée originale de faire le portrait des principaux convives, tout en les revêtant de costumes de l'époque, de manière à garder le souvenir de ce jour de fête ; ce tableau était destiné aux nouveaux époux.

De manière à ce que leurs traits fussent bien en vue et pour qu'ils ne tournassent pas le dos au public, les convives n'occupaient que le fond et les côtés de la table longue, carrée des deux bouts ; seuls les musiciens, placés au premier plan sur le sable du jardin, se montraient de dos, tout occupés de leurs instruments et de leur musique.

Debout auprès de sa femme, le marié choquait son

11.

verre au sien, et tous tendaient leurs bras, se levant
à demi, se tournant vers le jeune couple, avec l'éclair
de la gaieté dans la figure. Marlotton surtout était
merveilleux de ressemblance, de rougeur bien portante, de triomphante exubérance, la bouche grande
ouverte pour crier la santé qu'il portait, le ventre
débordant un peu sur la nappe brodée, où les verres
se bousculaient dans la joyeuse débandade d'une fin
de dîner.

A gauche, le commencement du plant de roses
faisait jaillir à l'angle de la toile une douzaine de
fleurs énormes, d'un noir pourpre éclatant sur les
feuillages verts. Les rayons du soleil couchant,
passant par-dessus un mur bas, lançaient leurs flèches rouges à travers les losanges du treillage formant le berceau et détachaient vigoureusement le
trio des musiciens en projetant leur ombre sur le
sable.

Depuis le jour du mariage, immédiatement après
le départ de Raymond et de Thérèse, Henri Tanz, qui
avait conçu l'idée de son tableau en le voyant vivre
sous ses yeux, s'était mis à l'œuvre, ne changeant que
les costumes et remplaçant le fond de verdure du
berceau par de superbes tapisseries Henri II, prove-
nant d'un vieux château de la Renaissance.

Il lui avait fallu des prodiges de diplomatie pour
arriver à obtenir le consentement de la vieille tante,
que cette pensée de se voir représentée avec une robe
de brocart, une collerette exorbitante et une coiffure

qui bouleverserait les fameux bandeaux lisses de son portrait de jeune fille, fit d'abord bondir d'indignation.

— Me prenez-vous pour un modèle ! pour une ballerine ! lança-t-elle à la tête de l'audacieux ami de son neveu.

Puis, Tanz ayant machiavéliquement loué ses petits paysages corrects, vanté le calme de son appartement, surtout s'étant extasié à plusieurs reprises sur le portrait du salon, le portrait accoudé, obligeant madame Hambert à reprendre la même pose pour comparer, elle consentit à revêtir le déguisement, comme elle disait, et finit par s'en parer avec un certain plaisir.

Marlotton et Froisset avaient posé sans faire d'observations, ainsi que l'Hindou, ravi de la destination du tableau. Cela durait depuis trois mois. Déjà le sujet était bien en place ; quelques têtes saillaient même du milieu des étoffes : deux taches blanches indiquaient celles de Thérèse et de Raymond.

Radji-Rao ayant repris sa pose, madame Hambert causait avec l'horticulteur, qui lui parlait de son histoire des roses, quand les deux battants de la porte cédèrent à une rude poussée, et une grosse voix jeta ce cri retentissant :

— Ils reviennent !

Froisset agitait au bout de son bras une lettre ouverte.

— Qui ? demanda Marlotton, joyeusement railleur.

Madame Hambert lui jeta un regard indigné :

— Mais les enfants, Monsieur !

Et le mot *môssieur*, grossissait dans sa bouche.

La pose en fut oubliée ; Radji-Rao, tout pâle, levait les mains au ciel, sans un mot, absolument saisi, et on aurait pu entendre s'échapper de ses lèvres le fatidique monosyllabe, le mot sacré : « Aum ! » qui est tout pour les sectateurs de Brahma.

Henri, ayant arraché la lettre aux doigts de Froisset, criait :

— Bien vrai ? Bien vrai ?

Un coup de soleil flambait dans l'atelier, remplaçant la conversation un peu morne, chassant la tristesse d'hiver.

Ils reviennent ! Il y avait si longtemps qu'on les attendait, si longtemps qu'ils manquaient à chacun, sans qu'on voulût trop l'avouer. Maintenant tous en convenaient, épanouis à la pensée de les revoir. Thérèse principalement manquait à tous : on adorait son sourire, sa gaieté jeune, sa beauté qui faisait comme le soleil de cette petite société. Tout cela s'était enfui avec elle et, depuis son départ, il y avait comme une suspension d'existence, chacun s'étant remis à son travail, à sa vie monotone, sans grand courage, machinalement, sous l'écrasement de l'habitude.

Radji-Rao, devenu fantôme, allait et venait inconsciemment ; il recouvra, à partir de ce moment, sa vigueur nerveuse, et l'éclair de ses yeux, sous la neige des sourcils, brilla plus vif que jamais.

Ils reviennent ! Tout allait changer sous le souffle de cet élément jeune et puissant qui redonnerait le mouvement à tous ces engourdis et secouerait cette somnolence.

— D'où écrivent-ils ? demanda madame Hambert.

— De Gênes.

— Ah ! Gênes, fameuse ville ! Je connais, affirma Henri avec un approbatif hochement de tête.

— Alors ce ne sera plus long, ami Froisset, appuya Marlotton ; et il se frottait déjà les mains, jouissant d'avance de ce retour, tout ragaillardi.

Le maître d'armes lui posa sa forte main sur l'épaule :

— A la fin de la semaine, Raymond et Thérèse seront installés chez eux.

XIII

VOYAGE AUTOUR DE L'APPARTEMENT

— Ah ! Thérèse, Thérèse ! viens vite voir la chambre bleue.

— La chambre bleue !

Ses yeux se fermèrent doucement comme pour remémorer un passé encore peu éloigné, et, sans quitter son chapeau, ses gants ni ses fourrures, elle se laissa entraîner par Raymond qui avait passé un bras autour de sa taille alanguie et qui la guidait, écartant les chaises, soulevant les tentures.

La chambre bleue ! Ç'avait été bien souvent le sujet de leurs causeries durant ce voyage de trois mois, dans ces hôtels, dans ces auberges passagères où le même jour les voyait entrer et partir, dans l'envolée rapide du voyage, dans la hâte des nouveaux pays à parcourir. La chambre bleue ! La chambre des

premières amours, la chambre où ils étaient entrés le
soir de leur mariage pour n'en sortir que deux jours
après, se tutoyant déjà avec la douce affirmation du
ménage établi, de la solidarité consacrée du droit !

Thérèse s'arrêta sur le seuil, tout émue, comprimant de la main les battements précipités de son
cœur, et, d'un regard lent, elle embrassa le cher
réduit auquel tous deux rêvaient depuis leur départ
de Paris.

Rien n'y avait été changé; personne n'y avait
pénétré pendant leur absence. Les longs rideaux unis
tombaient toujours corrects, immobiles devant la fenêtre close, se drapaient de chaque côté du lit où une
grande guipure blanche découpait ses rosaces, ses
capricieux ornements et ses fines arabesques. La
femme de chambre, qui les avait précédés dans l'appartement, s'était contentée d'approprier un peu les
pièces, de leur donner de l'air, mais avait eu l'idée,
par paresse ou autrement, de ne toucher à rien, de ne
rien déranger.

Une lueur douce, tamisée par le verre bleu de la
veilleuse byzantine accrochée au plafond, coulait par
toute la pièce une clarté également répartie sur
chaque meuble, leur donnant une mollesse souple qui
dessinait les formes de la chaise longue, des fauteuils et des chaises dans la demi-teinte.

Après quelques minutes de contemplation, la jeune
femme, toujours soutenue par le bras de son mari,
s'avança à travers ce sanctuaire, glissant sur le tapis,

marchant à petits pas pour jouir plus longtemps de
cette émotion du retour, de cette reprise de possession
de leur cher intérieur ; elle en oubliait du même coup
les beautés et les incessants changements du voyage.
Là, c'était le bonheur calme, le bonheur vrai et du-
rable, le foyer domestique.

Raymond, tout ému aussi, marchait avec elle, la
serrant tendrement contre sa poitrine et lui faisant
remarquer les objets qu'elle avait à peine eu le temps
de voir avant son départ.

— Tu vois, Thérèse, que tout ce que tu désirais
est ici.

Il lui montra le secrétaire de poirier noirci, la
glace de la cheminée cachée sous un revêtement de
drap bleu clair avec le marbre également masqué par
une draperie de même couleur. Mais un tel attendrissement s'élevait de chaque coin de la pièce, de ces
meubles entrevus pendant les premières heures du
mariage, pendant les enivrements étonnés des débuts,
que Thérèse, par une douce pression de la main,
chercha à rompre le charme, murmurant en même
temps tout bas, comme si elle eût eu peur même de
sa voix :

— Visitons les autres pièces.

En effet, elle n'avait fait que traverser le salon, la
salle à manger, le cabinet de travail et cette chambre
encore sans destination, sans nom avoué, qui accom-
pagnait le cabinet de toilette.

Raymond alluma une bougie, prit le bougeoir de

cuivre repoussé, et ils commencèrent l'inspection de
leur domaine.

En sortant de la chambre à coucher, qui avait également sa porte de dégagement sur le couloir longeant
tout l'appartement, on entrait dans le cabinet de
travail, pourvu d'une porte semblable. Raymond
l'avait fait tendre en rouge-garance; de merveilleux
tapis turcs servaient de portières; au fond, une immense bibliothèque, bondée de livres, montait jusqu'au
plafond. Des rideaux vert antique cachaient la fenêtre,
et la cheminée, décorée de statuettes gothiques, disparaissait sous une tapisserie écussonnée aux sala-
mandres de François Ier; des chenets de vieux fer
ouvragé jaillissaient du foyer. Il avait choisi pour
bureau une longue et large table en noyer remontant
à Henri II et parfaitement accompagnée par les
chaises carrées et le fauteuil recouverts en cuir de
Cordoue.

Thérèse, pour qui toutes ces choses étaient une sorte
de vie nouvelle, son esprit s'ouvrant mieux aux merveilles artistiques depuis son voyage à travers les
musées d'Italie, admirait naïvement, autant son mari
d'avoir organisé tout cela, que l'arrangement lui-
même et le choix du mobilier.

Le cabinet communiquait avec le salon, entièrement tendu de tapisseries à paysages, des verdures,
comme on dit en style marchand, avec fenêtres garnies
de peluche nacarat, portières semblables et meubles
Renaissance. Sur le fond rouge du tapis uni cloué sur

le plancher, ressortaient deux splendides tapis per-
sans. Le cadre, enveloppant la glace, emboîtait une
reproduction très fine des figures si connues de Jean
Goujon, qui formaient ainsi de curieuses cariatides et
s'harmonisaient avec les étoffes drapées autour.

Dans la salle à manger, ouvrant par deux portes à
double battant sur le salon, la jeune femme eut un
nouvel accès d'admiration et de joie en se trouvant
en présence d'un large dressoir gothique, dont tous les
panneaux étaient anciens, d'une crédence copiée sur
un meuble moyen âge de Bruges, et d'une haute cheminée, tendue de drap rouge avec bandes de tapisserie
et clous de cuivre. Sur le cuir de Cordoue se détachaient de grands plats de cuivre de facture allemande.

De là on ressortait par l'antichambre, arrangée à
la turque avec lanterne de couleur, tentures orientales
et nattes de Chine contre les murs.

Par le couloir, ils revirent la cuisine donnant sur le
chemin de fer et les deux pièces suivantes qui avaient
la même exposition au midi : d'abord le cabinet de
toilette avec baignoire, appareil à douches, toilette de
marbre blanc surmontée d'une glace — l'eau et le
gaz partout. Une étoffe de coutil rayé rouge et grise
donnait à cette petite pièce un aspect de tente très
original : une toile cirée, cachant complètement le
parquet, permettait les plus larges ablutions.

Enfin la dernière chambre, tapissée d'une jolie
perse à ramages blancs et bleus, n'avait qu'un lit
de fer et une grande armoire d'acajou.

Ils ouvrirent la fenêtre et vinrent s'accouder à la barre d'appui, regardant Paris qui flambait devant eux à perte de vue.

Au-dessous, ils distinguaient les quatre files noires de wagons immobiles sur les rails entre le grand mur qui descend sous les maisons formant le derrière de la rue Mosnier et la maisonnette du cantonnier. De distance en distance, une lanterne rouge ou verte se dressait au bout d'un poteau, trouant un grand disque mobile et jetant sur la voie une flamme courte ; puis un lointain grondement s'élevait, la maison tremblait légèrement, des nuages de vapeur roulaient, réverbérant une lueur d'incendie, et un train s'avançait, augmentant sa vitesse, lâchant de la vapeur, rugissant, jusqu'au moment où il s'engouffrait bruyamment dans le tunnel, sous la rue de Rome et le boulevard des Batignolles, à la droite des jeunes époux.

Ils contemplaient la gare illuminée, avec son aspect de petite ville dans cette nuit profonde, et, au delà, Paris, un grand Paris sombre, troué de points de feu, où montaient de lourds monuments indécis, une colonne, des dômes, et, plus loin encore, une ligne d'horizon calme, l'inattendue silhouette de la campagne qui prenait un faux air de l'immensité de la mer.

Des étoiles diamantaient le ciel sans lune, ajoutant par leur scintillement infini à l'indécision de ce tableau de nuit, d'une opacité si profonde dans le fond, si

plein d'éclairs rouges, de flammes brusques, de rugis-
sements et de tapage aux premiers plans.

Thérèse sentit un frisson.

— C'est tout noir, fit-elle.

Raymond referma la fenêtre.

— Rentrons chez nous, tu as raison.

— Oui, cela finit par faire peur.

Elle se pressa contre lui avec un léger tremblement.

— Mais tu as pris froid, ma chérie ?

— Non. C'est une idée, une mauvaise impression.

— Nous reverrons cela au jour : c'est très gai, je
t'assure.

— Ah ! dit-elle.

Mais elle ne se rassurait pas, inquiétée par tous ces
sifflets brutaux, par ces haleines essoufflés de locomotives arrivant et débouchant du tunnel, ces trains
qui grondaient, sauvages, se précipitant avec la
menace de tout exterminer.

Une fois la fenêtre close, elle se calma un peu,
regardant autour d'elle la chambre avec ses oiseaux
bleus sur des roseaux bleus, et surtout son aspect
vide.

— Alors, cette chambre-là ? interrogea-t-elle avec
un sourire.

— Ah ! mignonne ! cette chambre-là, nous en re-
parlerons dans quelques mois ; d'ici là, nous aurons le
temps de l'arranger.

— Raymond ! Raymond !

Elle avait rougi, très confuse.

— Mais certainement. Tiens, vois-tu ici, contre le mur qui touche le cabinet de toilette, il y a une jolie place.

— Eh bien ?

— Sais-tu ce j'y ferai mettre ?

Elle haussa gentiment les épaules, avec des yeux rieurs, s'efforçant de simuler l'étonnement.

— Je ne sais pas.

— Le berceau, mignonne, un berceau bleu et blanc !

— Chut!

De la main elle lui ferma la bouche, rougissant plus fort, tandis qne Raymond, soutenant amoureusement sa taille, regardait avec des yeux paternels l'arrondissement naissant de ce corsage si souple trois mois auparavant.

— Rentrons dans la chambre bleue! répondit-elle avec son adorable sourire.

XIV

JOIES INTIMES

Alors commença pour les jeunes époux une de ces existences calmes, douces, exemptes de soucis et d'inquiétudes, qui font désirer ne jamais changer, étant le terme moyen entre la vie agitée, à toute vapeur, de la haute société et les ennuis de la vie au jour le jour de ceux qui gagnent péniblement leur pain quotidien : c'est ce qu'on pourrait appeler le milieu bourgeois du modeste rentier, dont les prétentions ne s'élèvent pas au delà de sa fortune et dont les goûts ont cependant reçu le croisement artistique et littéraire qui, depuis quelque temps, relève cette classe intermédiaire.

Leur semaine fut réglée dès les premiers jours de leur retour et ils se complurent dans cette régularité parfois monotone, mais leur faisant régulièrement revoir les parents et les amis, qu'ils eussent rarement vus autrement.

Le mardi, ils dînaient chez le maître d'armes, qui invitait son ami Marlotton et le prince indien ; voyant sa fille toujours heureuse, Froisset semblait tout rajeuni et chassait les terreurs d'autrefois au sujet du malheur acharné après lui. Dans une vision prochaine, il pouvait déjà se voir grand-père, ce qui le rendait fou de joie, et il en parlait constamment à ses élèves entre deux reprises de la leçon ou deux assauts. Grand-père ! C'était maintenant le comble de ses vœux, son plus beau rêve.

— Ah ! fillette, disait-il souvent à Thérèse, c'est moi qui me charge du berceau, de moitié avec la tante Sophie, car j'aurai besoin de ses conseils ; mais tu me préviendras à temps, n'est-ce pas ?

Raymond se mettait à rire :

— Un mois d'avance, beau-père, je vous le promets.

— — Oh ! vous, Raymond, vous n'êtes pas sérieux. Quand je serai grand-père, il faudra me respecter doublement.

— C'est convenu !

Après le dîner, ils embrassaient le professeur qui restait attablé avec Marlotton à fumer et à bavarder. Tous deux remontaient lentement la rue de Turin et la rue de Moscou, appuyés l'un à l'autre, marchant doucement, « par précaution », disait Thérèse avec son fin sourire. C'était charmant.

Le samedi, la réunion était chez madame Hambert qui, bouleversant pour eux ses habitudes, oubliant ses préventions et ses manies, ne se sentait pas de joie ces jours-là. Du reste ils ne faisaient que passer ; Raymond, craignant de plus en plus la fatigue pour sa jeune femme, n'était pas tranquille tant qu'il la voyait loin de chez eux.

Chez son père, Thérèse vivait très renfermée, très sérieuse ; elle ne connaissait presque rien en dehors du logis paternel. Ce fut pour Raymond une joie sans cesse renouvelée, que d'initier sa femme à tous les plaisirs parisiens qu'elle ignorait, de jouir de ses étonnements de grande pensionnaire échappée du couvent, de ses ivresses d'enfant, de ses rires et de ses battements de mains. Il lui semblait lui-même n'avoir jamais été jeune, à goûter avec elle tout ce qu'elle goûtait si vivement et si franchement.

Expansive, très naïvement heureuse, Thérèse ne cachait aucune de ses impressions, sentant profondément tout ce qu'elle sentait. Elle s'abandonnait au bras de son mari, heureuse du spectacle toujours nouveau qu'il savait dérouler sous ses yeux : théâtres, concerts, soirées, excursions dans les musées, tout redevint neuf pour lui.

Mais s'ils s'amusaient ainsi, ils se plaisaient encore plus à vivre chez eux de la vie intime et calme du ménage, au sein de l'appartement meublé et arrangé à leur goût.

Après le dîner, ils se tenaient de préférence dans le

cabinet de travail, auprès du feu, sous la clarté tranquille d'une excellente lampe Carcel.

Raymond consultait les volumes de sa bibliothèque,
remuait les lourds in-folio de médecine, les opuscules,
les thèses, prenant des notes, pendant que Thérèse,
assise près de la table, travaillait à quelque ouvrage
d'aiguille.

Souvent le jeune médecin interrompait une lecture savante pour sourire à sa femme, en train
d'arrondir sur sa main un tout mignon bonnet qu'elle
venait d'achever.

— Crois-tu que cela lui ira ? demandait-elle. C'est
si petit !

— Ce sera encore trop grand.

— Mais regarde donc ! ça tient sur mon poing
fermé.

— Tu verras.

— Oh ! d'abord on m'a donné le patron, cela doit
aller.

— Espérons-le, mignonne.

Raymond se replongeait dans ses paperasses, l'air
grave et content, heureux de travailler ainsi.

Thérèse, se renversant au dos du fauteuil, étendait
devant elle de toute la longueur du bras son poing
surmonté du petit bonnet, et clignait des yeux pour
le regarder, cherchant sous les broderies et la dentelle la silhouette désirée, la place des yeux, du nez,
de la bouche, tout cela minuscule, gentil à croquer.
Et follement, d'un mouvement irréfléchi, elle em-

12

brassait sa main et le gracieux chiffon, murmurant :

— Cher mignon ! cher amour ! Je te vois déjà !

Arraché malgré lui à son travail, le mari riait, en s'accoudant sur la table :

— Grande folle, grande folle de petite femme !

Il n'y pouvait plus tenir, se levait, laissant là livres et papiers, et, venant à sa femme, la saisissait dans ses bras d'un mouvement affectueux qui la rapprochait de son cœur :

— Que je t'aime, ma chère folle, que je t'aime !

Elle fermait les yeux pour mieux goûter la joie de se sentir embrassée, répétant très bas, d'une voix qui passait comme une caresse sur ses lèvres :

— Pas plus que moi, Raymond.

Onze heures sonnaient à l'horloge qui faisait face à la maison, les bruits diminuaient sur le boulevard. Raymond embrassait Thérèse sur les yeux, les lui fermant sous ses baisers :

— Viens te reposer, mignonne ; il est tard et tu dois dormir pour deux.

— Oui, je sais, je dois tout faire pour deux, manger, dormir, tout le monde me répète cela.

— C'est vrai.

Et moi je soutiens que je vis pour trois !

— Adorée petite femme !

La veilleuse pendue au plafond jetait sa lueur douce et tremblante sur les rideaux immobiles. Tout reposait dans la maison, tandis que sur le boulevard un tramway passait envoyant aux échos endormis une sonnerie de trompe, qui ne réveillait personne.

XV

DE QUOI ON PARLE CHEZ SOI

Les battants de l'armoire d'acajou bâillaient largement, montrant les tablettes chargées de lingerie ;
en bas, les piles de draps, les taies d'oreiller,
toute la literie et, à côté des draps à grand chiffre
enlacé pour le lit des parents, de petits draps soignés,
brodés, des amours de draps destinés au fameux berceau qu'on n'avait pas encore. Le rayon supérieur
supportait les tas de chemises, de bas, le linge de
monsieur et celui de madame, tandis que, tout au
fond, les serviettes formaient de légers monticules,
empilées par douzaine, les serviettes-éponges pour la
toilette, celles de toile fine et le beau linge damassé
pour les jours de réception. Enfin, tout en haut, des
volants brodés débordaient et un ballonnement de
jupons, raides d'empois, montait jusqu'à la corniche.

Assise auprès du lit, sur lequel elle rangeait au fur et à mesure ce qu'elle avait terminé, Thérèse nouait des faveurs roses autour de petits paquets soigneusement ployés, des brassières, des petites culottes de flanelle et de piqué blanc, des bonnets simples, des bonnets brodés, des bonnets entourés de dentelles, des bas de poupée et de mignons souliers de tricot, avec rosettes de couleur, destinés à garantir du froid le petit être, dès son entrée dans le monde.

Au milieu de tous ces objets, la jeune femme rayonnait, heureuse, sans souci ; il lui semblait, en soulevant ces vêtements, en mêlant ses doigts blancs à ces laines douces, à ces cotons caressants, sentir déjà remuer sur ses bras les membres du petit homme ou de la petite femme attendus.

Par la fenêtre grande ouverte, un flot de soleil entrait, chauffant la pièce, épandant partout ses rayons vivifiants ; de loin arrivaient les printaniers effluves qui avaient flotté au-dessus de la ville, entraînés par un vent léger, après avoir caressé les coteaux boisés de la campagne du sud de Paris.

Attirée, Thérèse vint s'accouder à la fenêtre et plongea ses regards dans l'horizon lointain, où une sorte de poussière vibrante combattait la brume bleuâtre du matin.

Çà et là quelque vitre flambait comme une étoile en plein jour, sous la toiture correcte et massive du Louvre, sous le dôme du Panthéon, plus loin à gauche, aux environs de la flèche aiguë de la Sainte-

Chapelle, et tout au fond une sorte de falaise brusquement interrompue, entre les tours de Saint-Sulpice et le Val-de-Grâce, traçait la ligne immense de la campagne avec son fort protecteur, sa caserne couverte en tuiles, d'une teinte rougeâtre dans le ton monotone et gris des arrière-plans.

Laissant pendre au bout de ses doigts la brassière qu'elle était en train de monter, la jeune femme regarda, bercée par le sourd ronflement des trains qui entraient en gare, par le rugissement des locomotives, les stridents appels et les coups de soupape qui couvraient la voie d'une vapeur blanche, au milieu d'un sifflement d'une force terrible.

Devant cette immensité, cette mer de maisons entassées, cette vie hurlante des trains sans cesse en marche, il lui prit, ainsi que le soir de son arrivée, une sorte de frisson instinctif, comme si toute cette force brutale eût menacé sa faiblesse, lui eût fait peur pour elle, petite et infime. De ce Paris monstrueux montait un incompréhensible vertige qui peu à peu l'envahit, la serrant de toutes parts, l'écrasant d'une domination matérielle irrésistible, devant laquelle elle se sentait impuissante, toute faible et sans résistance.

— C'est très mauvais de rêver ainsi tête nue, au soleil d'avril, dit une voix tendre à son oreille.

Et Raymond, la prenant par les épaules, l'attirait à lui.

12.

— Ah! Raymond, Raymond! que je suis heureuse de t'avoir là!

Elle fondit en larmes, bruyamment, tandis qu'il la contemplait très étonné :

— Qu'as-tu donc, ma chérie?

— Rien, je t'assure. Je t'aime, voilà tout, et je voudrais ne jamais te quitter,

— Ah çà! ce n'est pas sérieux. Que te prend-il? Je ne t'ai jamais vue ainsi.

— Le soleil peut-être, et puis Paris, ce grand Paris qui me fait peur.

— Peur! Tu plaisantes, mignonne?

— Oh! seulement quand je suis seule.

— Bien!

— Lorsque tu es là, je n'ai peur de rien.

— A la bonne heure!

Elle le serra contre son cœur de toute l'énergie de ses bras ronds et minces, avec une pluie de baisers sur son front, sur ses yeux, comme si elle eût craint de ne pouvoir l'embrasser assez.

— Chérie! chérie! murmura-t-il sans se défendre, la soutenant doucement.

— Je t'aime tant! Je te voudrais si heureux, que, parfois, je crains de ne pas te donner assez de bonheur, de te causer quelque peine ; et puis, c'est bête, si tu veux, mais j'ai de singulières terreurs.

— Toi, Thérèse? Et de quoi?

— Que veux-tu? On parle si souvent de jeunes

femmes qui ne survivent pas à la naissance de leur enfant !

— Peux-tu parler ainsi ! Oh ! tais-toi, tais-toi !

De la main il lui ferma la bouche, tandis qu'un frémissement passait sur son visage et que ses traits devenaient graves et pâles.

— Je te fais de la peine, pardon !

Il s'efforça de rire, de la plaisanter ; mais au fond cette parole de Thérèse avait porté, lui glaçant pour un moment le cœur, et il se disait tout bas :

— C'est vrai ! bien des jeunes femmes meurent ainsi.

Il passa la main sur ses yeux, chassant le lugubre fantôme, redonnant le calme à sa physionomie, et, très souriant :

— Thérèse, tu as fait un mauvais rêve : ne pense pas à de pareilles choses, je t'en prie.

— Ordonnez-le, Monsieur, fit-elle avec un sérieux comique.

— J'ordonne, Madame.

— Adoré, va ! Si je te parle ainsi, c'est que je voudrais toujours être avec toi.

Un timbre sonna deux appels tapageurs.

— Reconnais-tu cette manière de s'annoncer ?

— Ce doit être quelque fou.

La porte venait de s'ouvrir.

— Merci pour moi, madame Hambert !

— C'est monsieur Henri !

— Lui-même ! reprit le peintre avec un grand salut.

— Oh ! vous m'excusez.

— Jamais de la vie ; un fou !

— J'avais totalement oublié que vous déjeuniez avec nous.

— Alors je m'en vais : il n'y a rien pour moi.

— Mais non, mauvais caractère ; on vous accepte tout de même.

— Mangera-t-on bien ?

— Que vous importe ?

— Je meurs de faim ! Aujourd'hui, je puis déjeuner à mon aise, longuement, sans préoccupation. A onze heures précises, mon marchand de couleurs faisait emporter mes tableaux pour le Salon.

— Alors vous êtes content ?

— On n'est jamais content.

— Ah ! interrompit Raymond, voilà bien mon peintre, jamais satisfait, toujours réclamant. Au lieu du 20 mars comme les autres années, on lui donne cette fois, à cause de l'exposition universelle, jusqu'au 5 avril, et il n'est pas prêt.

— Si, puisque j'ai livré ce matin mes tableaux et que j'avais jusqu'à ce soir six heures pour les remettre.

— D'accord ; mais tu aurais désiré un sursis.

— Comme tout le monde.

— C'est cela, affaire de mode ou manie.

— Hou ! grondeur ! Mais quelle vue vous avez

d'ici ! remarqua Henri venant se mettre à la fenêtre pour admirer le panorama de Paris. — C'est magique, ce coup de soleil sur la voie, ces rails luisants qui se perdent sous le pont de l'Europe, ces immenses toitures de la gare, et au delà ces mille tuyaux de cheminée, ces monuments noyés dans une poudre d'or !

— Allons, bon ! voilà mon peintre en extase !

— Ma parole ! je suis émerveillé.

— Eh bien ! apporte ta boîte à couleurs, ton chevalet, de bonnes toiles blanches et installe-toi ici : la chambre est encore à toi pour quelque temps, n'est-ce pas ?

Raymond regarda en souriant Thérèse à qui s'adressait cette dernière question.

— Mes enfants, je ne dis pas non. Il y a là un tableau à faire, quelque chose à la de Nittis, un bijou d'aspect parisien !

— Comme tu y vas, gourmand ! Je ne donnerais certes pas ma vue pour beaucoup.

— Je te loue ta fenêtre.

— Puisqu'on te la prête.

— Bien vrai ?

— Madame est servie, annonça la femme de chambre.

— Allons, offre le bras à Thérèse et viens à table, puisque tu meurs de faim.

— C'est notre état à nous que certains bourgeois traitent encore de meurt-de-faim, soupira Henri.

— Oh ! fais-nous grâce de ton esprit de rapin.

— Madame, ne l'écoutez pas et prenez mon bras : c'est un faux ami.

— Monsieur Tanz, vous le calomniez !

— Bon ! une femme qui défend son mari ! C'est la première.

— C'est toujours ainsi.

Riants, heureux de vivre, les lèvres et les yeux en joie, ils se mirent à table.

Thérèse, malgré les défenses et les gros yeux de son mari, tenait à remplir ses devoirs de maîtresse de maison, se mettant debout pour servir, avec l'orgueil naïf de sa grossesse visible sous le peignoir coquet.

— Asseyez-vous : ne vous fatiguez pas, Madame. Nous avons de grands bras, et la table est petite.

Tanz allongeait ses mains par-dessus les plats, tendant son assiette ; et la jeune femme éclatait d'un rire perlé qui montrait ses dents.

— Un peu d'omelette ou beaucoup ?

— Beaucoup ; moi, je suis un gourmand.

Raymond se mettait à l'unisson de cette gaieté, plaisantant, parlant de son appétit féroce, tandis que sa femme, lui adressant un regard tendre, le grondait gentiment :

— Fi ! le vilain défaut !

— Ah ! ma foi, c'est celui de tous les jeunes gens, — appuya Henri qui reprenait de l'omelette ; — et puis, vous savez, elle est délicieuse.

— Vraiment ? demanda Thérèse.

— Vous ferez mes compliments à votre cuisinière, ajouta le peintre.

— Chut ! s'écria Thérèse, vous allez gâter mon cordon-bleu, si vous le flattez ainsi.

— Un peu de graves ? fit Raymond, offrant à son ami une carafe de cristal où brillait un vin blanc doré, d'une belle couleur d'ambre clair.

— Du vin qui empêche d'être sérieux ? — Volontiers !

— Encore ! encore ! Henri, si tu ne cesses pas, je te mets à la diète.

— Comme médecin ?

— Comme ami.

— Allons, mauvais ami, je cède : verse ton graves.

Élevant son verre à la hauteur des yeux, il mira le liquide blond du côté de la fenêtre, et fit un hum ! approbatif :

— Parfait !

Le déjeuner continua sur ce ton de familiarité enjouée ; Henri Tanz bavardant toujours, tour à tour pétillant, railleur, humoristique ; Raymond donnant franchement la réplique et Thérèse ne se trouvant nullement déplacée dans ce milieu gai et spirituel.

Au café, le peintre demanda la permission de fumer une cigarette ; puis, tout en tirant quelques bouffées :

— Et l'hôpital, Raymond, dois-tu y rester encore longtemps ?

— Dieu merci, non ! J'ai hâte d'en finir.

— Tu as raison, appuya Henri sérieusement ; le ménage et l'hôpital ne peuvent aller de pair.

— C'est bien vrai ! s'exclama Thérèse avec une pâleur légère aux joues. — Moi, j'en ai une frayeur inexplicable. Ces malades au milieu desquels Raymond va tous les jours respirer un air malsain, ces nuits passées auprès des fiévreux, des mourants ! Je tremble rien que d'y penser.

Un frisson fit onduler ses épaules, comme elle achevait de parler.

— Alors, tu quittes prochainement ?

— Pas aussitôt que je le voudrais. On n'est pas maître de soi une fois entré là dedans, et il faut suivre la filière jusqu'au bout ; c'est un poste d'honneur qu'on peut d'autant moins abandonner que les malades sont plus nombreux.

— Tu en as pour longtemps ?

— Quelques mois seulement, je l'espère.

— Tant mieux ! termina la jeune femme. Il me semble que je t'aurai plus à moi.

— Je serai sans doute délivré au commencement d'août.

— Pour les relevailles de madame, fit remarquer Henri.

— Justement !

— Relevailles que ma filleule viendra faire à Fontenay-aux-Roses chez son vieux parrain. Il y a une chambre superbe, interrompit une nouvelle voix.

Jean Marlotton parut dans l'entre-bâillement de la porte, tenant un énorme bouquet.

— Bonjour, parrain !

Thérèse se leva, sa serviette à la main, pour embrasser l'horticulteur.

— Bonjour, petite ; tiens, voilà pour tes vases.

— Que c'est beau ! et comme ça sent bon !

— Une tasse de café, un verre de cognac, monsieur Marlotton ? demanda Raymond en plaçant une chaise entre sa femme et lui.

— Ce n'est pas de refus.

— Que venez-vous faire à Paris, sans indiscrétion ?

Le jeune homme guignait de l'œil un gros paquet carré, noué d'une ficelle rouge.

— Oui, oui, blaguez le père Marlotton ! Voilà qui le rendra fameux, allez ! Redouté et les autres n'ont qu'à bien se tenir.

— Ah ! ah ! l'Histoire des roses, je parie ? dit Henri en clignant de l'œil.

— Vous avez deviné : je porte mon manuscrit chez l'éditeur.

— Une fameuse affaire, hein ?

— Une rude épine tirée du pied ! ajouta en riant Raymond.

— Hé ! hé ! il n'y a pas de roses sans épines, riposta le bonhomme, et un large rire sonna autour de la table, tandis que Marlotton humait à petits coups son café bouillant.

XVI

LE JOUR DU VERNISSAGE

— Truite saumonée, sauce verte!

Très correct, une raie étonnamment droite, parta-
geant sa chevelure frisée au petit fer et allant du
front au cou, le garçon inclina vers la table un immense plat de métal, où, sur un lit de persil, s'étalait
un poisson aux chairs roses, aux écailles d'argent. De
la main droite, il offrait une saucière pleine à
déborder.

— Truite saumonée, sauce verte!

Sa voix avait l'inflexion molle, persuasive, avec le
demi-clignement d'œil encourageant, qui engage à
prendre le plat présenté, le plat du jour. Allons,
laissez-vous tenter, prenez et vous verrez : la prunelle
et la voix disent tout cela.

Partout, sous le vitrage demi-circulaire qui court

autour du restaurant, le même cri se répétait, volant
d'une table à l'autre, se glissant entre les convives,
coulant à travers la mêlée des chaises, insinuant, discret ou retentissant, suivant la nature des garçons
qui servaient, balançant d'une main d'équilibriste le
poisson coupé en tranches et la saucière de métal.

Les hors-d'œuvre étaient avalés, radis, beurre,
saucisson, anchois et sardines, dans la première hâte
d'un appétit puissamment aiguisé par plusieurs heures
passées debout. Les petits pains rompus, brisés sous
le premier coup de doigt féroce, avaient avivé la
faim, et, de partout, des têtes gourmandes, où les
yeux pétillaient, se relevaient pour suivre le poisson
qui fait, ce jour-là, la renommée du restaurateur
en vogue.

— Truite saumonée, sauce verte !

En quelques instants, les tranches sont servies, les
saucières vidées, et les garçons se bousculent, rem-
portant le persil où courent quelques écailles luisantes :
personne n'a refusé le mets délicat, beaucoup récla-
ment de nouvelles portions.

Ledoyen est en fête. C'est jour de gala pour le
fameux restaurant des Champs-Élysées, jour de vernissage à l'Exposition annuelle du Palais de l'Industrie. Les cabinets particuliers, les salons, le pourtour
intelligemment vitré, tout est envahi, tout est comble ;
un brouhaha de voix, d'appels, de rires, donne une
vie particulière et folle au restaurant Ledoyen, à
l'heure de midi, ce jour-là.

— Garçon! beaucoup de truite et beaucoup de
sauce! Vous savez, nous sommes des clients : moi,
surtout!

Avec un fort rire, Henri Tanz tournait familièrement vers le plat incliné sa figure réjouie.

Thérèse en était toute rose, encore sous l'impression de ce bruit, de ce mouvement auxquels elle
n'était pas habituée; un reste de timidité, malgré ses
vives curiosités de jeune femme brusquement trans-
portée dans un milieu étrange, l'empêchait de se
retourner pour dévisager ses voisins et ses voisines.
C'est à peine si elle osait regarder les peintres connus,
les sculpteurs célèbres que Tanz lui montrait du doigt
sans se gêner, en ami de tous ces gens de talent dont
elle venait d'admirer les tableaux et les statues quelques instants auparavant.

Raymond, assis à côté de sa femme, la contemplait,
heureux de la voir aussi amusée, ravi du bonheur
qu'elle goûtait à se trouver ainsi mêlée à ce monde
intelligent et spécial qui emplit le restaurant Ledoyen
une fois par an, ordinairement le 30 avril, la veille de
l'ouverture du Salon.

— Tu sais, dit-il à la jeune femme, prends du poisson, c'est la renommée de l'endroit : nulle part on
n'en mange de pareil.

— Ce jour-là surtout! appuya Henri.

Très gravement, le garçon les servait à l'aide d'une
truelle de métal, posant une large tranche sur chaque
assiette, paraissant sourd aux plaisanteries du

peintre, aussi bien qu'aux appels tapageurs d'une table voisine, d'où on le réclamait à grands cris.

— Garçon! garçon! La truite! la sauce verte!

Il ne bronchait pas; sans hâte, et seulement quand il eut bien terminé, il alla offrir le plat demandé à cette table impatiente, sur laquelle des jeunes gens battaient un ban à grand renfort de couteaux et de fourchettes.

Puis il y eut dans un coin une rumeur brusque, mêlée de cris de colère, de réclamations : le poisson manquait! Les garçons affolés n'osaient plus sortir de la cuisine; mais le patron se montra, apaisa le tumulte, et une nouvelle truite arriva bientôt, accueillie par des ah! ah! de satisfaction qui rendirent la gaieté au pourtour vitré.

Des joies fantasques s'allumaient dans l'intérieur du restaurant, où des coteries d'artistes et les membres du jury avaient retenu des salons; on se grisait un peu, gentiment; aussi les discussions artistiques volaient-elles par les fenêtres, pour venir s'abattre au milieu des groupes plus paisibles dégustant la fameuse sauce verte.

Thérèse en oubliait de manger, toute à ce qui se passait autour d'elle avec un ravissement de pensionnaire en vacance.

— Tu t'amuses? demanda Raymond.

— Oh! beaucoup! beaucoup!

Une lueur plus vive animait ses pommettes; ses lèvres étaient rouges, plus vivantes que jamais.

— Hein! c'est à moi que vous devez cela!

— Aussi, monsieur Henri, je vous remercie de tout
cœur! répondit la jeune femme, sincèrement reconn-
naissante.

— Il n'y a pas de quoi, allez!

Par échappées, des bribes de conversation arrivaient
jusqu'à eux, apportant l'opinion d'un membre de
l'Institut, un gros monsieur, décoré d'une rosette
rouge et qui secouait, en parlant, ses cheveux blancs,
sa belle tête bien peignée, ses longues moustaches et
sa barbe en éventail.

Alors, comme madame Hambert le regardait à la
dérobée, Henri se leva pour aller lui serrer la main;
immédiatement il vint à la table du jeune peintre,
demandant à être présenté à la charmante femme
dont il avait admiré les traits fins dans les deux
tableaux de Henri Tanz.

— Madame m'a servi de modèle.

Le maître la félicita, tournant un galant compliment
sur sa beauté avec une grâce de bonne compagnie. —
Quels étaient donc les bourgeois endurcis qui voulaient
encore faire passer les artistes pour des gens mal
élevés? Il avait parlé à Thérèse comme à une duchesse,
employant les formules les plus raffinées des beaux
salons.

— Du café? interrogea le peintre, s'adressant à ses
compagnons.

— Certainement, monsieur Tanz. Aujourd'hui, c'est
fête complète.

— Et des liqueurs, madame?

— Pour vous et pour Raymond, sans doute ; mais moi...

— Bah! une goutte de chartreuse, cela aide digestion : rien de meilleur après la truite.

— Je m'en souviendrai longtemps, fit-elle en riant

Deux heures sonnèrent au cadran.

— Déjà, dit Raymond, et nous en avons encore à voir.

— Madame n'est pas trop fatiguée?

— Je resterai assise dans le jardin, pendant que vous irez un peu partout, n'est-ce pas, Raymond?

— Oui, ma chérie.

Ils rentrèrent au Palais de l'Industrie avec un flot de public, mais tout différent de celui qui envahissait le gigantesque monument pendant la matinée.

Le matin, à sept heures précises, Henri Tanz s'était trouvé avec une voiture à la porte de ses amis ; ceux-ci, qui l'attendaient, n'avaient eu qu'à prendre place et à partir : avant sept heures et demie, ils entraient au Salon, sous la protection du peintre présentant le récépissé de ses tableaux au gardien. A cette époque, c'était de droit, on pouvait amener avec soi sa famille. Autrefois une consigne plus sévère faisait prendre des déguisements pour violer l'entrée, on s'affublait d'une blouse, d'un seau de vernisseur, d'une brosse, d'une échelle. La grande porte étant fermée, on passe par la petite, celle des artistes.

Maintenant, c'est de mode et bien des gens se

croiraient déshonorés, s'ils n'allaient voir les tableaux
le jour du vernissage, comme ils vont voir une pièce
à la répétition générale. Il y a beaucoup de points de
contact entre les deux cérémonies ; le vernissage est
réellement la répétition générale avec costumes de la
pièce qui ne doit se jouer pour le public que le lendemain.

On est là un peu en famille avec les comparses,
pour ainsi dire dans les coulisses, au milieu des décors
que l'on pose, des échelles que l'on roule, des tentures
que l'on cloue.

L'ouverture du Salon se trouvant reculée du 1er au
25 mai, à cause de l'Exposition universelle, le jour du
vernissage tombait le vendredi 24 mai 1878. Comme
les autres années, personne n'était censé autorisé à
pénétrer dans le sanctuaire, en dehors des artistes
venant vernir leurs toiles. Cependant, dès huit heures
du matin, il y avait foule, cohue même dans certaines
salles, autour des tableaux déjà connus depuis longtemps, grâce aux indiscrétions des journaux, au féroce reportage qui renverse murs et portes pour
déflorer tout.

En bas, immédiatement au pied du grand escalier
double, les marchandes achèvent de ranger les piles
de livrets du Salon, et déjà retentit le cri si connu :

— Vos cannes, vos parapluies au vestiaire !

C'est facultatif : il n'y a que ceux qui ont besoin de
leurs deux mains qui s'en débarrassent encore. De
merveilleuses tapisseries garnissent les escaliers et

s'ouvrent en portières pour laisser libre l'accès du jardin.

En haut, dans la première salle, l'ancien salon d'honneur, premier arrêt de la foule ; les groupes discutent, se poussent, vont d'un tableau à l'autre, s'étalent sur le divan circulaire du centre et déjà les réclamations jaillissent :

— Mon tableau est placé trop haut ; jamais sur la cymaise, comme un tel ou un tel ! Me voilà sacrifié : je n'exposerai plus !

Et *tutti quanti!*

Peu à peu la poussière roule sous les pas pressés, monte en un léger nuage, s'éparpille doucement au-dessus des têtes, poudrant les vêtements, éteignant le lustre miroitant des chapeaux, mais venant aussi ternir le vernis tout frais que les marchands de couleurs, les encadreurs et les peintres eux-mêmes achèvent d'étendre sur les toiles, qu'ils n'ont pas eu la précaution de vernir plus tôt.

A chaque moment, Thérèse, au bras de Raymond, devait se ranger pour laisser passer une échelle roulante poussée par quelque vieux rapin à barbe hirsute, à chapeau mou, vernissant lui-même et ne s'en rapportant pas aux marchands, ou par les ouvriers d'un encadreur qui doit, dans sa journée, vernir les tableaux de tous ses clients et n'a, par conséquent, pas de temps à perdre. Aussi jurent-ils contre les badauds, les traînes de femmes et les jeunes élégants qui encombrent leur chemin.

13.

Le matin, ce sont des raffinés de l'art, les vrais gourmets pressés de déguster, ceux qui ont hâte de voir l'effet de leur tableau, sa place et surtout, oh ! surtout son entourage. Ah ! l'entourage, voilà ce qui tue ou ce qui sauve une œuvre !

La lettre T, avant tout la lettre T !

Henri entraîna rapidement ses compagnons, n'ayant de repos qu'ils fussent arrivés à la salle où se trouvaient ses tableaux.

— Sur la cymaise, tous les deux ! une vraie chance !

— Mais non, fit un ami qui passait. C'est parce que les tableaux sont bons. Mes compliments, mon cher !

Sur un panneau, entouré de paysages qui laissaient toute sa valeur à l'œuvre, le *Toast à la mariée* faisait face à la *Convalescente*, et Thérèse remarqua que les groupes stationnaient longtemps devant ces deux toiles, d'une très jolie couleur, bien disposées et très attrayantes. Il y avait là un beau succès pour l'artiste.

Quand il fut rassuré à cet égard, il conduisit ses amis aux bons endroits, aux tableaux dont tout le monde parlait, de façon à ce qu'ils fussent parfaitement au courant ; plus tard, ils auraient le temps de voir chaque salle plus en détail.

Henri Tanz leur fit d'abord remarquer que Jean-Paul Laurens, de Neuville, Gérôme, Baudry et d'autres n'avaient pas exposé, l'Exposition universelle faisant une terrible concurrence au Salon annuel. — Ensuite il les conduisit devant les œuvres qu'il considérait comme les plus remarquables, — les *Fiançailles* de

Louis Leloir, — Thérèse constata plusieurs points de ressemblance entre le tableau du jeune maître et celui d'Henri Tanz ; les *Foins* et le *Portrait d'André Theuriet*, par Bastien Lepage ; le *Portrait de Mademoiselle M. B.* et la *Plage d'Yport*, par Édouard Toudouze, retour de Rome ; le *Portrait de Jules Simon*, de Roll ; la *Sainte Agnès* de Gabriel Ferrier ; le *Loup d'Agubbio*, de Merson : *l'Espagnol*, de Vollon ; les Pasini, Carolus Duran, d'autres encore.

A onze heures et demie, ils avaient déjà vu une partie des salles de peinture ; mais, un peu avant midi, Henri, très au courant des habitudes de ce jour-là, leur conseilla de venir choisir une bonne place chez Ledoyen, pour déjeuner, sans quoi ils ne trouveraient plus rien, passé midi. Ainsi, bien placés pour tout voir sans être bousculés, ils avaient tranquillement refait leurs forces et calmé, avec la faim, la première grosse fatigue de cette exténuante journée.

A deux heures et demie, ils rentraient tout dispos ; mais Thérèse, plus lasse à cause de sa grossesse avancée, demanda à ne pas monter, et ils visitèrent la sculpture, où de très beaux morceaux attiraient l'attention, bien que Mercié n'y eût rien et que Chapu et Paul Dubois ne fussent réprésentés que par des bustes.

Il y avait en bas moins de monde que dans les salles de peinture. Le spectacle, sous le grand vitrage, prenait un aspect tout différent, très gai avec ce pan de ciel bleu, ce soleil d'or pleuvant de toutes parts sur ces parterres improvisés.

Les jardiniers dépotaient encore des fleurs, disposant les corbeilles, rangeant les plaques de gazon qu'ils arrosaient au fur et à mesure, pendant qu'autour des bustes placés sur leurs socles des sculpteurs achevaient de tourner la figure du bon côté, de les mettre à leur jour et de clouer les toiles vertes servant à masquer les échafaudages.

Au centre, sous l'horloge, des garçons de café, très affairés, donnaient le dernier coup de main à l'arrangement du buffet, plaçant les chaises autour des petites tables rondes peintes en blanc avec pied imitant le bambou.

L'invasion des toilettes commença. Ce n'était plus le monde inquiet, vif et affairé de la matinée ; les belles paresseuses, les gens de la haute, les banquiers arrivaient, protecteurs, avec des tenues étourdissantes, des queues de soie et de satin qui doublaient la poussière et épaississaient encore dans les salles de peinture l'épaisseur desséchante de l'atmosphère. Un bourdonnement plus sourd grondait avec l'incessant piétinement qui jette une rumeur continue à travers tout l'édifice, sans arrêts, sans silences reposants.

Thérèse, assise dans un des fauteuils du jardin auprès du délicieux *Saint Jean* en marbre de Jules Lafrance, regardait de tous ses yeux, attendant patiemment le retour de son mari et de Henri Tanz, qui tenaient à tout voir et achevaient la tournée des salles du haut.

Pour se delasser, elle feuilletait le livret, heureuse de se trouver là dans cette grande lumière crue, au

milieu de ce va-et-vient amusant ; peu à peu le soleil
descendait, coupant obliquement de ses flèches plus
longues la toiture vitrée, dansant dans la poussière
opaque qui volait à la hauteur de la galerie, dominant
le jardin et l'exposition de sculpture.

Tout à coup elle fut saluée d'un gai bonjour. Elle se
leva surprise :

— Ah ! Madame Hambert ! ma tante ! Vous êtes
donc là !

— J'ai exposé, moi aussi, mignonne.

Toute fière, elle s'assit auprès de Thérèse, sans
avouer qu'elle n'avait été reçue que grâce à la protection de Henri Tanz.

Quelques instants plus tard, Raymond et Henri
venaient rejoindre les deux femmes.

—Nous allons retourner à la maison, dit Raymond,
on va fermer.

En effet, une voix lente tombait par moments,
allant de salle en salle, et le même cri monotone se
répétait, incessant, prolongé :

— On ferme !

La foule envahissait le jardin pour regagner la
porte de sortie, sans se presser, se laissant doucement
pousser dehors par les gardiens habitués à ce manège.

— On ferme !

Le cri semblait avoir plusieurs échos, bondissant
par-dessus la galerie, glissant entre les Vénus, les Ève
de marbre et les bustes aux yeux morts.

— On ferme !

— Allons, reprit Raymond, partons. Ma tante, prenez mon bras.

Thérèse s'appuya à celui du peintre ; puis, tout bas :

— Ma tante a donc exposé ?

— Oh ! vous n'avez pas vu ses tableaux ? Je regrette.

— Ses tableaux !

— Deux paysages ! Oh ! mais, la ! deux bijoux !

Thérèse tourna la tête pour voir s'il parlait sérieusement.

— Deux bijoux ?

— Des paysages d'un vert et d'un sec, du zinc !

Il posa les doigts sur ses lèvres, faisant mine de les embrasser pour exprimer une admiration railleuse.

— Alors, c'est mauvais ?

— Non ! non ! pas mauvais : dites atroce !

— Pauvre tante !

— De petites toiles maigres, de la vraie peinture de Carême !

— On ferme !

C'était derrière eux et ils sentaient maintenant la poussée de la foule.

Dehors, un dernier coup de soleil flambait, empourprant les Champs-Élysées. Thérèse riait, ravie de sa journée, du triomphe de ses portraits, de tout. Qu'il faisait bon de vivre !

— N'est-ce pas, Raymond ? ajouta-t-elle quand ils furent seuls.

— Oui, ma chérie, vivre toujours ainsi !

XVII

LE NID

— Devine ce qu'on m'a apporté ce matin, pendant que tu n'étais pas là ?

Après avoir embrassé sa femme, Raymond ôtait lentement ses gants, la regardant avec amour, avec cette affection doublement puissante du mari pour la femme qui va bientôt lui donner ce titre troublant de père, cette autorité énorme et charmante.

Malgré la fatigue qui alanguissait tous ses mouvements, donnant à son corps sous le peignoir lâche à la taille de plus lentes ondulations ; malgré la meurtrissure plus violette de ses yeux, le visage de Thérèse rayonnait d'une joie profonde.

— Devine un peu.

Elle s'appuya des deux mains à l'épaule du jeune homme, croisant ses doigts fins sur le drap noir de la

redingote, où ils semblaient plus blancs, et plongea
ses yeux dans les yeux de son mari, avec un joli
sourire irritant la curiosité de celui-ci, la défiant.

— Ma foi ! Je ne sais trop, moi : un bouquet, une
plante, un bibelot.

A chaque objet, elle faisait un non de la tête, doucement, sans se décourager et pour savourer plus
longtemps ce petit plaisir.

— Comment ! tu ne devines pas ?

Elle avança les lèvres en une moue coquette.

— Dis-moi au moins de qui vient le cadeau, car
c'est un cadeau, hein ?

— Un beau cadeau !

Thérèse quitta son appui pour élargir les mains
devant elle, dessinant une forme vague, mais importante.

— Hum ! ça a l'air bien gros, en effet.

— Si je te disais le nom, tu devinerais.

— Je n'y suis pas, mais pas du tout.

— Allons, viens, oublieux !

Passant son bras sous celui de Raymond, la jeune
femme lui fit traverser le couloir, s'arrêta une seconde
devant la porte de la chambre voisine du cabinet de
toilette, puis, voyant son mari tout aussi interloqué,
poussa brusquement le battant.

Des flammes luisaient dans ses prunelles d'or, et
elle se retenait pour ne pas éclater d'une joie folle et
bruyante :

— Regarde, Raymond, regarde !

Par la fenêtre fermée, à travers les petits rideaux à raies blanches et bleues, les grands rideaux relevés par les embrasses et formant de gros plis harmonieux, le soleil pénétrait discrètement, donnant à toute la pièce l'air voilé d'une chapelle.

Au milieu, bien en vue, se dressait un superbe berceau, le berceau rêvé de toutes les mères, peint en blanc, ayant un filet blanc, pas de dorure banale, rien que du blanc, sur lequel tranchait le transparent bleu pâle, le couvre-pied de soie piquée, le gros nœud attaché au sommet de la tringle recourbée, à l'endroit où le rideau se sépare en deux pour retomber de chaque côté avec une douceur molle, une sorte de caresse de la mousseline transparente sous laquelle se devine un autre rideau de percaline d'un bleu azuré.

Raymond s'arrêta, attendri, riant tout seul, le cœur vraiment secoué par ce spectacle inattendu et inaccoutumé ; cela lui fit quelque chose de voir chez lui ce nouveau meuble, ce présage d'un nouveau compagnon, de celui auquel leurs deux existences allaient désormais être subordonnées.

— Hein ! qu'en dis-tu ?

Il ne répondit pas, comme s'il eût subitement ressenti la crainte de réveiller celui qui avait déjà l'air de dormir là.

Thérèse le conduisit au berceau, marchant elle-même légèrement, toute souriante et mystérieuse. Arrivée auprès, elle leva un coin du rideau et montra, des yeux, à son mari qui se prêtait docilement à ce jeu, l'ombre douce dans laquelle on entrevoyait le drap bien bordé, l'oreiller garni de dentelle et, au milieu, un petit bonnet posé là — pour voir l'effet! — avait pensé la rieuse jeune femme.

Raymond se mit à rire, et, la prenant dans ses bras, l'enveloppant de la plus tendre étreinte :

— Chérie, tu es une grande enfant, je te l'ai déjà dit.

— C'est si joli! On croirait le voir.

— En effet!

Puis ils s'assirent tous deux dans cette chambre que la présence du berceau consacrait définitivement, la chambre de l'enfant !

Thérèse raconta à son mari comment on lui avait fait cette surprise, dans la matinée.

— Tu comprends, j'étais là, finissant de m'habiller : on frappe : « Entrez ! » C'est quelqu'un de chez Foye-Davenne ! me dit la bonne. Foye-Davenne ! mais je n'ai rien commandé ! Et tout d'un coup je devine, le cadeau de ma tante et de papa, le berceau, le fameux berceau dont j'étais si impatiente. C'est à peine si j'ai pu me contenir devant l'homme qui l'apportait. Si tu avais vu ces petits matelas tout blancs et ovales pour tenir dans le filet, ces draps mignons, ces taies d'oreiller, ce tour de berceau avec son feston et ses dents découpées ! Quand j'ai été seule, je me suis mise à embrasser chaque objet l'un après l'autre. C'est pour le coup que tu aurais pu m'appeler grande enfant ! J'ai passé toute la matinée à l'arranger, à le décorer, drapant les rideaux, confectionnant des nœuds de soie bleue : personne n'y a touché que moi, moi toute seule.

— Alors, tu es heureuse ?

— Oh ! bien heureuse.

— Tu ne m'en veux pas ?

— T'en vouloir ? fit-elle un moment étonnée.

— C'est que ce sera bientôt.

— Le grand jour ! Ah ! Combien de temps ?

— Une quinzaine de jours, à peu près, mignonne.

— Quinze jours ! murmura-t-elle.

Un léger frisson la secoua, éteignant peu à peu sa gaieté ; elle redevint toute grave, regardant de ses grands yeux inquiets son mari.

Il lui prit les mains dans les siennes, les serrant :

— Est-ce que cela t'effraye toujours ?

— Oh ! non, s'écria-t-elle passionnément, en répondant à son étreinte. Mais je voudrais déjà y être et que ce fût fini.

— Chérie, tu seras forte, bien forte ?

— Oui, si tu es là près de moi et que j'aie ta main entre les doigts pour me redonner courage.

— Courageuse petite femme !

Il l'embrassa, rapprochant sa tête de son épaule, la berçant câlinement et lui disant tout bas mille rassurantes paroles, en lui montrant le berceau dont le dôme léger montait au milieu de la pièce comme un triomphe.

— Tu seras une adorable maman !

XVIII

GRAND-PÈRE

Je ne sais pas ce que je ressens, dit Thérèse en pliant sa serviette, mais je ne me trouve pas à mon aise.

— Tu souffres, mignonne?

Raymond se leva de table, repoussa son assiette et vint prendre sa femme par la main.

— A peine, murmura-t-elle ; et, immédiatement :

— Depuis que tu es là, je ne souffre plus.

Quand elle voulut faire quelques pas pour prouver ce qu'elle avançait, la souffrance lui arracha malgré elle un léger cri.

— Eh bien? fit le jeune homme inquiet.

— Rien ; je t'assure que ce n'est rien.

Des deux mains elle se suspendit à son bras, se for-çant, se sentant étrangement alourdie, avec un léger

frisson qui, en dépit de la chaleur de cette soirée de
fin de juin, lui courait sur la nuque, glissant le long
de la colonne vertébrale.

A petits pas, en la soutenant, Raymond lui fit gagner sa chambre et l'aida à s'étendre sur la chaise
longue :

— Tu seras mieux là. Allons, obéissez, mignonne

— Je t'assure que je suis mieux.

— Chut !

Il lui posa la main sur les lèvres et elle l'embrassa
toute souriante sous sa pâleur qui augmentait.

La soirée restait magnifique comme les jours pré-
cédents, sans nuage, chaude encore du soleil ardent
de la journée ; une buée montait lentement de la terre
brûlée, formant une vapeur grise qui pâlissait la lueur
du gaz dans les réverbères et salissait le vert foncé
des arbres du boulevard.

Thérèse frissonnait toujours.

Son mari ferma la fenêtre, alluma la lampe et
obligea la jeune femme à se coucher. Elle ne put
dormir. Des douleurs, d'abord sourdes, puis plus
aiguës, la traversaient à chaque instant, et, après
s'être doucement plainte, elle eut des échappées de
cris involontaires, des soubresauts de souffrance : ses
flancs se soulevaient violemment.

Raymond comprit que le grand moment approchait. Craignant d'effrayer la jeune femme, il ne le
lui fit pas savoir, disant toujours que cela n'était rien,
un peu de fatigue sans doute, les suites d'une prome-

nade en voiture faite le dimanche précédent au bois de Boulogne, où ils avaient dîné en tête-à-tête au restaurant de la Cascade.

Toute à l'acuité grandissante des premières douleurs, elle ne remarqua pas que Raymond ne s'était pas couché ; du reste il essayait de l'endormir avec de douces paroles, la berçant comme un enfant, l'embrassant, et ces baisers, ces caresses lui redonnaient la force de sourire.

Quand elle parvenait à s'assoupir pendant quelques minutes, Raymond allait prendre l'air sur le balcon, où le vent soufflait à peine, presque aussi chaud que durant la journée. Au premier cri de Thérèse, il était auprès d'elle, la veillant attentivement, étudiant l'aggravation des crises.

A onze heures, il avait envoyé le concierge porter le télégramme suivant :

Mme ALEXANDRE, *garde-malade*,
Rue de la Paroisse, à Versailles.

« Venez vite, le moment approche.

« HAMBERT. »

Toute la nuit se passa à peu près sans autre changement que le moins d'espace entre les crises ; les cris se succédaient plus rapidement.

Accoudé au balcon, le jeune homme regardait le jour se lever. — A partir de trois heures, le ciel commença à pâlir, les étoiles s'effaçant les unes après les autres devant la lueur grandissante de l'aube ; puis les teintes passèrent du jaune pâle au rose tendre. Le soleil montait peu à peu derrière les hauteurs de Montmartre, découpant les maisons de la butte, jetant comme une avancée de lumière dans les profondeurs de la nuit qui fuyait.

A cinq heures, amenée par la bonne des jeunes gens, que Raymond lui avait envoyée, madame Sophie Hambert arrivait pendant que son neveu sautait dans une voiture pour aller chercher le médecin.

Un peu effarée par l'accomplissement de ce grand mystère de la maternité, qui était toujours aussi fermé pour elle, la veuve regardait curieusement, inquiète de ces cris de douleur, de tous ces préparatifs faits autour d'elle par les domestiques, de ces allées et venues. Elle était accourue sans réfléchir, avec son instinct de brave cœur, caché sous un tas de défauts minuscules, mais se réveillant toujours dans les moments critiques. Maintenant elle restait là, les bras ballants, se demandant à quoi elle pourrait bien servir dans un cas aussi exceptionnel et aussi nouveau pour elle.

Il était six heures lorsque le mari ramena le docteur. Déjà Thérèse avait été placée sur un petit lit de sangle, près de la fenêtre ; le berceau était à côté du grand lit et tous attendaient le grand événement qui ne devait plus tarder beaucoup.

Quelque temps après, un coup de timbre retentit à la porte d'entrée.

— Bonjour, madame Alexandre, vous arrivez à

temps ; on vous a attendue, dit Raymond en souriant.

Rapidement, avec son habitude de garde-malade, elle se mit à son aise, tout en racontant qu'elle dormait quand on lui avait remis le télégramme et qu'elle avait pu prendre juste le premier train. Une vraie chance !

Les cheveux tout blancs, séparés en deux bandeaux bien propres sous le bonnet tuyauté, madame Alexandre offrait la figure la plus sympathique, la meilleure que l'on pût voir, malgré les rides fines qui lui coupaient le front, le pli un peu amer gravé au coin des lèvres et les yeux usés de quelqu'un qui a beaucoup pleuré.

De fait, la garde-malade ayant beaucoup eu à souffrir moralement et physiquement dans sa jeunesse, et s'étant depuis consacrée à soigner les malades, conservait sur un visage naturellement épanoui, attrayant et bien portant, la teinte triste, mélancolique plutôt, qu'y avaient gravée les chagrins. Avec les années, les premières empreintes du malheur s'étaient un peu éteintes, adoucies, mais on les devinait au fond des traits, sous le sourire qui s'arrêtait parfois brusquement comme sous une souffrance cachée, la morsure du mal profond, ineffaçable.

Cette femme était une exception parmi les garde-malades ; dévouée, sobre, travailleuse, d'une activité surprenante pour son âge, on ne la prenait jamais en défaut ; elle faisait son rude métier non pas seulement avec conscience, avec amour, et, le jour où Jean

Marlotton l'avait conseillée à sa filleule, il avait pu lui dire sans mentir :

— Madame Alexandre est la perle des garde-malades ; c'est une mère pour ceux qu'elle veille sans repos, sans dégoût, sans impatience !

Tout cela était rigoureusement vrai, comme Raymond put s'en convaincre en quelques instants.

Parfaitement entendue, elle était généralement d'un grand secours au médecin, avec l'expérience d'une sage-femme et une prudence, une inflexibilité pour les consignes du docteur, que rien ne pouvait faire céder, tant que ses malades n'étaient pas complètement rétablis.

En quelques minutes, elle s'entendit avec madame Sophie Hambert et le médecin, et débuta par de bonnes paroles d'encouragement à la patiente, lui souriant, lui disant d'être forte, en lui montrant le berceau blanc et bleu qui attendait.

Vers huit heures, le médecin, assis dans le cabinet de travail, feuilletait Molière, tout en causant avec Raymond, lorsqu'un cri plus violent que les autres les appela tous deux dans la chambre à coucher.

Les grandes douleurs commençaient : elles se suivirent sans interruption.

— Courage ! murmurait le jeune homme penché sur le petit lit ; courage, ma bien-aimée !

— Oh ! Raymond, que je souffre, que je souffre !

De ses petites mains elle lui serrait les doigts à les briser.

14

Puis, après quelques cris plus déchirants, des appels désespérés, un dernier effort, la voix de madame Alexandre s'éleva, triomphante comme une fanfare :

— Un garçon! un garçon superbe! Bravo !

Agenouillé près de Thérèse, la tenant dans ses bras, Raymond la contemplait passionnément. Déjà les larmes séchaient sur ses joues, où elles avaient roulé en grosses perles ; tous ses traits souriaient : l'ivresse profonde de la mère commençait et ses yeux s'illuminèrent quand un cri tout différent, plaintif et doux, s'éleva dans le silence de la chambre close.

Alors, courbant la tête sur la poitrine encore palpitante de l'accouchée, le jeune homme sanglota de bonheur et d'apaisement, ne retenant plus les larmes qui s'étaient lentement amassées sous ses paupières pendant la dernière et dure période de l'enfantement.

Enfin tout était terminé, Thérèse ne souffrait plus, délivrée, et lui disait avec un accent de triomphe et de reconnaissance impossible à rendre :

— Tu pleures, toi, un homme! Oh! mon aimé !

— Un fils, Thérèse, toi qui voulais un fils !

Mais elle y revenait, extasiée, toute heureuse de cette détente nerveuse de son mari, et répétait :

— Tu pleures!

— Tu ne souffres plus? interrogea-t-il en essuyant ses yeux.

— Plus du tout. Oh ! tiens, écoute-le, écoute-le!

Un vagissement plus fort se traînait sous les rideaux brodés du berceau, où la garde-malade couchait le petit être.

— Chère et courageuse petite femme, que je t'aime !

— Nous voilà papa et maman !

Elle battit doucement des mains, puis se laissa aller, brisée, les cheveux épandus sur l'oreiller, le front encore moite de sueur, languissante et béate.

— Allons ! allons ! laissez madame : il faut du repos maintenant.

Raymond embrassa Thérèse.

Au même moment, Froisset entrait ; il n'avait pu être prévenu plus tôt et arrivait tout inquiet.

— Bonjour, grand-père, lui cria son gendre.

— Grand-père !

Il devint tout pâle et porta la main à son cœur, et, lorsqu'il eut embrassé sa fille en pleurant involontairement, il contempla son petit-fils, la figure rougeaude, dormant déjà paisiblement, les poings fermés.

— Ah ! mes enfants, que je suis heureux !

— Chut chut ! moins de bruit ! répéta la garde riant malgré elle, en faisant le geste de chasser tout le monde.

Ils se retirèrent dans la salle à manger, où Raymond servit du madère et des biscuits pour réconforter le médecin ; Froisset lui-même se prétendit l'estomac creusé par l'émotion et s'attabla auprès d'eux. Ce fut devant une bouteille presque vide que Marlotton les trouva, quand il arriva à son tour, portant un énorme rosier blanc pour fêter la naissance de Georges Hambert. Prévenu par la concierge, il avait couru chez un marchand de fleurs pour faire cette acquisition, promise depuis longtemps à sa filleule.

Pendant toute la journée, les félicitations continuèrent, venant de partout ; mais la garde-malade, sagement impitoyable, consigna les visiteurs à la porte de la chambre à coucher où Thérèse dormait un peu, ayant déjà presque repris ses jolies couleurs roses. Henri Tanz et Radji-Rao furent du nombre.

Le brahme salua Raymond Hambert, en le félicitant d'autant plus de sa paternité que, suivant Manou, l'homme qui ne laisse pas de fils pour présider à ses funérailles va infailliblement en enfer, et que celui qui a un fils gagne les mondes célestes.

XIX

LE POINT NOIR

« L'an mil huit cent soixante-dix-huit, le vingt-trois juin, à onze heures un quart du matin. Par-devant nous, Z...., adjoint au maire du huitième arrondissement de Paris, remplissant les fonctions d'officier de l'état civil, est comparu...

L'employé s'arrêta, mordillant les barbes de sa plume d'un air ennuyé; Raymond s'approcha pour répondre:

— Raymond Hambert, étudiant en médecine, interne des hôpitaux, âgé de vingt-huit ans; demeurant boulevard des Batignolles, n° 41 *bis*.

La plume grinça sur le papier, ajoutant les mots :

«... Lequel nous a présenté un enfant du sexe masculin, né le vingt-deux de ce mois, à huit heures et

14.

demie du matin, susdite demeure, de lui, déclarant, et de ?... »

Il l'interrogeait de nouveau ; le jeune homme dicta :

— ... Thérèse Froisset, son épouse, sans profession, âgée de vingt-trois ans.

Le commis continua :

« Mariés en cette mairie le onze septembre mil huit cent soixante-dix-sept ; auquel enfant il a donné les prénoms de ?... »

— Henri-Édouard-Georges.

Raymond suivait d'un regard attendri les lignes établissant sur ce gros registre relié en vert, à dos de parchemin et à tranche peinte en jaune, l'état civil de son enfant.

Puis il fallut désigner les noms, professions, âges et domiciles des deux témoins, Jean Marlotton d'une part, de l'autre Pierre Froisset qui avait tenu à remplir ce devoir, tout fier, tout troublé de cette fonction de témoin, à tel point qu'il se trompa sur son âge et força l'employé, assez maussade, à faire un renvoi en marge. Enfin ils durent tous signer la déclaration, parafer la rature et la rectification.

— C'est bien, Messieurs ; à un autre, grogna l'employé qui, après les avoir salués, accueillit fort mal une pauvre femme portant un enfant sur les bras.

Raymond Hambert, passant son bras sous celui de son beau-père, après avoir remercié Marlotton obligé de retourner à Fontenay, l'entraîna rapidement par les rues ensoleillées, tout radieux, incapable de contenir les éclats de sa joie ; de ses lèvres s'échappait un continuel chant de triomphe ; ses yeux autour de lui trouvaient tout beau tout bien. Il était si heureux et la délivrance de Thérèse avait été si parfaitement accomplie !

Maintenant une seule préoccupation lui restait, celle de faire graver de superbes billets de faire-part, d'annoncer à tous l'arrivée de l'enfant attendu, de chanter partout victoire et d'acclamer le petit être qui lui donnait le titre glorieux de père.

Le graveur du boulevard Montmartre, avec lequel il discuta le format à donner à ces lettres, riait de cette exubérance de joie, en profitant pour vanter ce qu'il avait de mieux et de plus cher. Raymond finit par choisir une anglaise correcte avec le chiffre noir placé en haut « R. H. » entrelacés, et au-dessous la formule consacrée, avec l'adresse à gauche, la date à droite, le tout sur un joli papier anglais.

Ensuite il se mit en course, allant faire les deux ou trois visites indispensables, quelques achats, et rentra vers sept heures, ayant hâte de revoir sa femme et de savoir comment elle avait passé cette seconde journée après l'abattement de la veille, la nuit un peu agitée et la matinée relativement calme.

Comme il entrait, marchant dès l'antichambre sur la pointe des pieds, il se rencontra avec la garde-malade, qui venait de prendre une bouillotte dans la cuisine.

— Comment cela va-t-il ? interrogea le jeune homme, encore tout radieux de sa bonne journée, et souriant à madame Alexandre.

Mais il s'arrêta, brusquement saisi par l'air grave et les yeux troublés de cette femme :

— C'est vous, monsieur Hambert !

Elle faillit laisser tomber la bouillotte qui tremblait dans sa main. Certainement il se passait quelque chose d'anormal : sa voix s'était enrouée en prononçant hâtivement ces quatre mots. Elle ne s'attendait pas à voir Raymond. Toute préoccupée, les coins de la bouche plus tirés que de coutume, elle paraissait très troublée : jusqu'à son bonnet blanc, toujours si bien posé au milieu de sa tête, et qui, en ce moment, était de travers !

En la regardant mieux, le jeune homme sentit une sourde inquiétude lui mordre légèrement le cœur.

— Qu'y a-t-il donc, madame Alexandre ?

Elle essaya de sourire ; mais ses traits restèrent tendus, crispés par une émotion impossible à dominer, et elle balbutia :

— Le docteur est venu.

— Il était cependant déjà venu ce matin. Que veut dire cela ? Je ne l'attendais que ce soir ou demain.

— Je ne sais.

Il lui saisit le poignet, tout frissonnant comme s'il fût subitement passé du plein soleil dans l'intérieur d'une glacière.

— Je veux savoir : Thérèse va moins bien.

— Oh! presque rien : la fièvre seulement.

— Ah ! mon Dieu! mon Dieu! Et moi qui étais si gai, si joyeux : c'est une fatalité...

— Il paraît que la fièvre est arrivée.

— La fièvre ! la fièvre !

Raymond crut sentir un monstrueux marteau lui clouer plus profondément ces mots dans le cerveau ; ils retentissaient douloureusement jusque dans son cœur. Ah! c'est qu'il connaissait le danger, c'est qu'un instinct lui soufflait la peur et glaçait peu à peu le sang dans ses veines. — La fièvre ! cette terrible et menaçante ennemie qui vient briser les forces, donner de la gravité aux choses les plus ordinaires, tuer les malades au moment même où on les croit sauvés.

Il s'était pris le front à deux mains, dans un élan de désespoir qui arrêtait madame Alexandre devant lui, sans force, en présence de cette explosion, sans paroles pour le consoler ou le rassurer.

— Que dit le médecin ?

— Il dit ! il dit...

Elle ne trouvait plus les mots, bégayant, hésitant, et cela effraya Raymond plus que tout le reste; puis elle lança tout d'une haleine :

— C'est une grosse, grosse fièvre. Voilà ! Du reste, il reviendra ce soir.

— Ce soir. Décidément le docteur était inquiet aussi. Trois fois dans la même journée, au lendemain de l'accouchement, que signifiait cela ?

Il resta là pendant quelques minutes, comme écrasé

par cette nouvelle si inattendue après les joies de la journée, son ivresse de père et son orgueil d'époux.

Madame Alexandre rentrait dans la chambre ; il la suivit, haletant, contenant son cœur à deux mains pour l'empêcher de battre trop fort.

Les jalousies baissées ne laissaient entrer qu'un jour doux, filtré par les rideaux de mousseline ; le lit restait dans une pénombre grise avec ses couvertures rejetées au pied, ses oreillers en désordre et ses rideaux accrochés aux patères. Au milieu des draps, Thérèse, la tête renversée, dormait ; de ses lèvres s'envolaient des bribes de phrases, des noms : les pommettes étaient rouges, la respiration rapide. Raymond, touchant la main qui pendait sur la couverture, la trouva sèche et brûlante.

Cette sensation le fit tressaillir, l'emplissant d'une crainte encore indécise, allant éveiller en lui mille souvenirs confus. Il lui sembla que ses tempes étaient prises dans un formidable étau qui se resserrait lentement, broyant son cerveau, faisant éclater les os du crâne.

— Thérèse ! Thérèse !

Il répéta ce nom avec une folle terreur, pour fuir les pensées qui l'obsédaient, pour échapper aux comparaisons qui l'assaillaient sans qu'il pût cependant se remettre en mémoire les cas semblables vus autrefois.

Un tel bouleversement se faisait en lui que, pour le moment, ses études ne pouvaient lui être d'aucun

secours ; il ne comprenait plus, il ne discernait plus,
tout à l'unique pensée que c'était sa femme qui se
trouvait là brûlée par la fièvre, presque en proie au
délire.

Il oubliait même son fils, quand une plainte aiguë
le fit retourner ; le petit être se réveillait, criant la
faim, la soif, et la garde, le berçant doucement, lui
donnait à boire avec une cuiller.

— Il n'a pas pris le sein ? demanda Raymond
arraché à ses pensées lugubres.

— Non. Madame était trop fatiguée.

— Que lui donnez-vous ?

— Un peu d'eau sucrée.

Voyant l'enfant se rendormir, le jeune homme se
rapprocha du lit de sa femme.

Là, courbé sur elle, il épiait l'inconscient balbutie-
ment de ses lèvres, prenait dans ses mains les petits
doigts pâles, qui avaient une agitation inquiétante.

— Thérèse ! c'est moi, ton mari qui t'aime !

La fièvre continuait, tenace, et la malade dormait
du même sommeil anxieux.

XX

LE NUAGE S'AVANCE

— Ah! par exemple, non, c'est trop beau, monsieur Tanz, beaucoup trop beau !

— Jamais assez pour vous, père Froisset.

— Si, je vous assure : je suis tout confus.

Effectivement, il tordait d'une main plus nerveuse
sa barbiche grise, exagérant encore ce geste, qui lui
était habituel quand il causait.

Devant lui, le peintre avait placé debout, sur l'une
des banquettes de crin noir, un grand tableau, divisé
en petits compartiments ; dans chacun se trouvait un
sujet différent, ou, pour parler mieux, une manière
différente de se battre.

C'était le combat singulier depuis les époques les
plus primitives jusqu'à nos jours. D'abord la lutte
sauvage des hommes sans armes et tout nus, à coups

de poing ; puis, des rencontres plus civilisées, le combat à la francisque de nos pères, les guerriers francs. Le troisième cadre enfermait deux chevaliers, armés de toutes pièces, choquant leurs épées à deux mains dans une terrible envolée ; ensuite le duel des mignons, à la dague et à la rapière ; celui, moins compliqué, des mousquetaires ; l'escrime au dix-huitième siècle et enfin l'escrime moderne en tenue de salle, avec le gant à la crispin, le plastron, le pantalon de toile et le masque.

Cela formait une véritable histoire du duel et de la science de l'épée.

Froisset, son masque accroché au bras droit, son fleuret à la main, et tordant toujours entre le pouce et l'index gauches les pointes de sa moustache ou de sa barbe, examinait le tableau avec une certaine émotion, tandis que l'auteur lui expliquait son idée.

Tout à coup son œil se mouilla et il s'exclama tout attendri :

— Mais c'est moi, moi avec ma barbe, mon nez, mes moustaches : je me reconnais bien.

Henri souriait, heureux de l'effet produit, se frottant les mains derrière le professeur.

Celui-ci se retourna d'un mouvement brusque.

— Par exemdle, c'est réussi, tout à fait réussi : voilà mes yeux, mon air.

— Oui, la figure martiale, l'air militaire, ajouta le peintre en roulant les *r* et en grossissant sa voix.

15

— C'est ça, blaguez, blaguez, farceur! ça n'empêche pas que vous me faites là diablement plaisir.

Il lui secoua rudement la main.

— Aïe! aïe! cria comiquement Tanz qui souffla sur ses doigts.

— C'est moi tout craché, comme on dit. Ah! je vais placer cela au beau milieu de ma salle pour que tout le monde le voie.

— Gare aux assauts!

— N'ayez pas peur; on ira faire assaut hors de portée; je tiens à ce tableau comme à mes yeux. C'est que je connais beaucoup d'artistes, voyez-vous; mais vous êtes le premier qui ait songé à me faire ce plaisir. Ah çà! comment diable avez-vous pu ainsi attraper ma figure? Vous ne m'avez jamais fait poser.

— Pas besoin. Je vous connais, père Froisset; je vous ai là tout peint.

Du doigt il se frappa le front, riant de l'enthousiasme et de la joie du maître d'armes. Puis, ayant achevé de se vêtir :

— Nous prenons tout de même la leçon?

— Certainement! certainement! Mais la, vrai, vous m'avez réussi. Et la pose, tout est très bien !

— Aujourd'hui nous travaillerons avec les épées, si vous voulez?

— A votre choix; je ne pourrai plus rien vous refuser.

— Ta ! ta! ta! Pour un méchant tableau...

— C'est ça! calomniez-vous. — Allons, attention!

— Je vous attends.

— Amenez les mains devant vous ; faites le cercle, et en garde !

Fines, longues, avec la coquille pleine de leur garde, les épées glissèrent l'une contre l'autre, moins souples et moins liantes que les fleurets, mais ayant un froissement d'acier plus sonore et plus large.

A chaque instant la lame, rencontrant la coquille creuse, la faisait sonner comme un timbre avec un éclat joyeux, qui emplissait la salle de bruit et de gaieté.

Les coups étaient portés et parés avec prestesse, tandis que Froisset, de sa voix fortement timbrée, indiquait les coups, rectifiait les positions et prenait à cœur sa leçon.

— Vous faites des progrès ! affirma-t-il pendant la pose, après la première partie de la leçon.

— Oui, je crois que cela vient assez bien ; je me sens moins raide, le bras plus souple, plus d'aplomb.

— Et puis, vous faites des mouvements moins grands, c'est l'important. L'épée doit filer doucement, glisser, voltiger sans que le bras ni le corps ne bougent, rien que par les doigts et le poignet. L'escrime est plus faite d'adresse que de force, sachez-le bien.

— En effet. N'est-il pas vrai aussi que cela doit rendre le corps plus apte à toute défense ?

— Donnez-moi seulement un bâton, moins que cela, un parapluie, et vous verrez !

— Oh ! un parapluie !

— Vous ne me croyez pas ? — Tenez, c'était en 18...
18..., ma foi ! la date m'échappe ; je revenais du
théâtre, passé minuit, j'étais jeune et j'avais la poigne
solide dans ce temps-là.

— Vous l'avez encore ! appuya Henri en riant.
Vous m'avez secoué le bras d'importance tout à
l'heure.

Le professeur souriait, caressant sa barbe.

— Eh bien ! pour en revenir à mon histoire, je
n'avais qu'un parapluie, quand, dans une rue étroite,
je vois venir à moi trois gaillards d'allure absolument
suspecte. A trois mètres, ils me barrent complètement
le chemin ; pas moyen de passer. Je jette un coup
d'œil derrière moi : personne ! un vrai guet-apens.
Eux, très braves, ne me voyant qu'un parapluie, me
prennent pour un bon bourgeois ; ils sautent sur moi.
D'un bond, je me remets à distance, et, maniant mon
parapluie comme une épée, je plante le plus joli coup
droit entre les deux yeux du coquin le plus rapproché ; en même temps, j'appelle au secours de toutes
mes forces. Ah ! si vous les aviez vus détaler !... Il
faut avouer que, plus que mes cris, ce qui les avait
terrifiés, c'était de voir leur camarade tomber raide à
leurs pieds : il avait un fameux trou dans le front,
allez ! Vous voyez que cela peut servir, même avec un
pacifique parapluie.

— Père Froisset, je ne connais que vous pour les
aventures.

— Ah ! dame ! j'ai vécu pas mal et j'en ai vu de

toutes les couleurs. Il n'y a pas eu de révolution à Paris sans que j'y fusse un peu mêlé.

— Comme spectateur ?

— Comme acteur, et c'était rude, croyez-le !

— Je vous crois.

— J'étais de l'escorte du général Négrier en 1848, quand il a été tué place de la Bastille, et avec lui la même décharge jetait une vingtaine d'hommes à bas, v'lan ! J'étais au Panthéon, où on tirait à boulets rouges ; pan ! les maisons croulaient avec une poussière de tous les diables !

Ils s'étaient remis en garde, lorsque la porte s'ouvrit violemment. Raymond entra tout pâle, les y eux rouges, hors d'haleine.

— Mon cher père ! mon cher père ! Venez vite.

— Qu'y a-t-il, bon Dieu ! Thérèse ?

— Thérèse ne va pas bien, pas bien du tout. Le médecin est près d'elle ; je suis désespéré.

— Miséricorde !

Froisset devint livide et fut obligé de s'asseoir ; une sueur froide baignait ses tempes, ses mains tremblaient.

Tanz avait pris Raymond à part pour l'interroger ; mais il ne pouvait tirer aucune explication de son ami ; le jeune homme semblait avoir perdu la tête.

— Ah çà ! elle avait un peu de fièvre, je le sais bien ; on en a toujours ! — interrogeait le père en dominant son émotion.

— Hier la fièvre a encore augmenté ; le délire

ne la quitte plus ! Oh ! je suis bien malheureux !

Tombant sur une banquette, Hambert fondit en larmes.

On en était au quatrième jour et l'état de Thérèse, loin de s'améliorer, avait empiré ; des symptômes alarmants se manifestaient : le médecin qui la soignait ne cachait pas son inquiétude. Alors, désespéré, le jeune homme avait pensé qu'il ne devait pas tarder davantage à faire part de ses craintes au père de la malade.

Celui-ci restait atterré, avec le menaçant fantôme du malheur passé qui revenait le hanter, ainsi que les funestes idées de quelque fatalité acharnée après lui.

Allant de l'un à l'autre, le peintre essayait de les rassurer, de les rappeler à la raison ; il ne trouva qu'un moyen :

— Que faites-vous là ? Allez voir d'autres médecins ; demandez une consultation.

— C'est cela, appuya Froisset, relevé par cette idée du peintre.

Raymond avait d'abord secoué la tête, tout découragé, n'avouant pas ses terreurs dans toute leur étendue, n'osant croire au malheur qui le menaçait et fuyant les affreux symptômes qu'il n'avait que trop bien constatés. Il se laissa enfin vaincre, ne voulant pas avoir l'air de croire tout secours inutile, finissant même par reprendre courage et espérer :

— Oui, une consultation. Tu as raison, Henri. Je ferai venir mes professeurs, des amis pour moi.

Ils partirent presque rassurés tous trois.

Par terre gisaient les deux épées que personne n'avait ramassées ; sur une banquette étaient les plastrons et les masques non raccrochés. Jamais pareil désordre ne s'était vu chez le maître d'armes, et cela seul eût suffi pour faire constater l'étendue de la préoccupation qui lui emplissait l'esprit : — La vie de sa fille en danger !

XXI

A L'HOPITAL

Par les hautes fenêtres aux petites vitres régulières
le soleil entrait à flots, inondant de sa lumière d'or
l'immense salle, glissant entre les lits symétriquement espacés avec leurs rideaux blancs, mobiles sur
des tringles, leurs embrasses toutes pareilles, et faisant miroiter l'encaustique rouge du carrelage frotté
à neuf.

La radieuse gaieté de cette matinée de juin enlevait à la salle, lugubre d'ordinaire, un peu de sa tristesse accoutumée ; on sentait plus la vie, moins l'hôpital et la mort. Les faces blanches ou jaunâtres des
malades avaient un reflet de ce ciel bleu, de ces traî-
nées lumineuses, filtrant à travers les rideaux de
calicot et venant les caresser un moment comme

pour leur rendre l'espoir, leur faire oublier un instant la souffrance et la misère.

Au moment où sonna la demie après huit heures,
le groupe d'internes et d'externes, bavardant au
milieu de la salle, s'écarta pour saluer et laisser
passer un vieillard de haute mine qui venait d'entrer.

— Bonjour ! Messieurs, bonjour ! fit-il en rendant
le salut de la main ; puis il acheva de nouer les cor-
dons du tablier blanc qu'il venait de s'accrocher au
cou, cachant ainsi sa redingote, à la boutonnière de
laquelle brillait une rosette rouge.

Un interne s'approcha pour lui donner quelques
renseignements ; le chef de service releva la tête et le
regarda de son œil clair, avec un léger mouvement de
menton :

— Ah ! mort cette nuit : à quelle heure ?

— Deux heures.

— Je m'y attendais. Le mois est dur pour les opérés,
très dur. Infection purulente, pourriture d'hôpital,
nous avons tout contre nous.

— Il y a aussi la femme qui vient d'accoucher qui
présente de mauvais symptômes.

— Oui, oui, naturellement ; les malheureuses n'ont
pas beau jeu non plus.

Ayant achevé sa toilette, il rallia ses élèves et leur
montra le premier lit, où un corps roulé en boule se
dessinait sous les couvertures, tout pelotonné et rata-
tiné dans l'angoisse et l'attente de la visite.

— Eh bien , Messieurs, commençons.

15.

Sur la cravate blanche faisant deux fois le tour du col et revenant se nouer devant par un nœud imperceptible, le menton rasé reposait sa ligne ferme, un peu carrée, indiquant la ténacité ; en effet, le docteur P *** était arrivé à sa haute position à force de volonté, de travail obstiné. Ses yeux bleus avaient, dans les occasions critiques, un éclair d'une énergie superbe ; le nez s'allongeait au-dessus de la lèvre supérieure, quêteur et très fin : le front bombait aux tempes, s'élargissant, finissant en calvitie, bien encadré par une épaisse couronne de cheveux blancs encore très serrés et souples.

Courbé sur le malade, il expliquait la nature du mal aux jeunes gens qui l'entouraient, les interrogeant parfois, leur demandant ce qu'ils feraient dans tel ou tel cas, tandis que le patient écoutait, sans les comprendre, tous les termes techniques, tous les mots tirés du grec ou du latin, qui faisaient, pour lui, de sa maladie quelque chose de mystérieux et de terrifiant.

Le professeur allait passer au lit suivant, quand, écartant brusquement ses camarades, Raymond Hambert se présenta devant lui.

— Ah ! c'est vous, Hambert ; vous arrivez en retard aujourd'hui.

La physionomie du médecin, après avoir essayé de se faire sévère, avait repris ses lignes bonnes et affectueuses, car le jeune homme, sur lequel il comptait beaucoup pour l'avenir, était son préféré.

— Excusez-moi : j'ai de telles préoccupations !

— En effet, ajouta le chef de service, remarquant le bouleversement des traits de l'interne. Qu'avez-vous donc ?

— J'ai besoin de vous.

— De moi ?

— Ne me refusez pas, je vous en supplie !

— Vous savez bien que je ne vous refuserai rien ; attendez seulement que la visite soit terminée, nous causerons après. C'est entendu.

— Oui, répondit Raymond.

Les yeux encore gonflés, les mains fébriles, il se mêla à ses camarades, se mordant les lèvres d'impatience, le cœur gros, mais comprenant que son chef de service ne pouvait immédiatement quitter ses malades et sa leçon pour lui.

De ce qui se dit pendant cette visite, des observations faites sur les différentes maladies, Hambert ne retint pas un mot, pas une lettre. Pendant que ses regards erraient machinalement d'un lit à un autre, que la voix grave et nette du professeur décrivait ou enseignait, lui ne pensait qu'à Thérèse, ne voyait qu'elle, toute changée dans le grand lit de la chère petite chambre bleue, n'entendait que le souffle pénible de sa respiration, que ses plaintes vagues. Il eût déjà voulu être de retour, ramenant cet homme en qui il avait toute confiance. Il saurait alors s'il ne s'était pas trompé, si sa femme vivrait, car il en était là maintenant à désespérer, à croire tout perdu, et cependant Thérèse vivait encore, Thérèse respirait ;

mais elle semblait détachée de tout lien terrestre, tellement sa pensée flottait loin des siens.

Ses camarades, prenant des notes, écoutant le professeur, le laissaient tout à son désespoir, n'osant l'interroger, ayant conscience de quelque malheur planant sur leur ami ; leur discrétion les empêchait même
de le regarder, de peur de le gêner ou de le froisser.

— Hambert, venez, je vous attends.

Absorbé par ses douloureuses pensées, il n'avait pas
remarqué que la leçon était terminée ; devant la porte,
le professeur lui tendait la main.

Il la saisit entre les siennes d'un geste fou, comme
un noyé se raccrochant à quelque épave flottant à la
surface des eaux :

— Sauvez-moi! Sauvez-la, je vous en conjure.

— De quoi s'agit-il? demanda le médecin avec cet
accent de compassion qui fait fléchir la voix, quand
on se trouve en présence de la sincère douleur d'un
être sympathique.

— De ma femme, de ma pauvre femme! Ah! elle
est perdue !

— Allons! allons! Vous ai-je appris à désespérer
ainsi ?

— Non certes, et si je suis venu à vous, c'est que
j'ai confiance : je vous ai vu sauver tant de malades!
Je vous demande de venir chez moi en consultation.

— Mais, mon cher enfant, de grand cœur, et, si je
puis quelque chose, croyez-bien que je le ferai.

— C'est que c'est terrible, voyez-vous! Moi-même

je ne sais plus ce qu'elle a. Devant cette menace de la
perdre, j'ai oublié tout ce que je savais ou plutôt...
— Et il prit le bras du professeur d'un air égaré, se
rapprochant de lui, la bouche à l'oreille... — Ou
plutôt j'ai peur de trop bien savoir ; j'ai besoin que
vous me détrompiez sur la nature de cette affreuse
fièvre qui l'accable.

— La fièvre ?

— Oui, la fièvre, et vous comprenez, pour une nouvelle accouchée, quelles craintes, quel danger !

Le docteur, un moment ému, reprit son air froid,
impénétrable, voilant seulement l'éclat de ses yeux
pour ne pas se trahir.

— A quel jour en sommes-nous ?

— Au cinquième.

— Cinq jours. Répétez-moi un peu les symptômes.

— Ah ! je les oublie toujours et toujours je les re-
trouve devant moi : frissons, état de prostration, vomissements.

Le médecin, troublé, avait baissé la tête, marmottant entre ses dents :

— C'est ce que je craignais.

Devant Raymond éperdu, il se redressa, essayant
même de sourire, et ce fut d'un air détaché, presque
indifférent, qu'il lui demanda :

— Pourtant cela ne vous avait pas empêché de
suivre assez régulièrement les visites de l'hôpital.

— Comment donc ! repartit machinalement Raymond ; je suis même venu ici le jour de l'accouchement,

dans l'après-midi, pour annoncer à mes camarades la bonne nouvelle. J'étais si heureux ! la délivrance avait été si facile !

Raymond joignit les mains, balançant doucement la tête :

— Oh ! j'étais trop content, trop rassuré !

Pendant une seconde, le professeur le regarda avec une profonde commisération, comme s'il l'eût plaint ou comme s'il eût caché quelque secrète pensée.

Après ce moment d'abandon, le jeune homme avait repris les mains de son maître et les serrait nerveusement :

— J'ai les yeux pleins de visions funèbres. Tenez ! j'ai peur et l'hôpital me fait horreur.

— Calmez-vous, mon pauvre Hambert, calmez-vous. Il ne faut pas désespérer ; arrêtons plutôt notre consultation. Quand voulez-vous ?

— Le plus vite possible ; chaque heure de retard est une chance perdue.

— Si cela vous plaît, nous nous adjoindrons G***, de la Charité, et P***, de Cochin. Cela vous convient-il ? — Nous pourrons aussi prendre T*** de la Maternité.

— Si je veux ? — Vous me comblez : tous nos maîtres les plus éminents et vous ; mais vous êtes mon sauveur.

— Pas d'enthousiasme inutile ; les symptômes sont très graves.

Raymond trembla à cette parole du professeur ; il

lui sembla qu'une masse de plomb s'abattait sur ses épaules, et, déconcerté, il balbutia :

— Voudront-ils venir chez moi ?

— Je les amènerai, je vous le promets.

— Merci. Mille fois merci.

Il lui aurait baisé la main ; il s'enfuit comme un fou.

Le professeur le suivit un instant des yeux sans cacher, cette fois, son émotion.

— Pauvre garçon !

— Hein ! fit un interne qui venait de lui adresser la parole et qu'il n'avait pas entendu.

— Je dis, je dis !... Ah ! c'est vous, reprit le chef de service, reconnaissant son interlocuteur.

— Vous étiez préoccupé par ce que vous avait dit Hambert ? remarqua l'interne.

— Hé ! oui, encore une victime du moment.

— Comment cela ?

— Parfaitement. Fièvre puerpérale inflammatoire, j'en suis aussi sûr que si j'avais vu la malade.

— La malheureuse !

— Sans compter que cet infortuné Raymond Hambert aurait mieux fait de ne pas mettre les pieds ici. le jour de l'accouchement de sa femme.

— Le 22 juin, je m'en souviens, j'étais de garde.

— Justement, je cherchais la date.

Le grand médecin accompagna ces derniers mots

d'un regard qui fit passer un frisson dans le dos de son interlocuteur.

— Oh ! s'écria celui-ci, ce jour-là il y a eu trois décès, parmi les nouvelles accouchées, dans une seule salle.

Le professeur descendait rapidement l'escalier.

XXII

TOUT EST SOMBRE

— Toujours la même chose, hein?

Il entra sur la pointe du pied, tout palpitant, horriblement inquiet, se sentant la bouche d'une horrible sécheresse, cette sécheresse de fièvre ou d'angoisse que rien ne peut dissiper et que la fraîcheur irrite au lieu de calmer.

— Toujours.

— Pas de mieux?

— Rien.

Madame Alexandre ne trouvait plus que ces réponses brèves, sans pouvoir donner aucune explication, tellement son découragement était grand.

Aussi Raymond, sachant l'expérience que la garde devait avoir de ces terribles situations, sentit son inquiétude augmenter. Un frisson convulsif lui secoua les joues, glissa lentement le long de sa nuque et glaça les gouttes de sueur qui perlaient sur son front ; en même temps le même froid le pénétra jusqu'au fond du cœur, jusqu'aux entrailles : tout était sombre et désespéré !

Toute blême, d'une pâleur cendrée, avec des ombres presque noires au creux de chaque ride, à la commissure accentuée des lèvres, aux coins du nez, la figure de madame Alexandre avait perdu son aspect réjoui et bon enfant. Le souffle de la mort passait sur elle, et, comme d'habitude, le sentant venir, elle semblait figée dans ce masque blafard et terrifié qui trahissait la souffrance avec une sorte de résignation forcée. Raymond, en présence de cette navrante physionomie, se trouva sans forces et sans voix, sous le coup d'une catastrophe imminente, ayant l'intuition du malheur et n'osant plus s'appesantir sur une pareille idée.

Laissant la garde-malade vaquer à ses occupations, il se dirigea à petits pas vers la chambre de sa femme.

Dans le cabinet de travail, Froisset, assis sur un fauteuil, se tenait immobile, les yeux pleins de larmes, ses mains noueuses croisées dans une crispation nerveuse, tandis que, debout près de la cheminée et les bras pendants, Henri Tanz le contemplait tristement. Ils étaient là depuis le matin, sans parler, n'osant pas bouger et hésitant à se communiquer leurs impressions ; mais de temps en temps un gros soupir soulevait la poitrine du maître d'armes, qui essayait de renfoncer un sanglot lentement monté du cœur.

De la chambre voisine parfois une plainte s'envolait, venant les faire frissonner.

Alors le père se levait, allait jusqu'à la porte et regardait là-bas, tout au fond de la pièce, du côté de l'alcôve où sa fille sommeillait, secouée par la fièvre; il n'osait pas entrer, cloué sur le seuil, et ses doigts essuyaient les larmes ruisselant sur son visage déshabitué des pleurs depuis de longues années. — Il comprenait qu'il ne pourrait se contenir assez pour ne pas pleurer devant son enfant, pour lui taire sa douleur et lui cacher son anxiété : c'était au-dessus de ses forces.

Le pauvre homme avait vu mourir bien des camarades ; il avait survécu à la perte de son fils, à la mort de sa femme ! jamais il n'avait senti cette crispation à la gorge, cette douleur au cœur, douleur si atroce qu'il éprouvait la tentation de crier, de hurler son désespoir. Il rongeait sa moustache grise, raidissant les jambes, cambrant son torse d'athlète pour mieux résister et comprenant que la force physique ne pouvait rien contre la souffrance morale : vaincu dans cette lutte de tous les instants, il allait retomber comme une masse sur son fauteuil et se cachait la tête dans les mains, faible comme un enfant, assommé.

Quand Raymond parut, le professeur d'escrime, se levant vivement, courut à lui :

— Eh bien ?

— Il viendra, et avec lui les plus savants, les plus forts.

— Ah !

Ce fut comme un poids enlevé de la poitrine ; Froisset respira mieux ; si les célébrités de la médecine se réunissaient pour combattre cette terrible fièvre, la malade, sa fille, serait sauvée.

— Peut-être, reprit Hambert avec une expression de doute.

En quittant l'hôpital, l'assurance donnée par son chef de service lui avait rendu quelque espoir et, en même temps, lui avait débarrassé l'esprit des ténèbres opaques dans lesquelles un malheur si inattendu le plongeait.

Chose étrange ! ce fut cette lueur d'espérance, lueur malheureusement fugitive, qui lui fit mieux saisir la gravité du mal, ses conséquences presque inévitables. Il s'était d'une manière plus lucide rappelé ses études, les cas nombreux qu'il avait étudiés, et, avec une terreur croissante, il constatait que tous avaient été mortels, que tous avaient eu la même terminaison fatale.

Maintenant qu'il réunissait en faisceau les faits observés par lui et qu'il les comparait avec les symptômes reconnus chez sa femme, il ne trouvait plus de différence. Ce qu'il avait vu à l'hôpital, dans la salle des accouchées, quand passait la terrible fièvre puerpérale qui enlevait des files entières de malades et vidait les lits les uns après les autres sans que rien pût s'y opposer, il le voyait chez lui, dans cet appartement si bien aéré, si sain, dans cette chambre bleue qui semblait à l'abri de toute infection contagieuse.

C'était bien trente-six heures après sa délivrance que Thérèse avait été prise le soir d'un violent frisson, commençant à la nuque et se prolongeant le long de la colonne vertébrale. Raymond se rappelait, comme s'il eût tenu leurs livres, les minutieuses observations de Lasserre, de Bouchut, de Voillemier, de Moreau, et la remarque faite de ce début brusque, instantané, rarement précédé de malaise, de courbature et de céphalalgie. Oui, la jeune femme avait été surprise ainsi, et, depuis, les symptômes s'aggravaient tous les jours. Puis, le troisième jour, les vomissements commencèrent, donnant à la maladie un caractère plus marqué, coïncidant avec les douleurs abdominales plus violentes et apparaissant pendant la période de réaction qui succédait au frisson.

A mesure que le jeune homme refaisait l'historique des quelques jours seulement écoulés depuis la délivrance de Thérèse, il lui semblait relire les travaux faits par les maîtres les plus autorisés sur cette terrible ennemie des femmes en couches, cette fièvre qui est quelquefois foudroyante et qu'on assimile alors au typhus.

Tout, chez sa femme, lui dénonçait le mal : le violent claquement des dents dans les accès de frisson, l'accélération du pouls et de la respiration, surtout cet état d'épouvantable angoisse empreinte sur la figure de Thérèse, sans qu'elle en eût connaissance, et suivi de prostration, d'une stupeur incompréhensible, à plusieurs reprises même d'un véritable trouble de l'intelligence.

Déjà, la veille au soir, il avait remarqué certains frissons vagues, à peine indiqués et venant à des intervalles irréguliers : étaient-ce ceux qui se manifestent dans la période avancée, indiquant que le torrent circulatoire est envahi par le poison et que la malade est, pour ainsi dire, perdue?

Pendant que son beau-père lui faisait quelques questions au sujet de la consultation qui devait avoir lieu le jour même, Raymond, terrifié, sentait son cerveau envahi par les plus affreuses images et voyait sa confiance diminuer d'instant en instant.

Au moment de pénétrer dans la chambre, il avait hésité, ayant peur de voir ses soupçons confirmés et de trouver sa femme plus mal; il se décida, en apercevant madame Alexandre en train de redresser les oreillers du lit.

L'altération du visage de la pauvre enfant lui fit une impression si horrible qu'il resta au pied du lit, sans force pour avancer davantage, épouvanté par un tel changement. Sans doute, dès le début de la fièvre, il y avait eu une certaine dépression de tous les traits, comme si le mal eût voulu les marquer immédiatement de son empreinte; mais en très peu de temps l'altération venait d'atteindre son plus haut degré.

Était-ce bien là sa Thérèse blanche et rose, cette femme si adorée, si belle quelques jours auparavant, si radieuse encore après sa délivrance, quand on lui avait donné son enfant à embrasser ?

Raymond cherchait en vain les traits connus et

aimés dans cette figure entièrement décomposée, ces joues pâles, ces lèvres entr'ouvertes et agitées par un tremblement convulsif qui ne finissait pas, ces regards égarés, enfin toute cette face grimée, couverte de sueur, avec un air de profonde et singulière souffrance. Les yeux si beaux, si rayonnants, s'enfonçaient profondément dans les orbites et s'entouraient d'un cercle noirâtre qui contrastait avec la lividité générale et les narines sèches, déjà pincées. Par instant une certaine animation venait réveiller la physionomie crispée dans cette désespérante expression de douleur; puis, lorsque la réaction était terminée, elle s'altérait de nouveau.

Domptant son émotion, Raymond prit la main de Thérèse et resta anéanti devant elle, essayant vainement de compter les battements de l'artère ; un voile couvrait ses yeux, une formidable envie de pleurer lui piquait les paupières. Ils étaient si heureux, si unis! Tout était-il donc définitivement perdu?

Il était là, plongé dans ses pensées, n'osant plus quitter sa femme, quand un faible cri s'éleva d'une pièce voisine.

L'enfant! Il l'avait oublié : son fils ! On avait, depuis le premier jour de la fièvre, transporté le berceau dans la chambre donnant sur le chemin de fer, et une nourrice, choisie par le médecin, donnait le sein au petit être. Son fils! Thérèse qui l'avait tant aimé avant sa venue au monde, Thérèse qui, depuis de longs mois, préparait les brassières, les culottes et les bonnets destinés à son enfant, Thérèse l'avait embrassé deux fois ! c'était tout !

Ce symptôme avait été pour le jeune homme plus significatif, plus effrayant encore que tous les autres. Une pareille indifférence indiquait à elle seule le degré de violence du mal et contrastait avec les joies passionnées de la future jeune mère, alors qu'elle attendait avec des désirs fous la naissance de celui qu'elle portait dans son sein. Plusieurs fois la garde-malade avait essayé de réveiller dans son cœur l'amour maternel, de faire vibrer cette corde. Rien ! On eût dit que la maladie avait tout brisé en elle et que la stupeur énorme d'une fin prochaine et brutale annihilait tout le reste pour la jeune femme.

Elle ne refusait pas ; mais quand on la laissait un jour entier sans lui apporter le petit être vagissant, elle ne le réclamait point. Ensuite, le mal faisant des progrès, on y avait renoncé, car son état rendait la jeune mère presque insensible à ce qui se passait autour d'elle. Elle en était arrivée à un détachement de tout et de tous qui lui rendait étrangers ceux qui l'aimaient tant : on essayait en vain de tirer d'elle la plus faible marque d'affection et de compréhension.

Cependant, au bout de quelques instants, une réaction momentanée sembla se produire en elle, l'arrachant à cet état de complet anéantissement ; la jeune femme s'agita, rejetant ses couvertures, luttant contre la torpeur qui pesait sur elle : une faible rougeur colora ses pommettes et ses yeux s'ouvrirent, sans fixité, vagues et errants.

Raymond, qui tenait toujours sa main, se pencha sur elle, essayant de se mettre en communication plus directe avec ces prunelles vacillantes, et l'embrassa éperdument; il la brûlait de son souffle, essayant de l'aider de son haleine vivace, de lui communiquer un peu de sa vie et de sa santé.

Ce fut une sorte de résurrection passagère, l'arrachement au rêve odieux qui la poursuivait, et ses lèvres balbutièrent :

— N'est-ce pas que je ne vais pas mourir?

Malgré l'affreuse anxiété gravée dans tous ses traits, Raymond vit bien qu'elle avait à peine conscience des paroles qui venaient de s'envoler de sa bouche, qu'il y avait là plutôt de l'hallucination que de la réalité; cependant il ne put s'empêcher de lui crier, avec un déchirement profond de tout son être :

— Non! non! ma chérie! mon adorée!

Les larmes qu'il retenait depuis si longtemps, qu'il s'efforçait d'empêcher de jaillir, de peur de tuer sa femme par l'explosion bruyante de son désespoir, lui retombèrent brûlantes dans la gorge, avec une sensation vive et prolongée d'amertume.

Un hoquet, à demi contenu, lui fit tourner la tête; Froisset, qui avait écouté à la porte, était là, soulevant d'une main la portière de soie bleue et pleurant à gros sanglots, sans pouvoir maîtriser sa douleur.

Raymond craignit que Thérèse ne s'en effrayât;

16

mais déjà cette lueur fugitive d'intelligence s'éteignait
de nouveau, noyée dans les envahissantes ténèbres de
l'absorption.

C'était une invasion lente, progressive, que rien ne
semblait plus devoir arrêter. La respiration s'embarrassait davantage, devenait plus pénible, avec un
soulèvement très accentué des côtes, un effort violent
de la tête rejetée en arrière, surtout dans la période
d'inspiration : l'expiration était sans fin, à faire
craindre à chaque minute que le dernier moment ne
fût venu.

Doucement, avec la légèreté d'allure d'une souris,
la garde-malade allait et venait par la chambre, ne
pouvant rester sans travailler, s'occupant à une chose
ou à une autre, ranimant la veilleuse que l'on avait
conservée allumée, bien que les rideaux fussent tirés et
qu'il fît grand jour, à cause de l'eau tiédissant dans
la petite bouilloire placée sur le cylindre de porce-
laine.

Raymond était distrait malgré lui par cet incessant
mouvement qui contrastait avec la grande immobilité
de l'alcôve; mais madame Alexandre n'osait le regarder et baissait les yeux, de peur de laisser lire ses
craintes et son désespoir.

Ce n'était malheureusement pas la première fois
qu'elle se trouvait à pareille épreuve, et l'expérience
impitoyable l'empêchait d'espérer encore, quand tous,
autour de Thérèse, essayaient de conserver un espoir.

XXIII

LA CONSULTATION

Tenant d'une main le bouton de la porte entr'ouverte de son cabinet, mais n'osant ni se montrer ni interroger, Raymond écoutait anxieusement le bruit de
pas et de voix se perdant peu à peu à l'extrémité du
corridor.

Il n'avait pas eu le courage d'apprendre immédiatement la vérité, préférant laisser ce soin à son ami
Henri Tanz. Quand les médecins et chirurgiens ame-
nés par le docteur P... vinrent examiner la malade, il
se réfugia dans la chambre de son fils, la main aux
oreilles, de peur d'apprendre quelque chose, de deviner, d'avoir l'épouvantable tentation d'écouter ce
qui se disait à côté, et de savoir ainsi tout à coup s'il
y avait encore lieu d'espérer ou si le malheur était
consommé. Il n'était rentré dans son cabinet qu'en

entendant les visiteurs passer dans le salon pour dis-
cuter plus à leur aise.

Encore plus terrifié, le père s'était enfui dans la
salle à manger, ne trouvant pas qu'il y eût trop de
deux grandes pièces entre la chambre de sa fille et
lui.

Puis, cherchant une distraction dans le mouvement
du boulevard, il avait ouvert la fenêtre, s'était
accoudé au balcon et regardait, sans les voir, ces
passants affairés ou nonchalants, ces nourrices et ces
bonnes promenant des enfants, toute cette vie active
s'agitant dans la grande flambée de ce jour d'été,
entre les arbres, comme la poussière dans un
rayon de soleil.

Mais rien de ce qui se passait là ne pouvait assez
l'absorber pour parvenir à lui faire oublier, ne fût-ce
qu'un instant ; et, tout à coup, au tremblement sourd
de la porte derrière lui, il comprit que c'était fini :
l'arrêt venait d'être rendu par les médecins.

Au serrement convulsif de son cœur, au grand
silence qui continua d'emplir la maison, le père se
douta de ce qu'on allait lui apprendre. En effet, s'il y
avait encore eu de l'espoir, ne se fût-on pas empressé
de venir le lui annoncer, de l'arracher à l'abominable
souffrance qui lui torturait le cerveau ? Rien. Après le
heurt de cette porte refermée, il n'entendit rien :
personne ne vint à lui.

Ce fut d'un pas tremblant qu'il traversa la pièce, se
retenant aux meubles, autant pour ne pas tomber que

pour ne pas courir trop vite au-devant de la fatale nouvelle ; et quand, à son tour, il tourna le bouton de cuivre, entre-bâillant timidement le battant, il
entrevit le groupe des médecins, donnant, dans l'antichambre, une dernière poignée de main au jeune
peintre qui les reconduisait. Sur le seuil, le docteur
P..., apercevant la silhouette du père, devinant celle
du mari à l'autre extrémité du couloir, approcha sa
bouche de l'oreille de Tanz pour lui murmurer la
conclusion de leur visite.

Un claquement sec du pêne avait appris aux deux
malheureux que les consultants étaient partis ; cependant Henri Tanz restait dans la demi-obscurité de
l'antichambre, n'osant plus revenir, cloué à la même
place par les dernières paroles du chef de service de
Raymond Hambert.

Pourtant il devait rendre une réponse, puisqu'il
avait accepté cette douloureuse mission ; mais il se
sentait la gorge en feu, la langue sèche, incapable
d'articuler une syllabe, et, dans ses oreilles, avec un
tapage grandissant, un terrible grondement, retentis-
sait la phrase brève et nette que le médecin avait
plutôt murmurée que clairement articulée, et qui
grossissait de plus en plus, l'assourdissant :

— Elle est perdue !

On lui avait longuement expliqué le cas ; pendant
une heure, dans le salon, les quatre médecins avaient
vainement cherché une issue, invoqué des expédients
sans rien trouver. La science était en défaut ; la

16.

médecine offrait une lacune, et d'instant en instant
la mort avançait gagnant toutes les parties du corps,
empoisonnant ce sang jeune et pur ; rien ne pouvait
arrêter la marche du mal. Tout cela avait été dit devant lui, appuyé sur des considérants, affirmé, et
jusqu'au seuil de la porte son esprit s'était refusé à y
croire, repoussant la funèbre image, espérant toujours,
comptant sur un miracle.

Déjà les trois confrères du chef de service de Raymond descendaient les marches de l'escalier, très
désolés de n'avoir pu être utiles, mais venus avec
l'idée que leur concours ne servirait pas, rien qu'à
l'énoncé du cas par leur collègue. Henri apercevait
leur dos un peu courbé, avec le regard quêtant les
marches cirées et la main qui s'accroche à la rampe :
il n'y avait plus d'espoir. C'est alors qu'il avait arrêté
le docteur P... sur le seuil même, suppliant, les larmes
aux yeux ; le médecin navré, profondément ému
lui-même, avait doucement levé les épaules, d'un
geste plein de pitié et, lui serrant la main, lui avait
dit bien bas, de peur des oreilles aux écoutes :

— Courage, mon pauvre garçon ! Montrez-vous
ferme devant ces infortunés : elle est perdue !

Une sueur d'angoisse lui mouilla le front quand il
vit s'ouvrir la porte du cabinet de travail ; Raymond
avançait la tête pour l'interroger, et derrière lui se
dessinait le martial profil du maître d'armes, dont la
tête dépassait celle de son gendre. Il ne pouvait plus
reculer ; le moment terrible était venu : il crispa les

poings, convulsivement, et, essayant de relever la
tête, marcha à eux, dominant l'involontaire vacille-
ment de tout son corps.

Le jeune homme n'osa questionner et cependant,
grâce à la pénombre du corridor, il ne voyait pas bien
le visage de son ami ; lorsque Tanz arriva au cabinet,
la fenêtre placée en face de la porte mit en pleine lumière ses traits décomposés, ses yeux hésitants, ses
joues blêmes.

— Ah ! ah ! ah ! fit Raymond d'une voix rauque, en
reculant involontairement devant cette physionomie
si terriblement expressive ; il porta les deux mains à
sa gorge pour arracher sa cravate, étranglé, la respiration brutalement coupée par cet aveu muet.

Froisset, plus robuste, s'était au contraire avancé
et tenait le peintre par les poignets avec une sorte de
rage fauve :

— Alors, ils ont dit ?... Il bégaya, ne pouvant terminer sa phrase, le sang à la face comme dans une
attaque d'apoplexie.

Henri détourna la tête, incapable d'affronter ces
yeux flamboyants, ce visage bouleversé, et un sanglot
souleva sa poitrine :

— Mon Dieu ! mes pauvres chers amis !

Le maître d'armes, lui lâchant les mains, recula à
son tour, devenant aussi blême qu'il était rouge une
seconde auparavant :

— Perdue ! perdue ! ma fille !

Il ne pouvait y croire, affaissé sur une chaise près

de la table et crispant ses doigts dans ses cheveux ;
puis les larmes firent irruption avec une violence telle
que Tanz se hâta de fermer la porte de communication entre le cabinet et la chambre à coucher, pour
que la mourante n'entendît pas cette explosion désolée.

Le père se souvenait d'autrefois, de l'instant où il
avait appris que son fils était perdu : maintenant
c'était sa fille ! Du souvenir passé, du moment présent
une angoisse double, un désespoir plus atroce venait
le torturer, lui broyant affreusement le cœur.

Appuyé au mur, la figure dans ses mains, Raymond
pleurait plus silencieusement ; mais une seule parole
tombait monotone, sans trêve, de ses lèvres, coupant
ces pleurs :

— Fini ! C'est fini !

Et tandis que le peintre essayait de calmer son
beau-père, il s'enfuit soudain, allant s'enfermer dans
la petite chambre où reposait son fils.

XXIV

CELUI QU'ON OUBLIE

Dans l'ombre transparente et bleutée du berceau, l'enfant dormait, ses petits poings fermés sortant des manches de piqué blanc de la brassière et placés verticalement, tandis que la figure rouge et grimée disparaissait à moitié sous la dentelle du bonnet trop grand noué sous le menton.

Sa respiration était si calme, son souffle si faible, que d'abord, en entrant dans la chambre, on ne l'entendait pas.

Sous la couverture, exactement bordée de chaque côté, un renflement montrait que, malgré les langes ajustés avec des épingles anglaises autour du buste d'une longueur exagérée, les jambes courtes se repliaient, conservant une position forcément contractée pendant de longs mois et qu'elles n'avaient pas encore eu le temps de désapprendre.

Auprès de la fenêtre, dont l'un des rideaux se trouvait relevé, la nourrice, une forte gaillarde à la taille épaisse, aux hanches formidables et à l'intarissable poitrine, regardait les trains allant et venant à l'entrée de la gare Saint-Lazare et restait sur sa chaise, dans un profond ébahissement de ce spectacle tout nouveau pour elle.

Dans son pays, un coin peu civilisé de l'arrière-Bourgogne, du côté du Morvan, elle gardait les vaches sur la montagne, misérable, sale et en guenilles, et elle semblait avoir conservé quelque chose de l'assidu contact de ces animaux. Son allure pesante, sa marche lente, ses mouvements de tête et de cou rappelaient parfaitement leur démarche ; son œil même offrait des ressemblances avec celui de la race bovine, surtout en ce moment où elle regardait filer les convois avec leur rugissement, leur fracas et leur embrasement.

Machinalement elle bourdonnait une chanson patoise, dans le refrain de laquelle elle se berçait et s'engourdissait sans fin, balançant la tête d'un mouvement lent et régulier de gauche à droite.

Elle ne se retourna même pas lorsque Raymond poussa la porte, et continua sa chanson.

Sortant de la chambre où sa femme finissait peu à peu de vivre, le jeune homme s'arrêta sur le seuil de cette autre pièce où son fils commençait la vie.

Immédiatement cela lui vint à la pensée, serrant son cœur d'une douloureuse étreinte, et il resta béant, la bouche ouverte pour crier, les yeux écarquillés avec le cuisant aiguillon des larmes taries sous les paupières, contemplant le fils de Thérèse qui dormait.

Dans le grand désespoir du coup inattendu qui lui était porté, dans la violente injustice de ses regrets, des paroles d'amertume arrivaient à ses lèvres comme une écume, des pensées mauvaises envahissaient tumultueusement son cerveau.

Il était encore trop le mari de sa femme, dont il avait jour par jour pu apprécier les adorables qualités et les bontés exquises, et malheureusement il était encore trop peu le père de son enfant, dont il ne connaissait les cris que depuis quelques jours et dont les vagissements se confondaient maintenant pour lui avec les plaintes d'agonie de Thérèse.

Malgré tout, fuyant le raisonnement, il n'hésitait pas entre ces deux êtres qui auraient dû lui rester chers au même degré, mais dont le dernier lui était pour ainsi dire inconnu : il oubliait le nouveau-né presque informe, aux yeux à peine ouverts, où l'âme tremblait indécise et non fixée, pour ne penser qu'à sa femme adorée, à celle qui faisait partie de sa vie et de son bonheur.

En ce moment, il eût, presque sans remords, presque sans pitié, s'il en avait eu le choix, sacrifié l'enfant à la mère, quitte à reconnaître plus tard l'horreur d'une pareille distinction, le crime d'une semblable préférence.

La préoccupation de l'état de Thérèse, de cette terrible fièvre arrivée presque aussitôt, l'avait empêché de s'occuper de son fils et, depuis sa naissance, celui-ci était complètement abandonné aux soins de la nourrice qu'on lui avait trouvée.

Il le regardait comme il eût regardé l'enfant d'un autre, trop entier dans son désespoir pour se sentir pris aux entrailles par la vue de cette figure plissée, dont le sommeil calme, les yeux doucement fermés, contrastaient avec l'agitation, l'expression de souffrance et les douloureuses plaintes de la malade. Il y avait même plus : il ne pouvait le contempler d'une manière calme, ne voyant en lui, pour l'instant, que le meurtrier de sa mère, et il se prenait à regretter, de la façon la plus amère et la plus déchirante, la venue au monde de celui que, quelque temps auparavant, ils appelaient ensemble de tous leurs vœux, ne trouvant rien de trop beau, rien de trop bien pour lui.

Sa naissance devait être une fête, l'accomplissement d'un rêve longuement caressé ; on se proposait de l'accueillir comme un petit prince et de lui faire une solennelle entrée dans la vie. Tout était brusquement changé ; sa naissance devenait un deuil. Au lieu de le recevoir joyeusement, on s'empressait de le reléguer dans une chambre écartée, loin des yeux pleins de larmes comme il était loin du cœur de ceux qui devaient le plus le chérir.

son fils pour y trouver un remède passager au désespoir dans lequel il venait d'être plongé, y avait au
contraire puisé un renouveau de souffrances et des arguments plus vifs à sa douleur. Puis, outre la vue de
l'innocent enfant dans son sommeil, l'aspect de cette
nourrice à la quiétude bestiale, dont la chanson roulait interminable et monotone, l'activité et le bruit
montant de la voie ferrée, la nappe chaude de soleil
jetée sur Paris et faisant briller les tuyaux de cheminée,
les vitrages, les toits d'ardoise du Louvre, les cou-
poles des églises, tout l'exaspérait. Tout lui semblait
injuste, tout ce qui représentait la vie, la santé, la
gaieté, lui paraissait sans raison d'être, puisque celle
qu'il aimait allait mourir et ne pourrait plus jouir de
ce merveilleux spectacle, de ce grand air et de ce
mouvement.

Alors, sans même que la nourrice, bercée dans son
refrain patois, l'eût aperçu et se fût doutée de sa présence, sans s'être baissé pour caresser des lèvres le
front de son fils, Raymond Hambert se retira silencieusement et referma cette porte.

Le front plissé, les yeux mouillés, il alla se replon-
ger dans l'ombre funèbre de la chambre bleue, dont
on avait baissé les rideaux, ne laissant d'autre lumière
que celle d'une veilleuse. Là, se jetant à genoux devant le grand lit, où se perdait la forme confuse de
Thérèse, le jeune homme lui saisit la main et y appuya
désespérément sa bouche, avec un sanglot sans fin
qui secouait horriblement sa poitrine.

17

XXV

LA DÉDICACE DE MARLOTTON

— Dinn! Dinn! Dinn!

Le timbre sonne trois fois, vivement, emplissant l'antichambre d'une vibration joyeuse qui va se heurter aux angles, glisse sous les portes et se répand par toutes les pièces avec la même allure alerte et gaie.

Dehors il fait grand soleil; le ciel est bleu et le temps merveilleusement beau semblé vouloir fêter la première semaine de juillet : on ne trouverait pas un nuage, pas le plus léger flocon blanc, dans toute l'étendue de cet azur qui s'étend au-dessus de Paris.

Encore tout poudreux de la longue course qu'il vient d'accomplir, Marlotton ne s'est pas attardé à faire donner un coup de brosse à ses souliers, qui apportent la poussière blanche de la route de Fontenay-aux-Roses, ni à ses vêtements dont le drap noir paraît gris. Que lui importent ces détails quand il contemple avec un long regard d'amour le volume relié en maroquin rouge, auquel le gaufreur et l'estampeur ont donné tous leurs soins, et qu'il tient si précieusement serré sous son bras? Il en oublie même le splendide bouquet de roses, les plus rares de sa pépinière, qu'il a galamment fait envelopper d'un papier découpé en dentelle.

Il monte l'escalier comme un jeune homme, malgré ses soixante-deux ans sonnés, escaladant les marches deux par deux pour aller plus vite, tellement il a hâte d'arriver ; il ne s'arrête que sur le paillasson, devant la porte du jeune ménage, soufflant un peu, des gouttes de sueur au front, mais l'œil pétillant et attendri.

Il est si heureux, si content de la surprise qu'il apporte, qu'il ne résiste pas au plaisir de jeter un dernier coup d'œil sur son livre avant de l'offrir.

Avec précaution, il ouvre la reliure soignée, aux coins historiés, donne un léger coup de mouchoir à la tranche dorée et reste en extase devant la première page, où s'étale magistralement sa bonne grosse écriture. Il a moulé chaque lettre, de manière à produire un chef-d'œuvre de calligraphie :

A

THÉRÈSE HAMBERT

MA BIEN-AIMÉE FILLEULE

Je dédie ces fleurs qu'elle aime tant et dont elle mériterait d'être la reine.

Son vieux parrain,

JEAN MARLOTTON.

C'est la fameuse *Histoire des Roses*, dont il a fait relier un exemplaire unique sur vélin, pour la fille de son ami.

Du même coup il a ravagé ses réserves pour composer le bouquet joint au volume. Aussi rayonne-t-il de la plus pure des joies, et se frotterait-il les mains s'il n'était pas si embarrassé entre son bouquet et son livre. Il s'en dédommage sur le timbre : Dinn ! Dinn ! Dinn !

Le bruit est si clair, si joyeux qu'il en a le cœur épanoui.

Il n'a pas entendu marcher ; aucun cri n'a répondu à sa bruyante manifestation. La porte s'ouvre, et l'horticulteur, les yeux éblouis par le soleil, ne voit rien dans l'antichambre sombre.

Tout entier au compliment qu'il s'est promis de débiter, il entre, sans trop s'étonner ; mais, une fois la porte refermée, il se trouve en face de la garde-malade, dont le visage blême se confond presque avec ses bandeaux de cheveux blancs, et il devine plutôt qu'il ne les voit deux yeux tristes qui l'interrogent, le dévisagent lentement et lui font perdre son jovial aplomb.

— Venez, venez par ici, Monsieur.

Elle ne l'a sans doute pas reconnu. Il salue, s'incline, se nomme :

— Monsieur Marlotton, le parrain de madame Hambert.

La garde-malade a poussé un faible cri :

— Ah! pardon! pardon! Mais nous sommes si bouleversés! Vous ne savez pas? Vous ne savez donc pas! Mon Dieu!

Elle joint les mains et baisse la tête, n'osant continuer. Jean Marlotton, dans la salle à manger où elle l'a conduit, reste là, embarrassé de son bouquet et de son livre, sans les poser sur la table.

— Je ne sais pas, fait-il en balbutiant.

— Ah! Monsieur!

Elle ne se sent pas la force de le prévenir, et il pressent quelque chose d'inattendu ; mais quoi? — Enfin il parle pour provoquer une explication.

— Vous comprenez, j'arrive de Fontenay à l'instant. Je m'étais dit : Dans les premiers jours, on ne me recevra pas ; je sais ce que c'est, les médecins défendent toujours de trop faire causer les malades : la plupart des fièvres viennent de là. Heureusement, je ne suis plus un jeune homme, je suis de sang plus calme, et j'ai attendu patiemment ou plutôt non, pas patiemment, mais enfin j'ai attendu que le neuvième jour fût arrivé.

« Alors les visites sont permises, la jeune accouchée peut parler et recevoir. Depuis huit jours, je m'en fais une fête, j'apporte mon bouquet, et, vous voyez cela !

— Il brandissait le livre relié en rouge. — Cela, ah ! c'est fameux et Thérèse sera contente de son parrain. Pauvre chérie, comme je vais l'embrasser et...

La garde-malade avait repris son calme : d'un geste de la main elle arrêta le bavardage du bonhomme, qui allait, qui allait, ayant déjà oublié le sinistre accueil de madame Alexandre. Celle-ci ne pouvait le laisser continuer, d'autant plus qu'il élevait la voix, empoigné par son *dada ;* elle lui lança d'un trait, sans être parvenue à trouver d'autre phrase :

— Monsieur Marlotton, votre filleule est morte.

— Morte ! Thérèse ! Vous rêvez !

Il avait laissé tomber bouquet, volume, et arrêtait par sa jupe madame Alexandre qui se retenait, ne voulant pas entrer dans des explications qu'elle ne se sentait pas la force de donner. La figure de Marlotton était devenue cramoisie et les yeux lui sortaient littéralement de la tête.

— Morte ! morte ! Ah çà ! je suis fou, j'entends mal !

La garde éclata en sanglots :

— Oh ! Monsieur, c'est un grand malheur ! Pauvre petite femme, si jeune, si gentille, si aimée de tous ! Je ne l'ai pas connue longtemps, je l'aimais déjà et j'aurais tout fait pour la sauver.

Madame Alexandre ne pensant plus à s'enfuir, Jean Marlotton avait lâché sa robe ; il se tenait là, tout tremblant, pouvant à peine parler tellement une violente émotion secouait ses joues, et il répéta :

— Ce n'est pas possible ! ce n'est pas possible !

Il dut s'asseoir pour ne pas tomber, cherchant à reprendre ses esprits, et, la tête dans ses mains, il s'interrogeait tout haut :

— Enfin, je suis bien venu il y a huit jours ? Oui, huit jours, un samedi matin. L'enfant venait de naître, je l'ai vu ; la mère reposait, tout s'était bien passé. On n'a pas voulu me la laisser embrasser, mais je devais me rattraper aujourd'hui ; et maintenant elle serait... elle serait... Ah ! c'est impossible !

Il se redressa, plaintif et furieux :

— Voyons, Madame, je vous en prie, la vérité, dites-moi la vérité !

Alors madame Alexandre entra dans les plus grands détails, racontant les premières heures tranquilles, puis la fièvre, le frisson, la consultation des grands médecins, l'arrêt fatal, et, le matin même, à l'heure où Marlotton montait dans la voiture à Fontenay, Thérèse rendait le dernier soupir entre les bras de son mari et de son père.

Durant toutes ces explications qu'il avait écoutées sans les interrompre, sans élever de nouvelles protestations, Marlotton, se remettant peu à peu du premier choc, écouta avec un calme relatif.

Lentement les larmes jaillirent de ses yeux, roulant sur ses joues sans qu'il essayât de les dissimuler ; cette douleur tranquille contrastait avec la fureur première qu'il avait montrée. Il était convaincu et songeait à tous les projets qu'il roulait dans sa tête en venant, à toutes les galantes paroles qu'il se proposait de

débiter, jouissant d'avance du rire jeune et frais.
du beau rire bien timbré de la jeune mère. Tout
cela disparaissait, tout cela s'effaçait devant la terrible nouvelle qu'on venait de lui apprendre. Thérèse
morte! Il lui semblait même que ces deux mots ne
pouvaient pas aller ensemble, qu'il y avait entre eux
des dissonances et que c'était impossible.

Comme il se baissait machinalement pour ramasser
les objets qu'il avait laissés tomber, la garde-malade
murmura à voix basse :

— Voulez-vous venir la voir ?

La voir ! C'était donc bien vrai ! — Il la suivit d'un
pas chancelant, ne sachant plus où il allait, et brusquement il se trouva dans la chambre bleue, dont les
jalousies étaient baissées, les rideaux tirés et la fenêtre
entr'ouverte.

Ses jambes ne le soutenaient plus, tellement elles
tremblaient sous lui ; ses yeux se voilaient de larmes :
cependant, dominant cette émotion profonde, il fit un
pas en avant et s'arrêta à quelques pieds du lit.

Deux grandes bougies brûlaient sur une petite
table placée au chevet, tout près du rideau bleu relevé
dans son embrasse à gros glands, et entre les flam-
beaux une branche de buis baignait dans une coquille
nacrée pleine d'eau bénite.

L'horticulteur reconnut la coquille. Raymond et
Thérèse la lui avaient montrée à leur retour d'Italie;
c'était une acquisition faite sur le quai des Esclavons
à Venise. Il leur en avait appris le nom qu'ils igno-

raient. — Aujourd'hui, ce souvenir heureux du voyage de noces servait de bénitier pour l'aspersion funèbre de la jeune épouse.

D'un calme solennel, de cette placidité glaciale qui donne aux traits de certains morts le sculptural aspect du marbre, le visage de Thérèse, les yeux fermés, la tête inclinée sur l'épaule droite, s'encadrait gracieusement de ses cheveux épars sur l'oreiller. Les lèvres blanches laissaient voir les dents dont l'émail semblait terni par le dernier souffle, passé en emportant la vie de la pauvre enfant. Par-dessus le drap, correctement retombé de chaque côté, les deux bras étaient abandonnés dans une pose naturelle sous les manches de la chemise de batiste ; les mains jointes enroulaient, autour de leurs doigts de cire, les grains d'un chapelet rapporté de Terre-Sainte et dont Marlotton avait autrefois fait cadeau à la jeune fille, avant son mariage.

Déjà, pour enlever un peu de son air lugubre au drap blanc qui tranchait sur la pâleur plus jaune des mains et de la figure, plusieurs personnes avaient apporté des bouquets, que l'on avait disposés çà et là sur le corps. De chaque côté de la tête, un gros tas d'héliotropes embaumait de sa douce odeur les cheveux de la jeune femme.

Entre le mur et le lit, madame Alexandre alla s'agenouiller, le front appuyé au drap, les mains à la hauteur de la bouche, ne s'occupant plus de l'horticulteur.

Celui-ci, toujours immobile à la même place, pleurait abondamment, sans contenir ses sanglots, ne

17.

retrouvant plus, dans ces traits affinés et maigris par la mort, le brillant visage blanc et rose qui venait à lui avec un si doux sourire, des lèvres si rouges, des yeux si brillants, dans sa propriété de Fontenay.

Maîtrisant sa douleur et malgré le tremblement nerveux qui ne le quittait pas depuis qu'on lui avait annoncé l'affreuse nouvelle, il se rapprocha du lit et vint déposer un long baiser sur ce front glacé où ses lèvres s'appuyaient autrefois avec un si paternel plaisir. C'était la dernière fois.

Ses mains toutes secouées placèrent au milieu des autres fleurs le gros bouquet de roses qu'elle aurait si joyeusement accueilli de son vivant et dont il aurait été remercié avec une si charmante effusion. Puis, embarrassé de son volume, il le laissa également comme un pieux hommage au pied du lit, dans les feuilles vertes, en l'ouvrant naïvement à la page de la dédicace, et il murmurait :

— Pauvre Thérèse! Pauvre enfant!

Il s'éloigna lentement, sans cesser de contempler ce visage blanc, sans oser se retourner, et, machinalement, les yeux encore humides, le vieil amateur de roses, dont la mémoire était toujours pleine de ressouvenirs de ses fleurs préférées et de ses auteurs favoris, ajouta :

> Et rose elle a vécu ce que vivent les roses,
> L'espace d'un matin.

Et il n'était pas ridicule, le pauvre homme, en fai-

sant cette citation usée, tellement cela allait naturellement à son air et à ses habitudes, et tant il y avait de
douleur dans sa voix, d'explosion navrée dans sa
physionomie.

— Voulez-vous voir le mari, le père ?

— Oh non ! non ! fit Jean levant les mains pour
mieux expliquer son refus. Je n'aurais pas la force
de me trouver au milieu de leur désespoir.

— M. Froisset est le plus calme, ajouta la garde,
qui, ayant terminé sa prière, avait rejoint l'horticulteur dans un coin de la chambre. Mais M. Hambert
fait vraiment pitié.

— Je comprends cela, répondit Marlotton, sans
trop savoir pourquoi il le disait.

Madame Alexandre reprenait :

— J'ai peur qu'il ne devienne fou.

— Ce serait affreux !

— Il est bien frappé. Il fuit tout le monde, même
son beau-père, son enfant, et, caché dans les coins les
plus sombres, il ne cesse pas de gémir, de pleurer, de
se lamenter avec un tas de mots extraordinaires. Pour
sûr, il a perdu la tête.

Marlotton ne prêtait pas une très grande attention
à ce que lui disait la garde-malade, qui l'accompa-
gnait dans le corridor.

— Alors vous ne voulez pas les voir ? Je pourrai
dire que vous êtes venu ?

— Oui, tout ce que vous voudrez. Je reviendrai ;

mais pour le moment je ne pourrais pas, ce serait impossible.

— Comme il est accablé, lui aussi ! acheva la garde, en le regardant descendre l'escalier, la tête dans les épaules, le dos voûté et toute la démarche incertaine.

TROISIÈME PARTIE

I

UNE LETTRE

Albergo della Porta Rossa.

Florence, 10 décembre 1879.

« Mon cher Henri,

« Je n'en puis plus ! C'est plus fort que moi et, machinalement, je reviens peu à peu vers la France ; pas à pas je me rapproche de vous, de mes amis, de mon enfant !

« Et puis, le croiras-tu ? rien ne m'intéresse plus ici si ce n'est l'étrange cimetière qui domine Florence et pave de ses dalles de marbre blanc San-Miniato. C'est mon but constant, ma promenade de tous les jours. J'erre là pendant des heures pesantes, le cœur écrasé, lisant des inscriptions, étudiant les allants et

venants ; parfois je m'arrête, tout dévoré d'un farouche désir, d'un étrange sentiment d'envie, lorsque
je vois ces malheureux en vêtements de deuil venir
rallumer la lanterne fixée sur un tombeau, arroser les
fleurs ou nettoyer le marbre jauni par le temps.

« Ici les morts planent sur la ville, et ce pittoresque
contraste ne manque pas de grandeur. Je ne me
rappelle en France que le cimetière monumental, à
Rouen, qui ait la même situation.

« Partout où mon aventureuse destinée m'a ainsi
poussé, ma première et ma dernière visite ont été
pour le lieu du repos, et de préférence le plus désolé, le plus sauvage, le cimetière hébreu du Lido à
Venise, le Campo-Santo à Pise !

« Eh bien ! mon ami, dans chacun j'ai cherché la
tombe qui pouvait le mieux me rappeler celle sur
laquelle je voudrais pleurer, celle où repose à jamais
mon bonheur et ma joie. Aussi j'en ai trop, Paris
m'appelle et plus que Paris la tombe de Thérèse.

« Mais c'est assez parler des morts ; les vivants sont
également ma grande inquiétude, l'incessant tourment
de toutes mes heures.

« Ne suis-je pas un père impitoyable, un cœur in-
humain et féroce, moi qui me suis volontairement
éloigné de mon fils, en l'embrassant à peine, en
refusant presque de le connaître, en m'empêchant de
l'aimer, par un injuste sentiment de représailles,
comme si le pauvre petit être était coupable ? Non,
le coupable, le vrai, je le connais et je le châtie de-

puis un an et demi sans parvenir à lui pardonner son crime.

« Tâchons d'oublier cela.

« Toutes tes lettres, celles de cette excellente madame Hambert, celles de mon beau-père, me parlent avec un enthousiasme inouï du petit Georges, cette merveille, ce bijou dont je suis l'indigne père.

« Va-t-il vouloir de moi qui l'ai renié pendant si longtemps ? Tout les jours je reste en tête-à-tête avec les délicieuses photographies que vous m'avez toujours si fidèlement adressées, c'est à moi cette tête ravissante, ces cheveux bouclés, ces petites mains potelées, ces mollets rebondis ! Ah ! que j'ai été fou et aveugle ! que je suis cruellement puni aujourd'hui de mon exil volontaire !

« Mon fils ! Ces deux mots, quand je les prononce tout enivré, emplissent ma bouche et caressent mes lèvres dont la brûlure est immédiatement calmée. Mon fils ! C'est lui qui m'appelle et que je vais revoir. Qu'il me pardonne de l'avoir tant négligé et d'avoir cédé à mon seul désespoir, quand il était là pour me fair oublier, pour me consoler.

« Dans dix jours au plus tard, je le tiendrai sur mon cœur, je le réchaufferai de mes baisers et j'essayerai de reconquérir les droits si doux dont je ne suis presque plus digne ! — Mon cher Henri, cette fois, c'est bien vrai, je reviens et je resterai parmi vous.

« Ton malheureux ami,

                    « RAYMOND HAMBERT. »

II

PETIT GEORGES

Les lunettes sur le nez, un bonnet de dentelles noires cachant ses cheveux argentés, madame Sophie Hambert, assise près de la fenêtre, dont les rideaux sont grands ouverts, bâtit une petite robe à carreaux blancs et bleus et tire longuement ses aiguillées de fil, tout attentionnée à ce qu'elle fait, courbée sur son ouvrage et aplatissant de la paume de la main chaque couture après l'avoir bâtie.

La chaise basse placée devant elle supporte une corbeille pleine de coupons d'étoffes, de bobines de fil de toute grosseur, de ciseaux et d'aiguilles.

Elle ne ressemble plus, oh! mais plus du tout au fameux portrait, qui dresse toujours le même buste raide au-dessus du piano à queue. D'abord les bandeaux noirs sont aujourd'hui franchement gris, puis elle ne craint pas de les cacher sous un bonnet et de plier cette taille qui semblait maintenue droite par quelque secrète broche de fer.

Le salon, qui contient les mêmes objets, le même ameublement empire, est également tout autre : sa correction n'existe plus, sa glace est à jamais brisée. Les fauteuils et les chaises ont encore leurs housses rayées, mais elles ont perdu leur empois solennel ; on dirait que de petites mains les ont chiffonnées et froissées à plaisir, donnant à leurs plis une vie jusqu'alors inconnue. Les coussins, si soigneusement disposés entre les pieds des sièges et dont pas un ne dépassait l'autre, ont subi la poussée folle de quelque tempête qui les a jetés pêle-mêle ; on croirait qu'un architecte inhabile a tenté de les édifier en pyramide et que le monument mal d'aplomb s'est subitement écroulé sur le tapis, envoyant les uns à droite, les autres à gauche, sens dessus dessous comme le hasard les a fait tomber.

Madame Hambert n'a pas un regard pour ce désordre, qui lui eût fait jeter des cris d'indignation deux ans auparavant ; elle pousse tranquillement son aiguille dans la flanelle douce, tenue entre son pouce et son index gauches, et s'absorbe entièrement dans ce qu'elle fait. Le portrait seul paraît montrer quelque horreur pour un pareil état de choses, et il regarde l'original avec reproche, d'un air froidement sévère.

Par exemple, ne cherchez plus sur le guéridon les fines statuettes de Saxe, si fragiles, les petits bergers bleus et les petites bergères roses : tout cela doit avoir vécu, si l'on en juge par les deux uniques échantillons qui se font face, l'un recollé à la ceinture, l'autre veuf des deux bras, et que l'on a relégués sur la cheminée.

Profanation! les deux vases chinois, où poussaient éternellement les mêmes fleurs artificielles, jaunes à force de poussière et de vétusté, contiennent deux bouquets de vraies fleurs, d'une odeur délicate, trempant leurs vraies tiges dans de l'eau naturelle. Corinne, la rêveuse Corinne, qui soupire encore sur la pendule bronze et or, a la tête cachée par un petit toquet à pompons rouges, jeté là négligemment : il est trop grand pour Corinne et trop petit pour la veuve.

Quant à la peinture, on ne voit plus trace de chevalets dans la pièce, et il faut monter au grenier pour retrouver celui qui se prélassait autrefois au centre du salon ; c'est à peine si les tableaux, les petits paysages glacés, sont restés accrochés aux murs : certainement ils n'y sont plus tous, une main parcimonieuse en a retranché la moitié.

La première partie de l'ouvrage est terminée ; la veuve étend devant elle la petite robe, à laquelle manquent encore les manches, et se complaît dans cette contemplation, tenant le vêtement par les épaules, le mettant entre elle et la fenêtre, à hauteur des yeux, et murmurant, en mâchonnant un bout de fil resté entre ses dents :

— Oh! l'amour, l'amour ! qu'il sera joli avec cela !

— Bonjour, petite marraine.

— Bonjour, mon chéri ; as-tu fait une bonne promenade?

— Oui, Madame, un fier polisson et qui marche
mieux que moi !

C'est la bonne, une forte Alsacienne, rieuse et jouf-
flue, qui ramène Georges Hambert du Luxembourg.

— Alors tu as bien joué?

— Au cheval!

Et le voilà parti à travers le salon, galopant au
milieu des meubles, se lançant comme un fou, jusqu'au
moment où un coussin malencontreux le fait rouler
sur le tapis.

— Tu vois ! Ah ! tu vois ! tu vas te briser la tête.

La bonne vieille dame est déjà près de lui, très
effarée, son bonnet de travers et ses lunettes au bout
du nez.

— Bah ! Madame, il ne s'est pas fait mal; il rit aux
éclats.

En effet, aussitôt relevé, le petit diable recommence
de plus belle, sans se laisser intimider par les cris
d'effroi de sa marraine, qui le suit les bras en l'air,
toute tremblante à la pensée d'une nouvelle chute.

Le voilà, le magicien qui a su transformer le salon
et bouleverser les habitudes de madame Sophie Hambert; ce qu'aucun conseil n'eût pu faire changer, ce
que nul n'eût obtenu, cet enfant l'avait fait inconsciemment, sans s'en douter, par le seul fait de sa présence
et de sa vie. Il avait suffi pour éveiller dans la veuve

la maternité qui dort dans tout cœur de femme et que le premier cri d'enfant peut tout à coup faire naître au moment le plus inattendu.

Madame Hambert, cette veuve stérile, plus semblable à une vieille fille qu'à une dame, toute confite dans la glace, maniaque, ayant peur du bruit, était devenue une femme comme toutes les autres, une mère plus dévouée, plus attentionnée, plus mère que beaucoup. La mort de Thérèse, la naissance de son petit neveu avaient accompli ce miracle, révolutionné cette existence compassée et égoïste, en secouant toutes les poussières qui empêchaient les rouages de ce cœur de fonctionner.

D'elle-même, Sophie Hambert, au lendemain de l'enterrement, lorsque Raymond avait quitté Paris pour ce long voyage qui durait déjà depuis une année et demie, avait emmené chez elle la nourrice et l'enfant, dans sa vieille rue Saint-Guillaume, et celle-ci, avec ce nouvel habitant, lui sembla avoir perdu son cachet de froideur et d'immobilité.

L'appartement endormi et morne fut secoué jour et nuit par les cris de joie ou de douleur du petit être, par les chansons de la nourrice, par les inquiétudes, sans cesse renaissantes, de la veuve faisant son apprentissage de mère, et se trouvant un peu dans la situation comme de la poule qui a couvé un œuf de canard et voit le nouveau-né s'ébattre, en dépit de ses appels et de ses plaintes, là où elle ne peut le suivre. Elle devint ainsi la véritable mère du pauvre orphelin, privé dès sa naissance de celle qui est la plus nécessaire et la plus utile à l'enfant.

Du reste, autour du nouveau-né tout le monde paraissait avoir perdu la tête, à l'exception du peintre et de la tante de Raymond ; à eux deux ils remédièrent à tout, firent sans bruit ce qu'il était urgent de faire et régularisèrent la position du fils de Thérèse.

Le soir même de l'enterrement, Raymond Hambert, dont l'attitude durant la cérémonie avait été celle d'un homme que la douleur a rendu fou, déclara à son ami qu'il lui était impossible de passer même la nuit dans l'appartement du boulevard des Batignolles. Le peintre, craignant sérieusement pour la raison du jeune veuf, lui donna le conseil de quitter Paris sans attendre davantage, d'aller dans le Midi, de voyager plus loin même, pour donner à la première douleur le temps de devenir moins aiguë : il y aurait un dérivatif dans la fatigue, dans les changements de pays, dans la vue forcée d'objets inaccoutumés.

Raymond sembla saisi par les raisonnements du peintre, et accepta son conseil avec des transports de reconnaissance, des torrents de larmes. Cette exaltation même surprit un peu Henri Tanz, mais tout était excusable et admissible dans la triste situation d'esprit du malheureux. Après de déchirants adieux à son beau-père, à sa tante, à ses amis, et un baiser sans conviction sur le front de son fils, il partit pour l'Italie.

Les mois s'écoulèrent sans amener de changement

dans son chagrin, car les lettres qu'il envoyait de
temps en temps à sa tante ou à Henri étaient toujours
d'une tristesse tellement sombre, d'un désespoir si
farouche, que maintenant on se demandait si la mort
de Thérèse n'entraînerait pas forcément celle de son
mari.

En Italie, Raymond allait de ville en ville, passant
huit jours dans un endroit, un mois dans un autre,
et choisissant de préférence, pour les plus longues
stations, des villes désolées, des contrées mortes. Il
avait entrepris de grandes études climatologiques,
comparé les différents aspects des maladies, pour
s'occuper le cerveau comme il s'occupait le corps ;
mais une pensée unique semblait lui ronger le cœur,
le chassant sans cesse d'un lieu dans un autre, toujours plus loin.

Depuis dix-huit mois, il allait ainsi, n'osant plus
rentrer en France et se sentant pourtant dévoré parfois du désir fou de revoir son enfant ; mais dès que,
cette pensée le travaillant plus vivement, il bouclait
sa malle pour le départ, une autre pensée subitement
montée du cœur le clouait sur place, et, de désespoir,
il fuyait, s'enfonçant dans les Abruzzes, passant en
Sicile et la visitant toute entière.

Des lettres de madame Hambert le tenaient au courant des moindres faits et gestes de Georges. Il put
ainsi, par la pensée, le voir grandir peu à peu ; il
assista à ses progrès, connut le jour où il avait été
sevré, put noter sur son carnet de voyage sa première

dent, et se créer de petites joies qui sont à la fois une douceur et une amertume pour l'exilé, même volontaire.

Il apprit que son fils parlait et prononçait son nom, qu'il ne serait pas un étranger pour lui à son retour; il envoyait chaque mois sa photographie, et la bonne tante meublait de ces portraits la chambre de l'enfant, lui faisant contempler souvent son papa qui était en voyage.

Une fois, au bas d'une lettre, une grosse écriture avait tracé ces mots :

« Papa, je t'aime. Reviens vite.

« GEORGES HAMBERT. »

Madame Hambert avait dû tenir les doigts du baby. mais ils avaient frôlé ce papier, tenu la plume, ils étaient pour quelque chose dans cette ligne. Raymond embrassa la lettre en pleurant et faillit revenir le jour même. La réflexion le retint. Le temps n'avait pas encore assez usé son désespoir ; quelque chose s'agitait en lui qui le faisait pâlir et frissonner comme un coupable : non, le moment n'était pas venu.

En recevant toujours la même réponse négative, les mêmes prétextes vagues opposés à toutes ces demandes de retour, madame Hambert avait souvent soupiré, navrée de l'éternelle douleur de son neveu. D'un autre côté, malgré elle, une sorte de joie naïve lui faisait bondir le cœur, car ce retour qu'elle réclamait, elle le redoutait en même temps comme le commencement d'une séparation forcée entre elle et son cher filleul. Elle avait en effet été proclamée de droit sa marraine, Henri Tanz lui servant de compère; personne ne pouvait mieux qu'eux remplir ce devoir de protection et d'inquiète sollicitude, et, à l'époque du baptême, eux seuls semblaient encore avoir leur raison et leur sang-froid.

Pendant longtemps le père Froisset avait été entre la vie et la mort, terrassé par la perte de son dernier enfant, cette fille qu'il gardait comme la consolation de ses vieux jours et par laquelle il espérait se faire fermer les yeux.

Remis peu à peu, il venait presque tous les jours voir et embrasser son petit-fils, se plaisant dans la société de cet enfant qui faisait de lui tout ce qu'il voulait et paraissait adorer son grand-père. Ç'avait même été là une des raisons du retour du maître d'armes à la vie et à la santé; il s'était machinalement laissé vivre, oubliant même sa douleur quand il s'amusait aux bégaiements du petit Georges debout sur ses genoux et serrant de ses mains potelées les gros doigts rudes du professeur d'escrime.

Ils jouaient tous deux pendant des heures et faisaient, sur le tapis, des parties folles : dans ces moments-là, l'âme de l'enfant passait dans le corps herculéen du grand-père, le pliant à toutes les délicieuses niaiseries du jeu.

Grâce à son petit-fils, Froisset se sauva du désespoir, et put, avec le temps, reprendre ses occupations.

Les élèves affluaient à la salle d'armes ; bientôt il n'eut plus le temps de s'abandonner à ses pensées amères, à ses regrets, à ses plaintes. Constamment il était en route, reprenant sa belle prestance militaire, son allure crâne, les épaules effacées, la barbiche presque blanche, tordue d'une main nerveuse. Quand il ne donnait pas de leçons chez lui, il allait chez ses élèves, et c'est à peine si, lorsqu'il avait rempli toutes ses obligations, il lui restait le temps de venir rue Saint-Guillaume faire enrager un peu le cher petit-fils qui s'amusait de lui comme d'un grand jouet. Ces jours-là, le salon de madame Hambert était véritablement mis au pillage, mais on continuait et la veuve elle-même finissait par prendre part au jeu, sous le feu des yeux irrités de son portrait.

Il faut dire que jamais enfant ne s'était montré plus caressant, plus mignon, plus affectueux que le drôle de petit homme qui était le fils de Raymond Hambert : la veuve assurait que son pareil n'existait pas. Froisset voulait déjà lui commencer les leçons d'armes. « Une ! deux ! » faisait-il d'une grosse voix en lui poussant une botte, et l'enfant l'imitait, levant gravement le bras gauche, avançant le droit et se fendant comme son grand-père. Alors les rires ne finissaient plus.

Un lien d'une tendresse infinie s'établissait ainsi de plus en plus entre ce tout petit enfant, entrant dans l'existence avec sa joie de vivre, son insouciance, sa gaieté, et ce vieillard, plus vieilli par les

18

deuils et les chagrins que par le poids des années.

Tout ce monde-là se fût trouvé parfaitement heureux si Raymond avait été de retour et que sa douleur fût aussi adoucie que celle du père par le contact incessant et affectueux du fils de Thérèse.

En effet, cet enfant, qui avait changé de fond en comble l'existence de madame Hambert, avait accompli cet autre miracle, de consoler les affligés, de faire oublier par moments la morte pour n'occuper que de lui et de sa charmante petite personne. Quand le professeur d'escrime embrassait ses joues roses, fermes comme des pommes et duvetées comme des pêches, il ne pensait plus pendant un instant à sa fille envolée : tout son amour, toute l'exubérance de son affection paternelle se concentrait sur l'être mignon qu'elle semblait avoir laissé aux siens pour la remplacer et adoucir l'amertume de sa perte.

Parfois Froisset, près du berceau où dormait son petit-fils, s'amusait à chercher dans ses traits, dans la coupe du front, dans la physionomie, le visage de la mère au même âge, et s'écriait avec une profonde conviction :

— C'est elle, tout à fait elle !

Il fallait que madame Hambert quittât tout pour venir vérifier le fait, bien qu'elle n'eût pas connu Thérèse enfant. Les cheveux blonds dont les boucles s'éparpillaient follement dans le cou du dormeur attiraient les lèvres et les doigts du grand-père ; alors la veuve faisait mine de se fâcher, disant que les grands-parents étaient insupportables, tous les mêmes, et elle lui répétait plus de vingt fois :

— Laissez-le donc ! vous allez le réveiller.

Il éloignait sa chaise, croisait les bras sur ses larges pectoraux et se tenait bien sage à regarder Georges dormir, pendant que l'active marraine brodait un col, raccommodait un tablier ou tricotait des bas.

Il y avait surtout entre Froisset et madame Hambert de très grandes discussions sur la manière d'élever les enfants, parce que le maître d'armes eût laissé tout faire à son petit-fils et ne l'eût jamais grondé, même quand il faisait des sottises. La veuve s'élevait très fort contre une faiblesse qui pouvait rendre son filleul volontaire, insupportable, et se déclarait très carrément pour les réprimandes, les privations de dessert, tout ce qui ne pouvait faire de mal qu'à la vanité ou à la gourmandise de l'enfant.

— Bah ! bah ! s'écriait Froisset de sa grosse voix de commandement, ce n'est pas vous qui allez m'apprendre comment on élève les enfants !

— Et pourquoi pas, ripostait la veuve, si vous n'êtes pas raisonnable ? Tenez, vous êtes plus enfant que lui !

— Mais j'en ai eu deux ; je dois savoir ce que c'est, que diable ! madame Hambert !

— La belle raison ! Moi, je n'en ai pas eu, et je prétends cependant m'en acquitter mieux que vous.

— Mieux que moi ! Ah ! ah ! ah !

Il riait, content d'avoir excité la veuve.

— Riez! riez! Rire n'est pas prouver.

— Enfin, mes enfants étaient bien élevés?

— Oui, mais vous ne leur laissiez pas faire leurs trente-six volontés comme à monsieur votre petit-fils. Ah! les grands parents, je ne cesserai jamais de le dire, ils permettent à leurs petits-enfants exactement tout ce qu'ils auraient très sévèrement puni chez leurs enfants. Tous les mêmes, vous dis-je, tous les mêmes. Heureusement je suis là et vous ne gâterez pas mon Georges, je vous en réponds.

— Allons! allons! maman Hambert, vous avez raison.

Toutes leurs querelles se terminaient ainsi. La marraine de Georges ne résistait jamais à l'appellation de « maman Hambert », qui lui paraissait consacrer ses liens avec l'enfant.

— Monsieur Georges, disait l'Alsacienne qui prononçait à plein gosier *Chorches*, — tenez-vous mieux, sans cela votre marraine ne pourra jamais venir à bout de vous essayer votre belle robe neuve.

L'enfant remuait les bras, les jambes, ne pouvant tenir en place, tandis que madame Hambert, à genoux sur le tapis, trois épingles dans la bouche, attachait le corsage au point voulu pour désigner la distance des boutons et des boutonnières. Gravement, elle mesurait les hauteurs, ne pouvant parler, serrant les lèvres pour ne pas perdre ses épingles et appliquant toute son attention à ce délicat ouvrage, pendant que

la bonne, qui riait sans cesse, tenait M. Georges par
les épaules pour l'empêcher d'aller se rouler sur les
coussins, comme il en manifestait l'envie.

— Vous jouerez tout à l'heure.

Le petit se démenait, sautant, envoyant ses bras
à droite, ses jambes à gauche, en avant ou en arrière.

— Diablotin chéri, c'est fini ! dit tout à coup
madame Hambert, qui était parvenue à placer toutes
ses épingles.

Rendant la liberté à Georges, qui alla immédiatement replacer les coussins les uns sur les autres avec
des efforts comiques pour les porter, elle se releva
lentement, examinant les mesures qu'elle venait de
prendre.

C'était une robe de flanelle très simple, pour tous
les jours, avec un corsage montant boutonné et une
courte jupe plissée.

Jamais la veuve ne s'était autant occupée de couture que depuis dix-huit mois ; elle en avait presque
oublié la peinture, ce qui était à la fois un bien pour
elle et pour l'art en général. Chose curieuse, lorsqu'elle
regardait par hasard les petits paysages accrochés çà
et là, elle ne se sentait travaillée par aucun regret,
aucune de ces furieuses démangeaisons qui irritent
les doigts des artistes n'ayant pas touché un crayon
ou une brosse depuis longtemps. Non : elle revenait
sans un soupir à ses aiguilles, à ses patrons et à ses
chiffons ; il lui semblait n'être vraiment femme que
depuis cette époque, et sa maternité toute neuve fai-

18.

sait palpiter son cœur avec le même degré de chaleur, la même activité que si Georges eût été son fils bien à elle, un fils que personne n'aurait le droit de lui enlever.

Madame Hambert, qui était allée se rasseoir près de la fenêtre, pendant que la bonne faisait jouer l'enfant, rectifiait à grands coups de ciseaux l'encolure de la robe, laissée avec intention un peu trop montante et trop étroite. Un calme complet reposait les lignes de son visage, où l'affection chaude, la tendresse si long-temps renfermée comme un défaut mystérieux au plus profond de son cœur, avaient fini par percer, dissipant facilement cette froideur voulue, cet aspect glacial étudié et copié sur le portrait surmontant le piano.

Là, ce n'était qu'un masque impassible assez régu-lièrement beau, mais nullement sympathique; ici, c'était la bonté infinie, les yeux toujours rieurs main-tenant, la bouche rompue aux douces paroles, qui avaient brisé les lignes trop correctes, pour rendre aux lèvres leur pli caressant, leurs baisers maternels.

A chaque instant, elle oubliait son ouvrage sur ses genoux pour contempler avec une naïve expression d'adoration l'enfant roulé sur le tapis, jouant avec les coussins et ne cessant de sauter ou de rire. Son cœur battait, son sourire s'accentuait; elle allait se lever pour courir l'embrasser, le dévorer de caresses et de baisers...

La sonnette de l'antichambre tinta vivement.

— Ah !

Elle se redressa surprise, n'attendant aucune visite ce jour-là ; puis elle eut un léger haussement d'épaules :

— C'est peut-être le grand-père.

— Grand-papa ! — cria Georges dont l'oreille fine, toujours aux aguets, avait saisi cette réflexion de la vieille dame.

Elle ne répondit pas, le cœur serré malgré elle, craignant quelque chose sans savoir pourquoi.

— Non pas grand-papa, mais ton ami Henri.

— Parrain ! Bonjour, parrain ! Embrasser parrain !

Accroché des deux mains aux jambes d'Henri Tanz, l'enfant l'empêchait d'avancer pour présenter ses hommages à madame Hambert ; il dut le saisir dans ses bras, l'élever jusqu'à sa bouche et lui donner quatre ou cinq gros baisers avant de pouvoir recouvrer sa liberté.

En voyant entrer le peintre, la veuve était retombée sur sa chaise, ne se sentant plus la force de bouger.

—Vous ! dit-elle, avec une rougeur aux pommettes. Quel hasard vous amène par ici dans la journée ?

— Ah ! voilà !

Le peintre, en présence de l'accueil inquiet de la brave femme, eut un regret léger de la commission qu'il s'était donnée. Peut-être, s'il y avait bien réfléchi, eût-il chargé un autre de ce soin, le père Froisset, par exemple, ou celui-là même qui était la cause de cette visite inaccoutumée. C'était la première fois que pareille réflexion lui traversait l'esprit, et, très interdit, il restait debout, le chapeau ballant entre ses doigts, ne sachant trop comment entamer la conversation; seul, son regard, très éloquent, allait alternativement de madame Hambert à l'enfant. Devait-on les séparer? Quelqu'un au monde avait-il encore ce droit après le dévoûment sans bornes, les soins de chaque jour, la complète abnégation de la veuve? Jamais Henri Tanz ne s'était trouvé dans une pareille perplexité.

Madame Hambert, après lui avoir lancé un regard qui dut lui fouiller le cerveau, rebaissa lentement la tête sur son ouvrage, essayant de concentrer ses forces, de ne pas montrer sa faiblesse; mais un tremblement la secoua de la tête aux pieds et ses doigts ne purent diriger l'aiguille sur l'étoffe.

Certes, elle s'y attendait depuis longtemps, elle se le disait tous les jours, elle en convenait même à certaines heures; cette fois elle était prise à l'improviste.

Après quelques minutes d'un silence qui parut durer une heure à l'un et à l'autre, elle parvint la première à réagir, rejeta d'un geste assez brusque, qui rappelait la madame Hambert du portrait, son ouvrage dans la corbeille, et se leva toute droite, en regardant Henri bien en face :

— Alors, c'est bien cela? fit-elle lentement. Je ne me suis pas trompée?

— Je crois que oui, balbutia 'le peintre décontenancé.

— C'est pour m'annoncer cette nouvelle que vous venez me voir aujourd'hui?

Il étendit les bras, en baissant la tête, semblant se dégager de toute complicité.

— Oh! je ne vous accuse pas, mon pauvre Henri!

Ses yeux se mouillèrent et elle poussa un long soupir. Tanz vint lui prendre la main, très ému :

— Cela devait arriver.

— Certainement, et c'est bientôt qu'il revient?

— Bientôt, en effet.

— Ah! ces jours-ci?

— Dans huit ou dix jours il sera à Paris; je viens de recevoir une lettre où il m'apprend sa décision.

— Si vite !

— Allons! allons! ne vous désolez pas. J'ai l'idée que cela ne changera rien à votre existence; en somme, vos droits sont acquis, vous êtes devenue la vraie mère de l'enfant. Sans vous vivrait-il seulement?

— C'est son père, il peut le vouloir, l'emmener avec lui.

— Nous verrons, — fit Henri; et, se baissant vers son filleul : — Petit Georges, papa revient.

— Papa!

L'enfant eut une seconde d'hésitation. Madame Hambert vint à son secours :

— Mais oui, chéri, tu sais bien ton papa, celui qui voyage.

Un travail parut se faire dans le petit cerveau de l'enfant.

— Mon papa du portrait?

Du doigt il désigna une photographie placée sur la cheminée.

— Oui.

L'enfant se mit à battre des mains, courant par la chambre, sautant et répétant à tue-tête :

— Papa! Papa! Papa!

Il alla à sa bonne, la prenant par le cou pour la forcer à le regarder et à l'écouter :

— Tu sais, Anna, c'est mon papa!

Henri tendit à madame Hambert la lettre qu'il venait de recevoir de Florence : Raymond revenait réellement.

— Pauvre garçon! A-t-il dû souffrir! murmura la veuve en achevant ces lignes désespérées ; et lentement les larmes, débordant de ses paupières, glissèrent le long de ses joues.

III

PAR LA NEIGE

Le jour et à l'heure même où Raymond Hambert s'installait à Marseille dans un compartiment de première classe pour revenir à Paris, par une tempête de neige épouvantable, un convoi funèbre, seulement escorté de deux personnes, montait péniblement la rue d'Amsterdam.

Le lamentable cortège n'avançait que très difficilement, avec des arrêts imprévus, des luttes incessantes. A chaque instant l'un des chevaux glissait, manquant de s'abattre ; le cocher du corbillard le relevait à grandes volées de coups de fouet, furieux d'être forcé de sortir ses bras de dessous son épais manteau et s'en prenant tantôt à ses bêtes, tantôt au défunt, tantôt aux deux intrépides qui conduisaient le pauvre diable à sa dernière demeure.

Il y avait une telle épaisseur de neige qu'il était impossible de distinguer les trottoirs de la chaussée et que la jambe entrait parfois jusqu'aux genoux ; les passants défilaient aussi rapidement qu'ils le pouvaient, emmitouflés dans des fourrures, le collet du pardessus relevé, le pantalon dans les bottes, sans même jeter un regard de curiosité à cet enterrement pauvre qui passait. Quelques-uns avaient le courage de donner au mort le dernier salut et de sortir la main droite de leur poche pour retirer leur chapeau ; les autres baissaient le nez, feignant de ne pas voir, aveuglés en outre par les rafalées qui leur battaient furieusement le visage.

Le corbillard était de l'une des dernières classes, tout noir avec des draperies roussies par l'usage, un bout d'étoffe noire usée, sans ornements et sans franges ; par places, des monticules de neige s'entassaient sur la bière, des flocons blancs glissaient, s'arrêtant aux plis du drap et venant s'accrocher aux aspérités de l'unique couronne d'immortelles jaunes posée sur le cercueil.

Le nez violacé par le froid, les sourcils froncés sous son bicorne solidement enfoncé, le cocher mâchonnait des injures. Lorsque ses chevaux débouchèrent sur le boulevard de Clichy, il eut un juron plus accentué à la vue de cette étendue toute blanche, où il n'y avait plus aucune indication de chemin, les tramways et les omnibus ayant été forcés de cesser leur service à cause de l'accumulation des neiges.

— Chien de temps! chien de temps! gronda-t-il, rouge de fureur.

Son fouet claqua, cinglant les malheureuses bêtes, dont pas un poil n'était sec et dont le corps entier fumait.

Derrière, échangeant de temps à autre quelque mot bref, les deux parents ou amis du défunt marchaient toujours sans se décourager, courbant la tête sous l'averse de glace, le chapeau déjà tout blanc et les épaules lourdes de neige. L'un d'eux dit seulement à l'autre, en contemplant l'étrange steppe dans lequel le corbillard s'engageait, solitaire, accentuant sa lugubre silhouette au milieu de cette blancheur intense :

— Une superbe étude à faire, hein?

Son compagnon approuva d'un geste et se renfonça dans son morne silence.

De distance en distance, les arbres dressaient leur tronc noirâtre, dont les branches minces semblaient des fils rigides, et des plaques de neige se collaient çà et là sur l'écorce, projetées par la violence de la bourrasque. On n'entendait aucun bruit, aucun son, tout restant sans écho dans cette atmosphère lourde et glacée, où mouraient les fracas accoutumés de la vie, le pas sonore des piétons, le heurt du fer des chevaux sur le pavé. Un épais tapis amortissait tous les chocs et étouffait les résonances habituelles.

Seul, dans l'avenue toute blanche, le convoi allait lentement, n'avançant que pas à pas.

19

Une cloche sonna lorsque les chevaux se présentèrent à la grande porte, et les deux vivants entrèrent derrière le mort, arrivé à la fin de sa dernière étape.

C'était à l'extrémité du cimetière, près de la fosse commune, un trou déjà envahi par la neige, malgré les planches posées en travers pour le préserver.

La bière glissa sur les cordes.

— Ça y est ! dit l'un des fossoyeurs.

Un autre répondit :

— Allez !

Un choc sourd annonça que le cercueil avait touché le fond, les cordes remontèrent en sifflant au contact des anneaux vissés dans le bois, et la couronne d'immortelles fut déposée dans le trou. Puis l'un des ouvriers tendit aux deux hommes une truelle sur laquelle il avait mis un peu de terre et chercha de l'œil quelqu'un qui lui paraissait manquer :

— Il n'y a pas de prêtre ?

— Non, fut-il répondu.

— Ah ! ah ! fit le fossoyeur avec une expression narquoise en regardant celui qui venait de lui parler, et, pris d'un doute : Mais vous n'avez pas d'immortelles rouges à votre boutonnière !

— Le défunt est un ministre de Dieu.

Cette fois l'ouvrier ouvrit de grands yeux, ne comprenant pas ; mais l'un des amis du défunt indiqua la note déjà préparée pour le marbrier et sur laquelle étaient tracés les mots :

RADJI-RAO

BRAHME

PRINCE HINDOU

NÉ A POUNAH, CAPITALE DES MAHRATTES (INDE)

MORT A PARIS

DÉCEMBRE 1879

— Un prince ! s'écria l'ouvrier avec surprise.

— Un brahme ! comme qui dirait un prêtre de ces peuples-là, ajouta son camarade plus instruit.

Ils regardèrent, très intrigués, la bière que la neige commençait à recouvrir.

— Allons ! fit Henri Tanz, posant sa main sur le bras de Froisset, c'est fini, notre pauvre ami repose pour toujours.

Le maître d'armes, après un dernier regard jeté à la fosse béante, serra les doigts du peintre d'une étreinte expressive et ils quittèrent le cimetière.

C'était en effet le malheureux Hindou que les deux amis venaient de conduire à sa dernière demeure ; le terrible hiver qui sévissait en ce moment avait achevé ce que la douleur et la misère avaient commencé.

Cela débuta à la mort de la femme de Raymond ; le brahme lui avait avoué un tel culte, une adoration si profonde, que, Thérèse morte, l'Hindou ne se sentit plus de raisons de vivre, rien qui le rattachât à cette terre désolée et étrangère. A partir de ce moment, il s'était abandonné, laissant la misère le saisir de tous les côtés, cachant sa détresse à ses amis et n'allant plus les voir que de temps en temps.

Retiré dans sa mansarde du passage Tivoli, sans autre horizon qu'un coin de ciel et sans autre vue que celle des toits, il tournait peu à peu au fakir, s'absorbant dans la contemplation intime des statuettes créées par ses doigts habiles. Cependant le travail même arriva à le fatiguer et il fut moins exact pour les objets qu'il fournissait aux marchands de curiosités ; ceux-ci, se lassant, l'abandonnèrent les uns après les autres.

Le vieillard, d'une maigreur fantastique, incroyable, rappelant ces photographies hideuses que l'on a faites dans l'Inde, pendant ces dernières années, d'après des victimes de la famine, ressemblait à quelque momie, à quelque idole chinoise en jade transparent. Ses voisins l'entendaient parfois chanter en sa langue une chanson monotone qui lui rappelait sans doute son pays.

Quand arrivèrent les froids exceptionnels de la fin de l'année 1879, l'Hindou sentit que sa fin approchait. Son anxiété était terrible en voyant la Seine complètement prise, en apercevant l'épaisseur de neige qui recouvrait les toits.

— Le soleil est mort ! disait-il parfois avec une mélancolie désespérée, et il ajoutait : Tout est mort, tout va mourir.

Fatal, sans résistance, il attendit que ce froid qui augmentait tous les jours finit par éteindre aussi le soleil de sa vie. Ses membres trop grêles et trop fins ne pouvaient le défendre de cette congélation universelle.

Alors, un jour que la neige tombait à flots, qu'il n'avait plus de quoi allumer le poêle de sa mansarde, l'Hindou résigné se coucha sur son lit, adressa un dernier regard aux Brahma, aux dieux bleus et aux déesses placés sur sa table de travail, et rêva de ciel pur, de paradis d'Indra, de jouissances célestes en compagnie des Apsaras.

Saisi par ce froid noir, qui peu à peu l'engourdissait, le cœur cessa de battre à coups réguliers dans l'étroite poitrine, ralentit son mouvement, puis s'arrêta tout à fait, et le brahme partit pour le pays de ses pères, tandis que les idoles joyeuses ou farouches le fixaient de leurs impassibles yeux d'émail.

Lorsque, le soir, Henri Tanz, qui venait de temps en temps s'informer de son ami et lui porter quelques secours, pénétra dans la mansarde, il ne trouva plus que le corps raidi et déjà glacé du dernier descendant des Peshwas Mahrattes.

IV

« PAPA »

— Poum ! fit l'enfant.

D'un revers de main il dispersa et renversa les soldats de bois que sa bonne venait de ranger sur le tapis ; puis il éclata d'un de ces rires francs et sonores qui semblent le privilège de son âge. Patiemment, l'Alsacienne, riant autant que Georges, recommença à relever les soldats les uns après les autres sans se lasser.

La porte du salon s'ouvrit et plusieurs personnes entrèrent sans qu'ils s'arrachassent à leur jeu.

Madame Hambert s'était dressée d'un seul mouvement, laissant tomber l'ouvrage qu'elle tenait et ses lunettes, toute saisie, bien qu'elle eût été prévenue. Elle resta quelques secondes à la même place, le visage pâle, les yeux troubles et les lèvres tremblantes :

ses mains s'étaient jointes dans un geste instinctif de supplication, de défense même.

Après quelques pas indécis , sans faire attention à sa tante toute droite dans l'embrasure de la fenêtre, Raymond s'arrêta, ne pouvant détacher ses regards du gracieux tableau formé par l'enfant, assis sur le tapis, les mains frémissantes de plaisir dans l'attente du moment où il allait renverser les soldats, le visage pétillant de joie, avec ses joues roses, sa petite bouche entr'ouverte et les cheveux blonds retombant en boucles sur sa collerette blanche. Il était impossible de voir un enfant plus beau, plus sain et possédant une physionomie plus intelligente. Malgré les descriptions qu'on lui en avait faites, malgré les photographies qui gonflaient son portefeuille, on était encore resté au-dessous de la vérité ; le médecin, stupéfait et ravi, contemplait avec une joyeuse extase cet enfant dont tout le monde aurait pu être fier et qui était son fils.

Le cœur lui battit violemment dans la poitrine ; d'un élan presque sauvage, il se baissa vers l'enfant, l'enveloppa de ses bras et l'approcha de ses lèvres, l'embrassant éperdument.

— Mon fils ! mon bien-aimé ! mon cher adoré ! pardonne-moi ! pardonne-moi !

Bien que surpris à l'improviste et subitement arraché à un jeu qui l'amusait, Georges ne poussa pas un cri, ne versa pas une larme ; seulement il regardait de ses grands yeux étonnés et candides ce monsieur qui le mangeait de baisers et qui de temps en temps, entre deux caresses, l'éloignait un peu de lui pour mieux l'examiner, disant :

— Comme il lui ressemble !

Puis, sans doute, une sorte de révolution lente s'opérant dans le cerveau de l'enfant, son air étonné fit place à un sourire hésitant ; il jeta un regard à sa bonne, un autre à sa tante, comme pour les interroger, et, plongeant ses prunelles bleues et limpides dans les yeux souriants de celui qui le tenait embrassé :

— Papa !

C'est à peine s'il avait timidement balbutié ce mot, se souvenant peut-être de la photographie connue de son père, peut-être aussi à force de l'avoir entendu nommer. Enfin, il l'avait dit de lui-même, sans aucun secours étranger.

Cela produisit sur Raymond un effet inouï. Une rougeur empourpra son front et ses joues ; ses yeux eurent un indicible éclair de joie et, dans un transport de passion paternelle, il colla ses lèvres sur les paupières de son fils, bégayant à force d'ivresse et de bonheur :

— Il a dit papa !

Et il s'adressait à lui, les regards humides, tout palpitant de cet amour de père qu'il n'avait pas ressenti jusqu'à ce jour :

— Oui, je suis ton père, cher petit, ton papa qui t'adore et qui ne te quittera plus !

— Mon papa qui voyage ?

— Ton papa qui ne voyagera plus, qui sera toujours

près de toi pour t'apprendre à l'aimer, pour se faire pardonner.

Tout rassuré, Georges rendait à son père baiser pour baiser. De ses deux mains il lui entourait câlinement le cou, lui passant les mains sur la figure, prenant peu à peu possession de ce papa qui se laissait si bien faire.

Tout à coup, au milieu de cet échange de tendresses, l'enfant, ramené à une autre idée par cette arrivée de son père, interrogea Raymond avec sa candeur curieuse :

— Et maman ?

— Ta mère !

Le jeune homme ne s'attendait pas à une semblable question, ne sachant pas que madame Hambert, en même temps qu'elle parlait de son père au petit, lui faisait conserver le souvenir de cette mère qu'il ne devait jamais connaître.

— Maman, elle voyage, dis ?

— Ta mère !

Le cœur de Raymond, gonflé outre mesure, creva brutalement sous l'attouchement de cette main d'enfant qui rouvrait la plaie mal fermée. Les larmes jaillirent de ses yeux avec une violence terrible, inondant son visage, le faisant trembler tout entier, tandis que des sanglots soulevaient sa poitrine.

Inconsolable, pendant près de deux années, Raymond Hambert avait voyagé, revoyant les pays qu'il avait vus avec Thérèse pendant leur voyage de noces.

19.

cherchant à refaire les mêmes étapes, et fuyant les
unes après les autres ces villes qui lui rappelaient tant
de délicieux·souvenirs, car chacun d'eux lui martelait
plus rudement le cœur. Il revenait à Paris inconsolé,
toujours prêt à souffrir, à recevoir partout et de la
façon la plus inattendue, comme au moment où son
fils lui avait parlé de sa mère, quelque cruelle blessure.

Mais, comme un oiseau qui voltige de branche en
branche, sautille çà et là et ne s'arrête qu'une seconde
en chaque endroit, l'enfant ne pouvait rester longtemps sous le poids de la même idée. Il s'agita pour
descendre, et, dès que Raymond l'eut posé par terre,
Georges, le saisissant par la main, chercha à l'entraîner.

— Viens jouer, papa.

Le médecin n'avait pas encore eu le temps d'adresser une seule parole à sa tante, absorbé immédiatement par son fils, accaparé par ses exigences
enfantines ; il se baissa, murmurant :

— Oui, mon enfant.

Sans s'occuper des autres, il s'était agenouillé
devant les soldats peints que Georges lui montrait les
uns après les autres :

— Tu vois, ils sont jolis.

— Très beaux.

— C'est à moi, tu sais, à petit Georges.

— Cher adoré !

Chaque fois que l'enfant se rapprochait de lui,

Raymond l'embrassait, s'étonnant d'avoir pu rester si longtemps loin de son fils, se disant que, maintenant qu'il l'avait vu, rien ne pourrait plus l'en séparer.

Durant ses lointains voyages, quand parfois, la tête dans ses mains, il cherchait à peupler son isolement du visage de ceux dont il était éloigné, parmi les autres personnages à demi effacés ou bien nets qui reparaissaient les uns après les autres devant lui, il ne se souvenait pour son fils que de la petite figure grimaçante et pleurarde, enfoncée sous le bonnet trop grand, que de la teinte brique et uniforme de ce masque plissé, aux yeux clignotants devant la trop forte lumière du jour auquel ils n'étaient pas encore habitués. Les portraits qu'on lui envoyait ne parvenaient même pas à faire disparaître cette impression première profondément gravée en lui.

Ce fut donc une ineffable surprise, une véritable révélation, que de retrouver, à la place du nouveau-né encore informe, un petit bonhomme solidement établi sur des reins droits, des mollets qui faisaient saillie au-dessus de ses chaussettes; de pouvoir promener ses lèvres, sevrées de baisers, sur la chair ferme et potelée de ses bras, sur ses joues pleines, d'une bonne couleur de santé; d'avoir pour toujours sous les yeux ce teint blanc et rose, cette peau fraîche et douce, cet enfant robuste, d'une intarissable bonne humeur. Sa joie fut sans mélange et, pour un moment, lui fit oublier ses soucis et ses cuisants regrets.

— Eh bien ! Et grand-père, ce pauvre grand-père,

on l'oublie donc aujourd'hui ? s'écria une grosse voix derrière Raymond.

L'enfant leva la tête, s'arrachant avec peine à ses soldats, à son père, et jeta de sa voix claire et caressante :

— Grand-père!

— Oui, tu ne l'aimes plus?

— Oh! si.

— Pas tant que ton papa, n'est-ce pas?

— Ah! papa, c'est papa!

— Gamin! Tout nouveau, tout beau !

— Quels petits hommes que ces marmots-là !

— Je veux bien t'embrasser.

— Je l'espère.

Froisset, enlevant de terre son petit-fils, lui rougit les joues de deux rudes baisers, puis le passa à Henri, entré avec lui.

— Et le parrain ?

— Parrain!

Déjà Georges lui tendait les bras, inclinant avec une coquetterie précoce sa jolie tête aux boucles blondes.

Le jeune médecin, encore agenouillé, suivait d'un regard enivré les moindres mouvements de son fils avec une béatitude attendrie. Le grand-père négligeait aussi ceux qui l'entouraient, mais le peintre déposa l'enfant sur le tapis devant son père :

— Laissons-le un peu à son papa; il y a si longtemps qu'il en est privé!

Déjà le père et l'enfant reprenaient leur partie,

oublieux de tous, oublieux du monde entier, quand, instinctivement, comme se rappelant un devoir négligé, Raymond tourna la tête du côté de la fenêtre.

Ses yeux se croisèrent avec ceux de madame Hambert qui, toujours pâle et silencieuse, secouée d'un insurmontable tremblement, regardait cette scène, assistant, sans un mot, sans un geste, mais avec le cœur tordu par une souffrance jalouse plus forte que sa volonté, à cette prise de possession qui la dépossédait.

Il lui semblait que tous ces baisers donnés par Georges à son père, toutes ces marques d'affection, tous ces témoignages de naissante tendresse, échangés entre Raymond et son fils, étaient des vols commis à son préjudice, une sorte de négation des droits acquis, des mois écoulés. Une révolte sourde grandissait dans tout son être, gonflant ses veines, envahissant peu à peu son cerveau. On l'oubliait, elle à qui on devait tout ; personne n'avait songé à la marraine, ni ce père qui retrouvait cet enfant beau et bien portant grâce à elle seule, ni ce grand-père, ni même Henri tout attentionné à l'émouvant spectacle auquel il assistait.

C'en était trop, et sa douleur allait faire explosion ; ses mains hésitantes s'élevaient, encore jointes, ses lèvres s'ouvraient.

Raymond fut debout d'un seul bond et courut à elle.

— Oh! ma tante, ma chère tante, pardon ! mille fois pardon de ne t'avoir pas encore vue, de ne t'avoir pas remerciée de me rendre un pareil fils!

Il la pressa, d'une étreinte reconnaissante, sur sa poitrine, couvrant de baisers le front ridé de la vieille dame, lui embrassant les mains, et les larmes indignées de madame Hambert coulèrent plus douces devant cet élan spontané :

— Ne t'excuse pas, mon pauvre enfant !

Elle reniait ses angoisses; elle rejetait ses méfiances : Raymond était dès lors tout pardonné.

— C'est à vous, c'est à toi que je dois tout ! reprenait-il, tout ému.

— Hein ! Tu peux être fier de ton enfant !

— Ma tante, quand je pense qu'il m'a reconnu, que je ne lui ai pas fait peur !

— Dame ! on parlait souvent de toi ici, mon cher Raymond.

— C'est vous qui avez fait cela, accompli ce miracle !

— Il faut avouer que le cher petit est très avancé pour son âge.

Maintenant tous se réunissaient dans une tendresse énorme et l'atmosphère s'imprégnait d'affection ; une détente se faisait insensiblement dans tous ces esprits, crispés un moment auparavant dans l'attente de ce qui allait se passer. L'émotion, arrivée au point culminant, se fondait et tournait à l'expansion communicative des paroles attendries.

Le grand-père et Henri, s'étant assis, jouaient avec l'enfant, pendant que celui-ci, allant de l'un à l'autre,

apportait indifféremment sur leurs genoux les joujoux
qu'il demandait à sa bonne pour les faire admirer.
Une gaieté folle l'avait saisi à la vue de tout ce
monde et il poussait de petits cris joyeux, sautant,
courant à travers la pièce, comme grisé par les baisers, les caresses et le jeu.

Raymond Hambert, se remettant de son premier et
rude attendrissement, causait avec sa tante, ne l'interrogeant absolument que sur son enfant, se com-
plaisant dans les mille détails que la veuve lui donnait, apprenant à connaître peu à peu, depuis le jour
où il l'avait si brusquement quitté, son enfant, en se
faisant raconter sa petite existence jour par jour.

Puis, tout à coup, posant ses deux mains sur le
bras de son neveu, la vieille dame appela ainsi toute
son attention, et ce fut avec une anxiété réelle, nullement jouée, qu'elle s'écria :

— Vous ne me l'enlèverez pas, n'est-ce pas,
Raymond ?

— Que voulez-vous?... Que veux-tu dire ?

— Ah! c'est que je suis si habituée à lui ; je ne pourrais plus vivre sans l'avoir avec moi !

— Te l'enlever, ma tante, à toi qui me le rends si
beau, si gentil! Jamais, jamais! N'aie pas une pareille inquiétude. Je te le promets.

Elle l'embrassa sur les deux joues :

— Mon cher neveu, que tu es bon !

— Tiens, même, j'y pense. Veux-tu venir habiter

avec moi mon appartement, qui est devenu trop grand pour un homme seul? Veux-tu ? Je ferai ma chambre de celle du petit et tu auras l'autre.

Il s'arrêta, la gorge serrée, songeant à cette chambre bleue, et les larmes emplirent de nouveau ses yeux.

— Merci, dit-elle, en lui serrant la main, comprenant cette subite angoisse.

Il domina sa douleur et continua :

— Tu l'habiteras avec Georges. Ça te va-t-il?

— C'est entendu.

— Poum!

Georges renversait à tour de bras les soldats que son grand-père lui rangeait par pelotons réguliers. Rien n'était changé dans sa vie, il n'y avait que son père de plus.

V

AU CIMETIÈRE

Après un machinal coup d'œil à la tombe sur laquelle dort Godefroy Cavaignac, à demi enveloppé dans son suaire de bronze, Raymond s'engagea à gauche dans une large avenue, baignée par le soleil d'une splendide journée d'avril, si douce après les rigueurs d'un hiver inaccoutumé. Çà et là des buissons noirs, encore sans bourgeons, tranchaient sur la blancheur mate des tombes régulièrement espacées, des caveaux de famille avec leur porte ouvragée, leur architecture gothique ou byzantine, leurs frontons grecs.

Il passa rapidement, sans s'arrêter pour saluer, à droite Théophile Gautier et Murger, à gauche Léon Gozlan; il allait plus loin, sans voir, les yeux brouillés de larmes, le cœur serré d'une douloureuse étreinte, comme toutes les fois qu'il venait accomplir ce pèle-rinage funèbre.

L'endroit où reposait Thérèse se trouvait tout au bout de la longue allée, contre le mur du fond. Une colonne tronquée en marbre blanc surmontait la grande dalle, sur laquelle le marbrier avait gravé les mots :

Thérèse Hambert
née à Paris le 4 avril 1855
morte le 2 juillet 1879

S'engageant dans le dédale des sépultures, glissant entre les tombes à peine espacées d'un pied l'une de l'autre, il retrouvait machinalement son chemin, n'ayant pas besoin de chercher, tellement il avait maintenant l'habitude de le faire.

Dès qu'il avait un moment de liberté et que personne ne s'occupait plus de lui, il se rendait bien vite au cimetière pour y vivre de ses souvenirs et de ses regrets ; quelquefois aussi il s'y trouvait comme violemment jeté, quand sa souffrance devenait trop forte et qu'il sentait le besoin de se soulager par les larmes, de laisser déborder librement ce qui torturait son cœur et fatiguait son cerveau.

Il y avait des jours terribles, où rien ne pouvait le consoler, ni les adorables caresses de son fils, ni l'esprit toujours égal de son ami Henri Tanz. Alors il les fuyait, se cachait d'eux pour pleurer et montrait un visage si sombre, si désolé, que parfois le maître d'armes, qui croyait avoir beaucoup aimé sa fille et

lui donner encore assez de larmes, se demandait s'il
n'y avait pas autre chose sous ce désespoir farouche,
obstiné, aussi sévère, aussi cuisant après deux ans de
deuil.

On eût dit, en examinant le jeune médecin, quelque
coupable dont la conscience n'était pas en repos.
C'était là une idée absurde qui ne fit qu'effleurer en
passant la pensée de Froisset : quel remords pouvait
poursuivre ce brave et excellent garçon?

Cependant, une ou deux fois, le beau-père ayant
proposé à son gendre de l'accompagner au cimetière
Montmartre pour pleurer avec lui sur le tombeau de la
jeune femme, Raymond avait toujours trouvé moyen
d'éluder la proposition, donnant quelque prétexte
vague, ou ne s'y rendant pas après avoir promis.
Peut-être le médecin, comme beaucoup d'hommes,
avait-il la pudeur de ses larmes et ne voulait-il pas de
témoin de ses accès de désespoir et d'abattement :
cela pouvait se comprendre jusqu'à un certain point.
Le professeur d'escrime en jugeait ainsi; lorsqu'il
parlait de son gendre avec madame Hambert, Henri
ou l'ami Marlotton, il se contentait de plaindre de
tout cœur le malheureux, dont la douleur croissait
au lieu de diminuer avec le temps.

Les semaines, puis les mois s'écoulèrent sans amener
de changement dans cette étrange manière d'être. Il
y avait des jours où le jeune veuf ne voulait voir personne, et Froisset finit par remarquer que c'était surtout lui que Raymond fuyait pendant ses heures noires.

Que pouvait-il avoir contre lui? Cette attitude était inexplicable et elle finit par donner peu à peu l'éveil à l'ancien soldat, qui se promit d'en avoir la raison.

Sans en avoir l'air, il se mit à étudier le jeune homme, à fouiller ses moindres actions, à examiner ses gestes et à écouter attentivement toutes ses paroles, pour arriver au mystère caché sous cette allure sauvage. Cependant rien ne venait confirmer ses soupçons; il avait bien surpris un soir Raymond seul et sans lumière dans le salon, comme pétrifié de douleur devant le portrait de Thérèse, peint par Henri Tanz, mais il ne put entendre les paroles balbutiées trop bas par son gendre, bien qu'il eût cru distinguer le mot « pardon ». Cela ne signifiait pas grand'chose et puis, était-ce bien sûr?

Ce matin-là, en revenant de donner une leçon d'armes au boulevard de Clichy, Froisset reconnut son gendre qui entrait dans le cimetière Montmartre; immédiatement empoigné par son idée fixe, il le suivit de loin. Raymond, la tête basse, ne faisait attention à personne et se rendait directement à la tombe de sa femme, il n'y avait pas à en douter.

Froisset, coupant à travers les tombes, s'arrangea pour y arriver avant lui et se placer dans un endroit d'où il pourrait le voir et l'entendre sans se montrer. Justement on était en train de construire un petit monument à deux mètres de l'endroit où était Thérèse ; les ouvriers avaient laissé leurs outils, sans doute pour aller déjeuner ; ce fut là que le professeur d'escrime se cacha, complètement masqué par l'échafaudage en planches et se ménageant une vue sur le terrain voisin.

Presque au même moment, Raymond arriva.

Appuyé sur la balustrade de fer qui entourait la dalle de marbre blanc, le jeune homme, la tête nue, les mains crispées aux barreaux, resta quelques minutes dans une douloureuse absorption, fixant les yeux sur la pierre qui le séparait de celle qu'il avait tant aimée, l'air à moitié fou.

Puis il passa une de ses mains sur son front avec un geste désolé, comme pour chasser une pensée obsédante, et murmura :

— Est-ce moi qui t'ai mis là, Thérèse, ma bien-aimée ? est-ce moi ?

L'accent était si déchirant, si navré, que le maître d'armes en sentit un frisson lui courir par tout le corps.

Ensuite les paroles s'échappèrent de ses lèvres, plus pressées, plus incohérentes même, car Froisset, toujours aux écoutes, entendit le malheureux implorer le pardon de celle qui n'était plus, et s'accuser d'avoir été la cause de sa mort.

La cause de sa mort ! Froisset fut sur le point de quitter sa cachette, de se précipiter sur le jeune homme et de l'obliger à expliquer ses paroles; mais il se contint, le front pâle, l'œil sec, espérant entendre autre chose, comprendre enfin le mystère soupçonné.

Voilà donc pourquoi Raymond avait toujours si obstinément refusé à son beau-père d'aller avec lui au

cimetière ; il craignait de se trahir, de se laisser aller
à quelque révélatrice explosion de douleur.

Le maître d'armes s'enfonçait les ongles dans la
paume des mains pour ne pas crier, pour ne pas
bondir sur cet homme qui s'accusait de lui avoir ravi
son enfant ; mais aussi la douleur en présence de
laquelle il se trouvait, ce désespoir solitaire l'épou-
vantaient par leur violence même.

Raymond était tombé à genoux, paraissant écrasé
sous le poids de ce qu'il venait de dire, ne murmurant plus qu'un mot, qui revenait dans sa bouche
comme un refrain :

— Pardon ! pardon !

L'avait-il donc réellement tuée ? Et comment ? Était-
ce par imprudence ?

Froisset sentait sa tête se perdre, sans arriver à une
solution sensée de ce problème plein d'angoisse. Il
était encore là, plongé dans ses réflexions, quand la
voix de deux hommes l'arracha à lui-même : les
ouvriers revenaient continuer leur travail.

Raymond, le visage dans ses mains, pleurait abondamment, tout à son désespoir ; le maître d'armes put
donc s'éloigner comme il était venu, sans être vu par
lui, mais il avait découvert une partie du secret de son
gendre. Raymond s'accusait d'avoir causé la mort de
sa femme : n'était-ce qu'une exagération provoquée
par le chagrin ?

VI

Dans la première période d'affolement et de détra-
quement mental occasionnés par la mort de sa femme,
Raymond Hambert avait d'abord été tellement anéanti
par cette catastrophe inattendue, qu'il ne s'était pas
senti capable d'enchaîner deux idées, de remonter
aux causes de ce malheur, ni de chercher à se l'expliquer. Thérèse morte, tout sombrait en lui et autour
de lui, la nuit se faisant dans son cerveau en même
temps que le deuil emplissait son cœur.

Le jour même de l'enterrement, quand il se retrouva
seul, abandonné à lui-même, il put seulement reprendre ses esprits et tenter de comprendre ce qui
s'était passé; cette mort, presque foudroyante, après
une si heureuse délivrance, n'était pas naturelle, ou

plutôt lui, médecin, pouvait trop facilement en donner la raison.

Ce fut comme une horreur nouvelle s'élevant peu à peu d'un abîme de ténèbres, et son cœur s'arrêta, son sang se glaça dans ses veines lorsque la vérité commença à lui apparaître dans toute sa netteté.

Au moment de la mort, durant l'agonie de la courte maladie, rien n'avait pu lui dessiller les yeux parce que la pensée du malheur annihilait toutes ses facultés et le faisait aller et venir comme un corps sans âme, comme un être dépourvu de raison.

Dans cette maison vide, une sorte de calme momentané vint donner le repos à ses nerfs et rendre du même coup à ses facultés toute leur liberté d'action.

Au retour du cimetière, refusant toute consolation, il était allé se renfermer dans cette chambre bleue que venait de quitter le corps glacé de Thérèse. Déjà les objets avaient repris leur place habituelle, l'appareil funèbre avait disparu et l'on eût dit que rien n'était changé dans l'appartement.

Longtemps il pleura silencieusement, assis devant ce lit qui ne gardait même pas la trace de celle qui y avait reposé ; puis, quand la première explosion de ses larmes fut calmée, usée pour mieux dire, il sentit se produire dans tout son être une détente passagère et fugitive, qui donna le temps à ses pensées de rentrer dans l'ordre naturel, de se classer d'elles-mêmes.

Et tout à coup cette paix éphémère fut troublée

par l'épouvantable réflexion que Thérèse ne serait
peut-être pas morte sans lui, qu'il était le seul et vrai
coupable!

N'était-il pas en effet le véritable meurtrier de la
pauvre enfant? n'était-ce pas lui seul qui avait pu
rapporter dans sa demeure le germe de la fièvre?
Pourquoi n'avait-il pas quitté plus tôt l'hôpital où
cette maladie se développe si terrible? Pourquoi
surtout y avoir été le jour même de la naissance de
son fils, sans réfléchir qu'à ce moment-là cette fièvre
puerpérale décimait la salle des nouvelles accouchées?

Toute sa lucidité d'esprit lui revenait. Il se rappela
exactement ce qui s'était passé dans cette fatale
journée, sa course pour aller annoncer à ses camarades qu'un fils lui était né, comme s'il n'eût pu attendre quelques jours, les informer par lettre et fuir ce
foyer de pestilence, au lieu d'y venir récolter le poison
courant de salle en salle! Dès que cette idée eut traversé son cerveau, elle s'y grava profondément, l'emplissant d'une profonde horreur pour lui-même, et ce
remords ne le quitta plus.

Le soir même, à moitié fou de désespoir, s'accusant
presque à haute voix, il s'était sauvé, abandonnant les
siens, oubliant son enfant, ne songeant qu'à une chose,
fuir, fuir plus loin, se soustraire à la vue de toutes
ces douleurs dont il était responsable, aux larmes de
ce père demandant sa fille, à tous ces cris, à tous ces
deuils qui l'accusaient.

Voilà ce que Raymond avait voulu éloigner, en

20

quittant si précipitamment Paris et les lieux où avait
vécu Thérèse : c'étaient les lancinantes pensées, les
idées terribles qui lui assaillaient sans relâche le cerveau, depuis le moment où il avait pu supposer qu'il
était pour quelque chose dans la mort de la malheureuse jeune femme. Croyant que cela se lisait sur son
visage, il n'avait eu que ce désir, mettre le plus de
distance possible entre lui et ceux qui auraient pu
l'accuser, entre la victime et son inconscient bourreau.

Mais, en même temps que le moral, le physique
avait été profondément atteint ; cette nouvelle secousse, plus affreuse encore que le deuil dont il était
frappé, fit de cet homme jeune, heureux et bien portant, une sorte de fantôme livide, hâve et craintif.
Semblable à un spectre, il errait de ville en ville,
toujours poursuivi par la même pensée, sans recouvrer la santé, sans parvenir même à trouver le repos.
Les mois passaient sans amener aucun changement
dans cet état de maladive surexcitation.

Cependant, avec le temps, un lent revirement se
produisit en lui, sans qu'il s'en rendît même compte ;
il se trouvait toujours aussi coupable, mais le remords
devenait moins vif, plus intermittent. C'est qu'une
pensée nouvelle prenait insensiblement de la consis-
tance dans son cœur : il songeait enfin à l'enfant qui
lui restait, cet enfant oublié, abandonné et qui ne connaissait pas son père.

Jusque-là il n'avait pas voulu en entendre parler,
passant les lignes des lettres où on lui parlait de

Georges, se refusant à sa paternité, reniant son sang.

Lorsqu'une année entière se fut écoulée, il commença à penser moins amèrement au petit être, à se poser des interrogations curieuses à son égard. Il devait avoir plus d'un an, et les enfants sont déjà bien gentils à cet âge-là ! — A qui ressemblait-il : à lui, ou à sa mère? — Il y avait maintenant une sorte de douceur attendrie dans ses réflexions; son cœur s'amollissait à l'idée de revoir un jour cet enfant qui était lui, une portion de lui-même, tout ce qui lui restait de la femme tant aimée. Peu à peu le remords semblait se déplacer : il s'accusa d'avoir abandonné son fils, d'avoir manqué à son devoir de père.

Soudain il se sentit mordu du désir furieux, irrésistible, impérieux, de revoir son fils, d'aller pleurer sur la tombe de sa femme, de revenir enfin. Ce besoin, auquel il résista pendant deux mois, le tourmenta jusqu'à ce que ce retour eût été mis à exécution.

C'est alors qu'il était revenu, toujours sombre, toujours torturé par les mêmes pensées, mais plein d'une curiosité paternelle qui grandissait avec le temps.

Pour la première fois il put goûter un peu de véritable repos, se refaire pendant plusieurs semaines d'apaisement: son fils occupait tous ses instants, l'accaparait durant des journées entières, sans lui laisser l'amère liberté de penser à l'absente.

Mais quand il se fut de nouveau acclimaté à Paris, quand il eut repris ses habitudes et réglé sa manière

de vivre, le souvenir pénible revint le visiter. Si, lorsqu'il était avec son fils, Raymond parvenait à oublier,
dès qu'il se retrouvait seul les pensées sombres han-
taient de nouveau son cerveau : il revoyait sa femme,
il assistait encore à la terrible fin de la pauvre Thérèse
et de furieux désespoirs lui faisaient fermer sa porte
à tout le monde.

Malgré la nécessité de dissimuler, dont il avait conscience, il ne pouvait rester de sang-froid en présence
de Froisset ; il fuyait comme un remords vivant ce
père qu'il avait privé de son enfant. Cette conduite
mystérieuse et irritante ne pouvait se prolonger sans
éveiller l'attention du professeur d'escrime ; Raymond,
le comprenant, voulait lutter jusqu'au bout, espérant
toujours trouver quelque échappatoire, ne pas être
forcé de livrer son lamentable secret au dernier qui
dût le connaître.

VII

LA RÉVÉLATION

— Le docteur Meriet ?

— Veuillez vous donner la peine d'entrer, il va vous recevoir dans un instant.

— Ah ! c'est l'heure de la consultation ?

— De une heure à trois, oui, Monsieur.

Le salon, tendu de vert, était assez petit ; le mobilier de velours, très simple et très banal, ne tirant pas l'œil par des tons trop criards, semblait indiquer un revenu modeste. Aux murs, quelques gravures encadrées s'espaçaient régulièrement ; une table, cachée par un tapis et couverte de brochures, de livres, de journaux illustrés, occupait le centre.

Froisset s'assit dans un des fauteuils, s'appuya carrément les épaules au dossier et attendit, son chapeau posé sur les genoux. Dans une pièce voisine un bruit de

20.

voix montaitet descendait, arrivant au maître d'armes comme un bourdonnement ; de temps en temps ses yeux se fixaient avec une anxiété à peine contenue sur la petite porte, derrière laquelle il entendait causer.

Encore un moment, et il allait avoir la solution du problème cherché, il saurait. Cela lui fit passer un frémissement sur l'épiderme.

C'est que lui qui, jusqu'à ce jour, avait simplement pleuré sa fille, sans donner à sa mort une raison autre que les suites malheureuses de ses couches, se trouvait maintenant en proie au doute le plus terrible.

Les paroles échappées au jeune homme sur la tombe de Thérèse, son air égaré, ses propos que d'autres auraient jugés incohérents, avaient presque confirmé les soupçons éveillés dans le cerveau du maître d'armes. Sa fille, son enfant au sang si pur et si riche, n'avait pu mourir ainsi naturellement, sans une raison cachée. Alors il avait continué d'observer son gendre sans se trahir, l'étudiant jusque dans ses frissons et dans ses larmes, le suivant pas à pas, essayant même, quand l'occasion se présentait, de le faire causer ; rien ne vint justifier sa défiance, mais rien ne la fit disparaître.

Ne découvrant pas ce qu'il cherchait, il lui vint l'idée de s'adresser à quelque médecin inconnu et de le questionner au sujet de la maladie qui avait enlevé sa fille : peut-être les renseignements qu'on lui donnerait l'aideraient-ils à découvrir la vérité, le mettraient-ils au moins sur la piste.

Dans le quartier, on lui indiqua un jeune docteur, nouvellement établi sur le boulevard des Batignolles, et dont on disait déjà le plus grand bien : M. Meriet, arrivé de province très récemment, ne connaissait ni le maître d'armes, ni personne de sa famille, sans doute il fournirait toutes les indications qu'on lui demanderait. Froisset, le cœur palpitant, se rendit chez le médecin, sans même savoir comment il l'interrogerait.

La porte s'était ouverte. Un grand jeune homme mince, le front haut, les manières aimables, fit un pas dans le salon en s'inclinant devant le professeur d'escrime.

— Monsieur, si vous voulez passer dans mon cabinet.

— Parfaitement ! parfaitement !

Froisset, après un hum ! sonore comme pour prévenir qu'il n'était pas malade, redressa sa haute taille, avançant la poitrine, élargissant ses épaules, et entra l'air très crâne, fort intimidé au fond.

Le médecin avait pris place devant un bureau d'acajou et, tournant le dos à la fenêtre, regardait Froisset qui venait de s'asseoir en face de lui.

Avec sa large barbiche blanche, ses moustaches souples un peu relevées du bout, son ruban rouge noué à la boutonnière, l'ancien militaire trahissait immédiatement sa profession ; M. Meriet lui sourit d'une manière encourageante.

— Quelque ancienne blessure, un rhumatisme peut-être ? Je vois ce que c'est.

—Non! non! vous ne voyez rien, docteur; il ne s'agit pas de moi, riposta le professeur d'une voix brève.

— Tant mieux!

Le médecin reprit sa mine froide, décontenancé par cette riposte; mais le maître d'armes ne remarqua même pas ce changement de physionomie, tellement il était préoccupé et embarrassé par son sujet.

— Monsieur le docteur, reprit-il plus doucement, voilà: j'aurais besoin d'un renseignement bien franc, bien net. Vous avez deviné que j'avais servi: à un vieux soldat on peut tout dire.

— Que désirez-vous donc, Monsieur? demanda le jeune homme.

— Il s'agit d'une maladie de femme.

— J'ai justement fait des études spéciales à ce sujet.

— Sur la fièvre perpuérale, peut-être? — interrogea Froisset.

— Oh! j'ai relevé des masses d'observations, des cas très curieux, des particularités presque inconnues: j'en ai tant vu!

— Alors vous pouvez me rendre un service immense.

— De tout mon cœur, Monsieur: je mets ma modeste science à votre disposition.

— Je veux vous parler d'une personne morte de la maladie dont je viens de vous dire le nom.

— Ah! à l'hôpital sans doute?

— Non pas, chez elle.

— Le cas est plus rare. Il peut cependant se produire, soit par une mauvaise disposition locale, un milieu infecté, quelque quartier malsain.

— Le quartier le plus sain, le plus aéré de Paris, le voisinage du parc Monceau.

— Oui, mais vous devez savoir qu'il y a parfois contagion.

— Contagion ! Cela peut donc se gagner ?

— Parfaitement ; je me rappelle avoir fait à cet égard une remarque intéressante...

— Le médecin qui soignait cette personne pouvait l'apporter ? s'écria Froisset, interrompant sans façon son interlocuteur.

— Prenez garde ! il ne faut pas se hâter de porter une pareille accusation : c'est trop grave.

— Pardon ! c'est à titre de pur renseignement ; je voulais seulement savoir si cela pouvait arriver.

— Je le crains. Pourtant un médecin serait bien imprudent s'il sortait d'un hôpital infecté pour aller visiter des malades en ville sans prendre de grandes précautions. Pas un ne le ferait.

— Vous dites d'un hôpital ? appuya le maître d'armes, devenu très pâle.

— D'un hôpital, oui, Monsieur.

— C'est cela, fit-il avec accablement et en baissant subitement la voix. C'est bien cela.

Il se souvint à son tour que, le jour même de l'accouchement, Raymond l'avait quitté pour se rendre à son hôpital. L'important était de savoir si à cette

époque-là l'épidémie régnait à l'hospice Beaujon. Mais
comment le demander? Le docteur allait-il pouvoir
lui répondre, savait-il seulement ce qui se passait, en
cet endroit, à cette époque déjà éloignée ?

Le hasard le servit mieux qu'il ne l'espérait. Le
jeune médecin, intéressé par la question dont l'entre-
tenait son visiteur, ajouta :

— Voulez-vous parler d'un fait récent ou ancien? Je
ne suis pas établi à Paris comme docteur depuis bien
longtemps, mais j'y ai fait toutes mes études médicales, avant d'aller exercer en province.

— Deux ans environ.

— Deux ans! J'étais encore interne. Attendez donc,
vous me parliez du parc Monceau : j'ai peut-être
votre explication.

— Comment cela? s'écria Froisset surpris et tremblant.

Le docteur, tout à son idée, poursuivait sans remarquer la pâleur de son interlocuteur :

— L'hospice Beaujon, auquel j'appartenais, est à
quelques pas du quartier Monceau, et je me souviens
fort bien d'une violente épidémie de fièvre puerpérale qui désolait l'hôpital en juin 1878. Je pourrais
vous montrer la date dans mes papiers, car mes
notes sont presque toutes prises sur place et j'avais
soin de dater les cas que j'observais.

Il eût pu continuer longtemps : Froisset ne l'écoutait plus. Une sueur d'angoisse mouillait son front et
un frisson lui courait dans le dos à cette révélation

qui venait corroborer ses soupçons. Ainsi c'était vrai !
Sa fille avait été victime de l'imprudence de son mari :
Raymond avait rapporté dans ses vêtements, après
lui, les germes putrides qui devaient tuer si rapidement la pauvre enfant !

Il se leva, l'air égaré, ne sachant ce qu'il faisait, et,
d'un mouvement presque brutal, saisit la main de
M. Meriet, tout étonné de l'effet de ses paroles :

— Merci, Monsieur ; je vous remercie !

Les mots sortaient sifflants de son gosier étranglé !

— Que signifie ? Qu'y a-t-il ?

Le jeune médecin le regardait avec stupéfaction.

— Rien ! rien !

Et Froisset sortit précipitamment, emportant avec
lui la solution de ce secret tant cherché, comme une
blessure dont il ne pourrait plus guérir.

VIII

LE CONSEIL DE MARLOTTON

Pendant toute la nuit, la pluie était tombée et le ciel, uniformément gris, ne laissait passer aucun rayon du soleil d'avril pour égayer un peu la matinée.

La petite rivière, serpentant entre deux rangées de saules, ayant été gelée à un pied de profondeur, de ses eaux encore boueuses sortait le hérissement maigre des longs roseaux brûlés par la violence du froid. De l'immense parterre de roses il ne restait que des souches noircies, des baguettes minces, tordues, recroque-quevillées par l'intensité de la saison, et on eût dit un champ de piquets irréguliers et noueux s'étendant jus-qu'au fond du jardin. L'ancien berceau de verdure sem-blait une carcasse vidée par l'incendie et n'ayant conservé qu'une armature résistante, aux losanges noi-râtres. Rien ne subsistait de la merveilleuse plantation à laquelle l'horticulteur donnait tous ses soins, pas un arbuste, pas une plante ; seuls les débris semés çà et là attestaient qu'il y avait eu quelque chose au-dessus de ce sol dévasté par le plus rigoureux et le plus implacable des hivers.

Deux énormes bûches flambaient dans la cheminée du cabinet de travail, envoyant sur les bibliothèques des lueurs fugitives, dont la rougeur faisait miroiter les vitres. Une paix profonde emplissait la pièce, tandis que les bouquins poudreux s'engourdissaient sur les rayons de chêne et que la flamme dansait follement dans le foyer.

Fidèle aux habitudes de toute une vie d'étude, Jean Marlotton dormait, les poings sur la table de travail, le nez dans un exemplaire de l'*Histoire des Roses*, ouvert au hasard.

Rien ne put l'arracher à cet engourdissement accoutumé, à cette sieste scientifique qu'il accomplissait hiver comme été, à la même heure, presque à la même minute ; ses joues empourprées s'enflèrent aussi régulièrement, sa poitrine se souleva avec le même effort puissant, ses reins, caressés par la brûlante ardeur de la cheminée, conservèrent leur frileuse position.

Cependant un mouvement inaccoutumé troublait le repos du jardin : un pas précipité criait sur le sable de l'allée conduisant à la maison. Dans le vestibule une voix bruyante s'éleva sans respect pour ce grand calme, et, seulement quand la porte du cabinet eut

21

été ouverte d'une poussée robuste, Marlotton bondit sur place, arraché aux plus doux songes par cette interpellation :

— Hé ! Marlotton, j'ai à te parler.

La face rouge, le front tout suant de l'effort combiné du sommeil et de la digestion, l'horticulteur dut longuement frotter ses yeux bouffis avant de reconnaître son ami Froisset.

— Hein ! c'est toi ! Que me veux-tu ?

Sans lui répondre, le maître d'armes, ayant approché un fauteuil de la cheminée, présentait alternativement à la flamme la semelle de ses bottes humides, qui faisaient une mare sur le plancher ; là, silencieux, ne sachant trop comment débuter, il regardait d'un œil fixe les étincelles échappées des bûches auxquelles il donnait machinalement des coups de pied.

Marlotton, tout à fait dégourdi, s'était retourné vers lui et le contemplait, très étonné de cette visite inattendue par ce temps affreux.

— C'est gentil à toi d'être venu malgré la pluie.

— Ah ! mon pauvre ami, je suis bien malheureux !

— Malheureux, toi ?

Les yeux de l'horticulteur s'arrondirent et sa bouche s'ouvrit. Il ne comprenait pas. Cependant il remarqua que les paupières de son ami étaient rougies comme par des larmes récentes, que ses traits se tiraient, et que sa haute taille si droite paraissait un peu courbée sous l'écrasement de quelque nouveau malheur.

Froisset passa lentement les mains sur son front,

sur son visage, et tira d'un geste machinal ses moustaches, en rabaissant les pointes et les ramenant près
de sa barbiche.

— Oui, Marlotton, je me croyais au bout de mes
peines ; je pensais pouvoir encore être heureux, bien
que je n'aie plus ni femme ni enfants ! Eh bien ! mon
pauvre ami, le malheur s'acharne après moi.

— Que veux-tu dire?

— Tiens, écoute-moi bien attentivement et tu sau-
ras ce qui m'arrive.

Mâchant pour ainsi dire ses paroles, les scandant
comme s'il eût voulu accompagner chacune d'elles
d'une sorte de coup de marteau destiné à les graver
dans le cerveau de celui qui l'écoutait, il raconta la
scène du cimetière, ses soupçons en présence de la
conduite de Raymond, enfin sa visite au médecin et
l'affreuse conclusion qu'il tirait de tout cela :

— Thérèse morte, mon ami, c'était déjà bien
épouvantable ! Mais Thérèse tuée par son mari,
que penses-tu de cela? Je ne pouvais me révolter
contre la mort naturelle, malheureuse ; mais j'ai le
droit de maudire celui qui m'a enlevé mon enfant par
sa faute, par son imprudence si tu veux, qu'importe !
Pour moi, je ne peux plus le voir sans songer à cela,
sans l'accuser !

Marlotton avait pâli. Il s'appuya à la cheminée,
tout tremblant à cette révélation, et répondit :

— En effet! en effet! c'est horrible. Mais si le
pauvre garçon le sait, il est bien malheureux !

— Il le sait, puisqu'il s'en accuse, puisqu'il demande pardon ! ajouta Froisset d'un accent terrible.

Pendant quelques minutes, il resta, la tête dans ses mains, sans force, terrassé par l'horreur de ce qu'il révélait, ayant usé son courage dans ces paroles violentes. Puis il redressa le front, les yeux humides et pleins d'une interrogation inquiète :

— Je suis venu pour te consulter, pour savoir ce que je devais faire. Voyons, parle, décide : je suivrai ton conseil.

— Mais, mon pauvre ami, je ne sais.

Jamais Marlotton ne s'était trouvé dans une position aussi critique. Il aimait bien Froisset, ce vieil ami d'enfance ; d'un autre côté, il ne pouvait s'empêcher de plaindre plutôt que d'accuser l'infortuné mari, ayant à se reprocher la mort d'une femme qu'il adorait.

Le voyant indécis, Froisset, de sa rude main de bretteur, le saisit par le poignet :

— Dis ton opinion, quelle qu'elle soit ! Je ne suis pas un méchant homme, moi ; j'aimais beaucoup mon gendre. Mais ma fille, ma pauvre enfant, songes-y !

Il continua, tandis que Marlotton l'écoutait, hésitant, ne sachant trop que répondre, demandant au ciel une inspiration.

Depuis huit jours, le maître d'armes avait vu ce médecin, depuis huit jours il fuyait son gendre, n'osant se retrouver en face de lui, de peur de se trahir, de l'appeler meurtrier. Et encore eût-il bien

eu ce courage, quand il aurait trouvé devant lui ce
visage navré, ce remords vivant, cet homme qui depuis deux ans se sauvait de lui-même, poursuivi par
l'idée terrible qui le rongeait? N'était-il pas déjà assez
puni, lui qui commençait à peine la vie et devait sans
doute porter durant de longues années le poids de sa
faute involontaire? Irrésolu, doutant de la justice de
sa colère, Froisset avait préféré éviter toute explication avant d'avoir demandé si une vengeance quel-
conque serait juste, s'il n'était pas aveuglé par la
douleur. Depuis huit jours, il n'avait vu ni Raymond,
ni son innocent petit-fils, ni personne de la famille,
et, le cœur brisé, incapable de prolonger davantage cette lutte, il venait à Marlotton comme à
un sauveur.

Marlotton avait d'abord été rudement secoué par
cette nouvelle absolument inattendue: mais peu à peu
il se remettait de ce premier choc. Les idées se clas-
sèrent dans son cerveau qui s'éveillait lentement, et
en même temps la ruse finaude du vieux cultivateur
venait tempérer, adoucir et conseiller la réponse
cherchée, tandis que Froisset s'abandonnait à l'explosion de son chagrin.

Lutter de front avec le maître d'armes, c'était tout
gâter, l'exaspérer davantage, le pousser à quelque
coup de tête regrettable, car il paraissait disposé à
l'indulgence, à l'oubli même et au pardon, pourvu
qu'on sût bien le prendre.

Quand Marlotton fut certain que son avis serait

écouté, il commença par plaindre son ami, s'apitoyant sur le triste sort de sa fille, l'enveloppant habilement d'une succession de phrases plaintives et filandreuses.

Sans se rendre parfaitement compte de ce qu'il éprouvait, le professeur d'escrime sentait sa colère fondre sous l'effet de ces consolations émollientes; sa fureur se désagrégeait. L'horticulteur lui adoucissait tous les angles, lui présentait son malheur sous un aspect triste, mélancolique plutôt, où se noyait son premier emportement. Il allait toujours, du même ton bonhomme et alangui, plaignant Thérèse morte, plaignant son père, plaignant même par ricochet ce mari, bourrelé de remords, inconscient meurtrier de sa femme.

Par un étrange retour d'esprit, le maître d'armes, dont le désespoir était bien réel, en arrivait sous cette influence bénigne à plaindre aussi son gendre, à le trouver, comme Marlotton le faisait adroitement remarquer, le plus malheureux de tous, puisqu'en plus de la perte d'une femme qu'il aimait, il sentait peser sur lui l'effroyable responsabilité d'avoir, malgré lui, contribué à sa mort.

A un moment, l'horticulteur fut si éloquent, si persuasif, surtout en dépeignant la culpabilité du jeune médecin, que Froisset, d'un geste plus rapide que sa pensée, d'un mouvement involontaire et tout naturel, leva la main comme pour empêcher son ami de continuer. Un revirement se produisant en lui, il trouvait

que Jean employait des expressions trop dures; que
Raymond, si coupable qu'il fût, était déjà bien cruellement puni. Devait-on accabler ce malheureux re-
pentant, cet inconsolé, cet exilé volontaire? L'infortuné avait rudement expié sa faute par de longs mois
de solitude, par ces courses folles où il se fuyait.
Froisset en arrivait à dire que Raymond avait été
trop rude pour lui-même.

Les yeux mouillés, la lèvre gonflée de soupirs, Marlotton qui, du coin de l'œil et sous ses cils trempés,
examinait sournoisement son interlocuteur, sentit son
cœur s'emplir d'une douce joie en voyant à quel point
il venait de réussir. Certainement, le professeur,
arrivé avec des sentiments de haine et de vengeance
contre Raymond Hambert, s'en retournerait moins
ulcéré, presque complètement transformé.

Plus sûr de lui, Marlotton osa avancer que la culpabilité de Raymond n'était rien moins que prouvée. Était-
on bien certain que le jeune homme eût rapporté chez
lui les germes du mal qui avait enlevé sa femme? N'y
avait-il pas eu des influences atmosphériques, quelques
prédispositions? L'accusation était terrible et basée
simplement sur des preuves morales, dont la plus
importante se trouvait être le remords du jeune veuf.
Qui oserait le déclarer coupable, quand lui-même se
trompait peut-être?

Froisset l'écoutait silencieusement, très frappé par
les observations raisonnables de son ami. Jusqu'alors,
il n'avait pas réfléchi que Raymond, que le médecin

qu'il avait consulté, que lui-même pouvaient avoir fait fausse route, et. pour la première fois, le doute ébranla sa certitude.

Marlotton, profitant de son avantage, laissa entrevoir entre deux phrases banales, qu'il y aurait là un rôle de consolateur à remplir, que cet abandonné de tous devait être relevé, soutenu par ceux qui l'entouraient, par ses uniques parents, par le grand-père de l'enfant.

Le point était délicat, excessivement sensible. Des larmes vinrent aux yeux du rude soldat qui n'avait pas vu son petit-fils depuis huit jours, lui qui ne pouvait rester vingt-quatre heures sans l'embrasser.

Tout à coup il tendit la main à son ami et serra vigoureusement les doigts de l'horticulteur :

— Marlotton, dit-il, tu es un brave homme. Tu ne m'as donné ni conseil ni marche à suivre ; mais tu as parlé selon ton cœur, selon ta nature saine et honnête. Je te remercie ; tu me sauves mon bonheur que je croyais perdu, peut-être plus ; tu me conserves une existence que je trouvais désormais inutile.

— Froisset ! oh ! Froisset ! s'écria son ami sérieusement inquiet, et il le regardait dans les yeux avec une indicible expression de reproche et de douleur.

Celui-ci baissa la tête, tout secoué par cette exclamation :

— Que veux-tu? Je vous oubliais tous. Moi mort, personne ne savait plus rien.

— Peux-tu parler ainsi, toi que j'ai connu si fort,

si vaillant! Tu ne songeais donc pas que tu aurais doublé les remords de ton malheureux gendre! Tu ne pensais donc pas à ton petit Georges ni à ton vieil ami!

— Je ne réfléchissais pas à tant de choses; j'étais fou et aveugle : tu m'as ouvert les yeux. Merci, mon brave Marlotton!

— Allons, retourne à Paris, va embrasser Raymond. Tu lui enlèveras la moitié de son fardeau en l'enveloppant de ton affection : s'il a encore des remords, ils finiront par s'user avec le temps, surtout si, un jour, tu peux lui avouer que tu l'as soupçonné et lui assurer qu'il n'est pas coupable.

— Oui, fit le maître d'armes en secouant pensivement la tête, Thérèse ne l'eût pas accusé.

— Elle, la chère enfant! Je t'en réponds.

Une dernière fois Froisset serra la main de son ami et s'éloigna, une flamme plus douce aux yeux, le corps droit, comme revivifié par ce que venait de lui dire Marlotton. Tout en faisant craquer les cailloux sous ses bottes, il murmurait avec un accent de sincère pitié :

— Pauvre Raymond!

21.

IX

LE TRIOMPHE DE L'ENFANT

— Touché !

— Pan !

— Touché !

— Une, deux.

— Encore touché ! Ouf

Rompant de deux pas, Henri enleva son masque pour respirer un peu et essuyer la sueur qui ruisselait sur son visage ; tout en soufflant, il remua la tête d'un air d'admiration :

— Mes compliments, père Froisset, tous mes compliments ! Il y a bien longtemps que je ne vous avais vu aussi fringant ; tous vos coups sont foudroyants et je suis sûr de porter vos marques pendant huit jours.

— Bah ! bah ! quelques dégagements !

— Vous m'apprendrez à les parer.

— Quand vous voudrez.

— Ou plutôt quand je pourrai ! Je suis touché avant d'avoir vu venir le coup. Vous avez surtout un diable de contre de sixte !

— Presque rien.

— Fichtre ! Je demanderais à posséder votre poignet.

— Cela viendra.

— En attendant, je me repose.

— Faites ! faites !

Le maître d'armes retira à son tour son masque, l'accrocha, comme d'habitude, à son bras droit sans quitter son fleuret, et de la main gauche tordit sa barbiche. Ses traits avaient repris leur expression calme ; toute sa physionomie respirait la placidité, avec les yeux souriants, l'aspect plus vif, sans aucune contraction des sourcils.

Henri le regardait en riant :

— Tenez, vous avez bien fait d'aller hier serrer la main à votre ami Marlotton, cela vous a transfiguré, positivement.

— Vous trouvez ? ajouta le professeur dont un léger sourire entr'ouvrit les lèvres.

— Parole d'honneur ! Vous êtes comme je vous ai connu autrefois. Tandis que, depuis quelque temps, je vous trouvais tout changé, fatigué et triste.

— Une idée que vous vous faisiez.

— Ah ! si mon pauvre Raymond pouvait vous imiter !

— Raymond ? dit à voix presque basse le maître d'armes.

— Oui, il m'inquiète. Quand il est arrivé d'Italie, il allait mieux que cela ; tous les jours il baisse, il se consume. Que diable peut avoir ce garçon-là ? Je comprends le chagrin, le désespoir même ; mais tout a une limite en ce monde, et cela n'est pas naturel.

— Il se remettra avec le temps.

— Je le souhaite, mais...

Henri secoua la tête d'un air dubitatif.

Comme il se préparait à s'asseoir, la porte de la salle d'armes s'ouvrit et Raymond Hambert entra, très ému, comprimant de la main son cœur qui battait, comme s'il avait marché trop vite.

Froisset, devenu tout pâle, tordit plus nerveusement sa barbiche, la roulant et la déroulant machinalement ; mais ses yeux prirent, en se dirigeant sur le jeune médecin, une expression plutôt attendrie et douce qu'inquiète ou embarrassée.

Henri, franchement étonné, avait couru à son ami, les mains tendues :

— Comment, toi, tu nous reviens !

Il le contemplait de la tête aux pieds, doucement ironique et le faisant avancer malgré lui.

— Justement nous parlions de toi.

— De moi ! balbutia Raymond.

— Cela t'étonne ? J'étais en train de t'abîmer. Ah !

— Henri, dit le médecin avec un sourire timide.

— Ta conduite n'a pas de nom. Voici la première

fois, oh! ne me déments pas, — je dis la première
fois, parce que j'en suis sûr, je l'ai vérifié, — la première fois que tu mets les pieds ici, dans cette salle
d'armes, chez ton beau-père, depuis ton retour. Est-
ce vrai?

— C'est vrai, répondit Hambert en baissant la tête,
sans oser regarder le maître d'armes. Il restait là
très interdit, ne s'attendant pas à trouver le peintre et
ne sachant plus comment entrer en matière.

Le matin, de très bonne heure, il avait reçu la
visite tout à fait inattendue de Marlotton. L'horticulteur avait un air grave, en désaccord avec sa physionomie habituelle, et Raymond le regardait comme
s'il ne l'eût pas reconnu; mais, sans entortiller
ses phrases, Jean était allé droit au but.

— Raymond, dit-il au jeune homme, vous savez
si je suis votre ami, si j'étais celui de cette pauvre
Thérèse : eh bien, il faut faire ce que je vais vous
dire.

Ce préambule rendit le médecin tout tremblant.
Marlotton le regardant en plein visage lui prit les
mains :

— Mon ami, vous ne souffrez pas seul; ce qui vous
mord le cœur, ce secret, dont vous exagérez l'importance, parce que vous n'avez voulu le confier à personne, appartient à un autre.

Raymond eut un geste d'épouvante et sentit les
paroles s'arrêter dans sa gorge. L'horticulteur eut un
sourire triste :

— Mon pauvre enfant, votre plus grand crime est de n'avoir pas eu confiance dans vos amis, dans vos parents, de n'avoir pas tout dit à ceux qui devaient tout savoir, au lieu de vous enfuir comme un coupable, de porter seul le poids d'une faute, grossie d'une manière exagérée, folle, par la fièvre de votre cerveau et l'excès même de votre désespoir. — Ce secret vous pèse si affreusement qu'il vous était impossible de ne pas le trahir un jour. En vous cachant, en vous taisant, vous paraissiez vous accuser, vous, malheureux enfant !

Tendant les bras au jeune homme, il le pressa tout sanglotant sur sa poitrine. — Puis Raymond releva la tête interrogeant :

— Alors ?...

— Alors Froisset sait tout. Il vous a entendu vous accuser, s'est maladroitement informé et en est aujourd'hui au même degré que vous.

— Mon Dieu ! mon Dieu ! c'est horrible, lui, le père ! s'écria-t-il en portant désespérément les mains à son front.

L'horticulteur lui posa une main sur l'épaule et lui dit :

— Non, Raymond, au contraire. Le père de votre femme devait savoir ; il devait connaître la cause de ce désespoir que rien ne calmait. Aujourd'hui il ne vous accuse même plus, il doute, et en toute sincérité, je vous le jure, je partage cette manière de voir : pour moi, vous n'êtes pas coupable.

— Vraiment ? interrogea Raymond à travers ses larmes.

— Je vous parle selon ma conscience.

— Mon ami, quel bien vous me faites !

— Allez, dès aujourd'hui, trouver votre beau-père. Allez lui redemander son affection, cette amitié qui vous est nécessaire, je vous promets que vous n'aurez pas à vous en repentir.

— Jamais je n'oserai, murmura le jeune homme.

— Osez ! vous en avez le droit. Ayez confiance en moi : c'est votre père, il vous recevra comme un père reçoit son fils.

— Vous en êtes sûr, monsieur Marlotton ?

— Ne craignez rien. De plus, à l'heure où vous vous y trouverez, de puissants arguments viendront à votre aide. Comptez absolument sur moi.

Confiant dans la parole de Marlotton, Raymond Hambert s'était décidé. C'est pourquoi à deux heures de l'après-midi, au moment où Henri Tanz, qui se trouvait là fort à propos, faisait des armes avec le professeur, il entrait dans cette salle où il n'avait pas mis les pieds depuis la mort de sa femme, bientôt deux ans !

Malgré les plaisanteries d'Henri, malgré la provision de courage qu'il avait faite en vue de cet entretien avec son beau-père, Raymond tremblait comme la feuille en se trouvant en présence du père de sa femme, pour la première fois depuis que celui-ci pouvait l'accuser d'avoir contribué à cette mort.

De son côté, Froisset pâlissait et rougissait tour à tour, sentant en lui deux courants contraires, n'ayant pas encore eu le temps de complètement chasser ses préventions, se révoltant, et pourtant ayant l'immense tentation de tout oublier, de tout croire en voyant son malheureux gendre si défait.

Henri, entre eux deux, — ne comprenant rien à ce qui se passait dans le cœur de chacun, les regardait alternativement d'un air très interloqué.

— Ah çà! que diable avez-vous? cria-t-il tout à coup. Vous restez là à vous contempler comme deux chiens de faïence sans faire un mouvement.

Le maître d'armes eut un sourire nerveux et Raymond fit un pas en avant, la main tendue pour implorer.

Brusquement là portière du petit salon communiquant avec la salle d'armes se souleva; deux têtes épanouies s'avancèrent, et, entre Marlotton et madame Hambert, le petit Georges, resté jusque-là silencieux à grand'peine, se débarrassant des mains qui le retenaient, courut jusqu'au milieu de la pièce, en criant tout heureux :

— Papa! grand-père! je suis bien content!

Puis, remarquant qu'ils restaient sans parler :

— Papa, embrasse grand-père; petit Georges le veut!

Raymond tomba, d'un seul mouvement spontané, dans les bras de Froisset et l'embrassa sur les deux joues, vigoureusement, pendant que le maître d'armes, les larmes aux yeux, lui murmurait à l'oreille :

— Mon ami, je te pardonne! Mon ami, espère, car nul ne peut t'accuser, pas même toi!

Sautant autour d'eux en battant des mains, l'enfant criait à tue-tête :

— Et moi? Et moi?

— Oh! toi aussi, cher consolateur.

Tout s'effaçait devant ce petit être à élever, devant cet amour commun pour le fils de la regrettée Thérèse.

Madame Hambert s'était avancée, serrant la main de Marlotton, pendant que le peintre, appuyé sur son fleuret et examinant les visages les uns après les autres, se demandait pourquoi il y avait sur tous, à la fois, tant de larmes et tant de joie.

Froisset et Raymond Hambert, ayant doucement soulevé l'enfant, le tenaient tous deux; Georges, un bras autour du cou de son grand-père, l'autre serrant le cou de son père, les embrassait tour à tour et les rapprochait pour les forcer à s'embrasser. C'était le véritable triomphe de l'enfant, qui, par sa seule présence, chassait l'amertume et la haine, donnait de la mélancolie au souvenir de l'irréparable perte faite par tous, étant en même temps la consolation du présent et l'espoir de l'avenir.

Marlotton se pencha vers les deux hommes, avec son bon rire heureux :

— Vous voyez! écoutez l'enfant de Thérèse, lui seul a raison!

—C'est très gentil, cela : j'en ferai un tableau ! reprit Henri Tanz. Mais si j'y comprends quelque chose, je veux bien être pendu.

— Pendu, non, monsieur Henri ; mais battu, si vous le voulez, hein ! reprit le maître d'armes.

— C'est ça, continuons la leçon : Raymond aussi fera assaut avec nous.

— J'ai oublié ! fit le médecin en riant.

— Tant mieux ! cria le peintre. Je te plastronnerai d'importance.

Les fleurets grincèrent en se froissant.

— Une, deux, coupez !

— Touché !

La salle d'armes avait repris son aspect des jours heureux ; l'enfant courait, riant, battant des mains, essayant d'imiter ce qu'il voyait faire. Madame Hambert avait peur pour lui.

— Bah ! Laissez-le aller, disait le grand-père ; c'est le petit-fils d'un maître d'armes.

Georges criait en avançant son petit bras :

— Je me fends comme papa !

Raymond pleurait de joie, embrassant par moments son fils avec frénésie, jetant à son beau-père et à Marlotton des regards reconnaissants ; il comprenait qu'il pourrait encore être heureux, grâce à leur solide amitié, grâce à son fils !

FIN

TABLE DES MATIÈRES

TROISIÈME PARTIE

CORBEIL. — Typ. B. RENAUDET.

Imprimé en France
FROC021531200120
23227FR00018B/196/P